Zagrajmy o miłość

Gorący romans kapitana rugby i księżniczki pop

Caitlyn Lynch

Shenanigans Press

Spis treści

1. Rozdział pierwszy — 1

2. Rozdział drugi — 14

3. Rozdział trzeci — 25

4. Rozdział czwarty — 45

5. Rozdział piąty — 57

6. Rozdział szósty — 72

7. Rozdział siódmy — 89

8. Rozdział ósmy — 107

9. Rozdział dziewiąty — 116

10. Rozdział dziesiąty — 129

11. Rozdział jedenasty — 143

12. Rozdział dwunasty — 152

13. Rozdział trzynasty   161

14. Rozdział czternasty   174

15. Rozdział piętnasty   185

16. Rozdział szesnasty   198

17. Rozdział siedemnasty   217

Inne książki autorki Caitlyn Lynch   235

Rozdział pierwszy

Ostatnią rzeczą, której George Dennis potrzebował tuż przed swoim pierwszym meczem rugby w roli kapitana reprezentacji, było rozproszenie uwagi przez piękną kobietę.

Sądził, że jest gotowy. Był w życiowej formie fizycznej, właśnie zdobył tytuł Australijskiego Gracza Roku, a funkcję kapitana powierzono mu na trzy miesiące przed rozpoczęciem europejskiego turnieju. Wykorzystał ten czas mądrze, studiując składy drużyn, z którymi przyjdzie mu się zmierzyć, i pracując na szacunek kolegów z zespołu.

A jednak na zielonej murawie dublińskiego Aviva Stadium, gdy irlandzcy kibice sprawiali, że wnętrze stadionu pulsowało zielenią niemal tak soczystą jak trawa pod stopami, a grupa potężnych Irlandczyków tylko czekała, by niemal wbić George'a i jego kolegów w ziemię, on spojrzał prosto w twarz delikatnej dziewczyny i całkowicie stracił głowę.

To przez jej głos, próbował sobie wmawiać. Śpiewała jego hymn narodowy z taką żarliwością, jaką pochwaliłby nawet najbardziej zagorzały nacjonalista. Jej głos brzmiał zaskakująco potężnie jak na taką kruszynę — był w pełni wyszkolony i idealnie czysty. George cenił muzykę, choć wiedział, że jego własnym umiejętnościom wokalnym daleko do doskonałości. Mimo to wtórował jej, świadomy obecności kamer telewizyjnych śledzących szereg zawodników w złotych koszulkach oraz widzów oceniających, kto śpiewa, a kto milczy.

Dzieliło ich zaledwie kilka sekund od wybrzmienia ostatnich nut *Advance Australia Fair* do momentu, w którym postawny tenor miał wystąpić, by zaśpiewać hymn Irlandii. George wykorzystał tę chwilę, by zwrócić się do trenera kadry stojącego obok niego i zadać pytanie, które powinno być ostatnim, o czym wtedy myślał.

— Kto to śpiewa?

Trener uniósł brew, po czym wzruszył ramionami. — Jakaś Misty.

— Dobrze zaśpiewała. Nakręciła chłopaków. — George próbował znaleźć racjonalne uzasadnienie dla swojego zainteresowania.

— Zachowaj ten głód na mecz — odparł krótko trener, gdy orkiestra zaczęła grać, a George skinął głową i ponownie zwrócił twarz z szacunkiem ku przodowi. Mimo to zerkał w bok, śledząc wzrokiem drobną sylwetkę w mieniącej się srebrnej sukience, która schodziła z boiska. Miała długie, falowane, ciemne włosy sięgające aż do pośladków, a ich pasma tańczyły na porywistym wietrze hulającym po stadionie.

— Pewnie jej zimno — pomyślał. Był chłodny kwietniowy dzień w Dublinie, a srebrna sukienka była bez rękawów i wyglądała na bardzo cienką. Wszyscy inni na stadionie mieli na sobie solidniejsze ubrania niż Misty, czy jakkolwiek się nazywała — nawet zawodnicy w szortach i koszulkach z krótkim rękawem; oni przynajmniej mieli getry i zaraz mieli zacząć biegać, by się rozgrzać.

Jakby wyczuła jego spojrzenie, piosenkarka zatrzymała się przy linii bocznej i odwróciła, przyłapując go na wpatrywaniu się w nią. Przechyliła głowę z zaciekawieniem, a potem na jej twarzy przemknął przelotny uśmiech. Poruszyła wargami; George przez chwilę się zastanawiał, zanim dotarło do niego, że właśnie życzyła mu szczęścia. Instynktownie uśmiechnął się do niej, a ona uniosła smukłą dłoń w krótkim pożegnaniu, po czym obróciła się na pięcie i ruszyła w stronę trybun w towarzystwie asystenta, który ewidentnie miał ją odprowadzić.

— Ty naprawdę gapisz się teraz na laskę? — mruknął cicho wicekapitan stojący obok niego, a George otrząsnął się.

— Tylko dziękowałem jej za świetne wykonanie hymnu.

— Ta, jasne, a ja jestem baletnicą!

— Zamknij się, zaczynamy! — *Uratowany przez gwizdek*, pomyślał z ulgą George i stanowczo odsunął od siebie wszelkie myśli o pięknej piosenkarce.

Około siedmiu godzin później — po wyczerpującym, brutalnym meczu wygranym różnicą zaledwie dwóch punktów, konferencji prasowej, prysznicu, który nie był dość gorący, masażu regeneracyjnym, który trwał za krótko, bo cała drużyna potrzebowała pomocy, ogromnej kolacji i znacznie mniejszej ilości piw, niż by sobie życzył — George w końcu zamknął drzwi swojego hotelowego pokoju i padł na łóżko. Nareszcie sam, był niezwykle wdzięczny, że status kapitana przynajmniej dawał mu przywilej posiadania własnej sypialni. Nigdy nie czuł się szczególnie komfortowo w tłumie, a presja bycia towarzysko „nadawanym na najwyższych obrotach" przez cały wieczór sprawiała, że miał wrażenie, jakby uśmiech pękał mu na twarzy.

Sięgnął po pilota i włączył telewizor, szukając czegoś bezmyślnego, co pomogłoby mu wyciszyć umysł i zasnąć. Jakiś film o Bondzie albo coś w tym stylu. Przez kilka minut skakał po kanałach, pośpiesznie mijając stacje sportowe. Sport to była w tej chwili praca, a nie chciał mieć z nią nic wspólnego. W końcu trafił na jakiś nocny irlandzki talk-show, w którym prowadzący przeprowadzał wywiad z amerykańskim aktorem, którego George skądś kojarzył. Uznał, że to wystarczy.

Zdejmując garnitur, bił się z myślami, czy nie rzucić go po prostu na podłogę, ale westchnął i zwlókł się z łóżka, by go powiesić. Był zmęczony, ale nie na tyle, by stać się niechlujem. Gdy wieszał spodnie, z kieszeni wypadł mu telefon. Włączył go i uśmiechnął się ze znużeniem, słysząc kolejne powiadomienia o wiadomościach. Gratulacje, jak sądził. Padając z powrotem na łóżko w samych bokserkach, odpisał tylko rodzicom; cała reszta mogła poczekać. Powieki już mu ciążyły.

Pod wpływem impulsu otworzył wyszukiwarkę i wpisał „piosenkarka Misty". Żadne z obrazów, które się pojawiły, nie przypominało piękności w srebrnej sukience z popołudnia. Skrzywił się z frustracją, zastanawiając się, jak sprecyzować zapytanie. Był niemal pewny, że jest Australijką, sądząc po pasji, z jaką śpiewała hymn, więc dodał to do wyszukiwania, ale bez lepszego rezultatu.

— Może jej imię pisze się Misti przez „i"? — spróbował, ale też bezskutecznie. Zmęczony i zirytowany rzucił telefon ekranem do dołu na łóżko. Pewnie wcale nie miała na imię Misty; trener wyglądał na mocno niezorientowanego. Może w jutrzejszych gazetach wspomną, kto śpiewał hymny. I tak zamierzał przejrzeć wszystkie relacje...

George zaczął odpływać w sen, gdy nagle usłyszał jej głos. Potężny, zmysłowy, porywający — natychmiast wyrwał go ze stanu półświadomości i sprawił, że gwałtownie otworzył oczy. Usiadł i wbił wzrok w telewizor z niedowierzaniem, bo to była ona. Śpiewała na małej scenie w studio telewizyjnym, ubrana w błyszczący złoty top i obcisłe czarne legginsy oraz buty na wysokim obcasie, a jej ciemne, falowane włosy otaczały ją gęstą, miękką kaskadą.

Zafascynowany wpatrywał się w ekran. Jego tajemnicza piosenkarka miała niesamowity głos, wyśpiewując to, co mógł nazwać jedynie „power balladą" — utwór, który, jak zgadywał z tekstu refrenu, nosił tytuł w rodzaju *Your Hand In Mine*. Gorączkowo chwycił telefon i kolejne wyszukiwanie w końcu ujawniło jej tożsamość. Odkrył, że jest wschodzącą gwiazdą, faktycznie Australijką i występuje pod pseudonimem Myst.

— Myst — szepnął, patrząc, jak kończy utwór i z uśmiechem schodzi ze sceny, by przywitać się z czekającym na nią prowadzącym. George odniósł wrażenie, że dziewczyna musiała się spiąć do wywiadu, jakby czuła się niekomfortowo, gdy miała mówić zamiast śpiewać, ale gospodarz programu był profesjonalistą i szybko sprawił, że się rozluźniła. Ten olśniewający uśmiech znów pojawił się na jej twarzy, gdy odpowiadała na proste pytania.

Wywiad był dość krótki i zanim się skończył, jedyną nową rzeczą, jakiej George się o niej dowiedział, było to, że właśnie wydała album i jest w trakcie europejskiej trasy koncertowej. Poprzedniego wieczoru grała w dublińskim 3Arena, a kolejny koncert miał odbyć się tam w niedzielę wieczorem, zanim ruszy dalej do Wielkiej Brytanii.

— Ciekawe, czy udałoby mi się zdobyć bilety i zgodę trenera na wyjście? — zastanawiał się George. Wiedział, że jedna z klubowych „załatwiaczek", które z nimi podróżowały i których zadaniem było sprawianie, by wszystko, czego zapragną, pojawiało się jak za dotknięciem czarodziejskiej różdżki, poradzi sobie przynajmniej z biletami. Pozwolenie od trenera mogło być trudniejsze, zwłaszcza że ten już podejrzewał, iż Myst rozproszyła George'a przed meczem. Może mógłby podsunąć pomysł któremuś z młodszych chłopaków, żeby to ktoś inny zaproponował to jako wspólne wyjście... Wykończony, w końcu zamknął oczy i pogrążył się we śnie.

George obudził się z Myst wciąż siedzącą mu w głowie, ku swojej własnej irytacji. Nie żeby miał problem z poznawaniem atrakcyjnych kobiet; do licha, poprzedniego wieczoru było mnóstwo takich, które byłyby wniebowzięte, gdyby kapitan reprezentacji okazał im zainteresowanie! A jednak... było w niej coś, co go przyciągało, coś, czego nigdy wcześniej nie doświadczył.

— Nie bądź jak jakiś psychol. Ona tego nie doceni — skarcił się w myślach. Mimo to nie mógł się oprzeć pokusie otwarcia aplikacji społecznościowej i szybkiego wyszukania jej profilu. Miała konto z niebieskim znaczkiem weryfikacji i, ku jego lekkiemu zaskoczeniu, post z poprzedniego popołudnia ze zdjęciem, na którym śpiewa na stadionie, oraz komentarzem o tym, jak wielkim zaszczytem było zaproszenie do wykonania hymnu. Hasztag *#GoAustralia* sprawił, że się uśmiechnął. Kliknął „Lubię to" i udostępnił post z dopiskiem: „Dzięki za tak inspirujący występ!", po czym zaczął obserwować jej profil ze swojego konta.

— Ale ze mnie głupek. Jasne, na pewno mnie zauważy pośród tysięcy innych polubień tego posta i pół miliona obserwujących. Weź się w garść, George.

Podniósł się z łóżka ze stłumionym jękiem — był cały posiniaczony — i ruszył pod prysznic, myśląc już o śniadaniu... i o tym, który z młodszych graczy mógłby być podatny na sugestię pójścia wieczorem na koncert popowy.

Jak się okazało, nie musiał nic robić. Jedna z asystentek pojawiła się na śniadaniu, machając plikiem biletów z szerokim uśmiechem i ogłoszeniem, że Myst zaprosiła całą drużynę na dzisiejszy koncert. Wśród ogólnego entuzjazmu ekipy trener tylko wzruszył ramionami i powiedział, że oczywiście mogą iść... pod warunkiem, że wszyscy będą pamiętać o limicie dwóch piw i wrócą do łóżek przed północą.

— Mam zorganizować autobus? — zapytała asystentka, na co trener posłał jej miażdżące spojrzenie.

— To nie jest wycieczka szkolna. Są dorośli. Sami znajdą drogę tam i z powrotem. Ja idę na kolację ze znajomym.

George poczekał, aż trener wyjdzie z sali, po czym podszedł do asystentki.

— Hej, naprawdę chciałbym poznać Myst i podziękować jej osobiście za to, jak niesamowicie zaśpiewała wczoraj hymn. Dałoby się to załatwić?

Zoe, radosna i niezwykle kompetentna młoda kobieta, najwyraźniej nie widziała w tej prośbie nic podejrzanego, bo natychmiast spuściła wzrok na telefon, którego nigdy nie wypuszczała z rąk, i zaczęła stukać w ekran. — Zostaw to mnie, George!

Jeśli ktokolwiek mógł to sprawić, to właśnie Zoe. Zostawił więc sprawę w jej zdolnych rękach i poszedł zwiedzać z kilkoma kolegami. Czekała na niego po powrocie, wsuwając mu w dłoń identyfikator na smyczy z konspiracyjnym uśmiechem.

— Nie mów reszcie, bo wszyscy będą chcieli!

— Jesteś czarodziejką, Zoe, dziękuję.

Mrugnęła do niego, zanim popędziła zająć się innym zawodnikiem, który jakimś cudem zgubił kartę do pokoju, a George ukradkiem schował smycz do kieszeni. Gdy dotarł do pokoju i mógł ją sprawdzić, zobaczył, że to pełna przepustka za kulisy; będzie mógł wejść przed występem i może spotkać Myst. Jeśli koncert skończy się późno, mógłby nie wyrobić się z powrotem do hotelu przed czasem, więc musiał mieć nadzieję, że dziewczyna nie zaszyje się w garderobie aż do samego wejścia na scenę. Teraz musiał tylko zaplanować, jak wymknąć się kolegom i dotrzeć do areny na własną rękę...

— Twój gość specjalny właśnie się pojawił.

Oczy Myst otworzyły się szeroko, co sprawiło, że makijażystka pracująca nad jej twarzą cmoknęła z frustracją. Dziewczyna obróciła się na krześle, by spojrzeć na swoją asystentkę Jessie, która opierała się o futrynę drzwi garderoby z uśmieszkiem na twarzy.

— Serio?

— Mhm. — Jessie udała, że ogląda swoje paznokcie.

Myst próbowała wyjrzeć za plecy asystentki. — Gdzie on jest? Nie każ mu na mnie czekać!

— A dlaczego nie? Niech nie myśli, że za bardzo ci zależy. Tacy faceci mają na pęczki kobiet rzucających im się do stóp. Niech poczuje niedosyt. Poza tym masz przyklejoną tylko jedną sztuczną rzęsę. — Jessie wyszczerzyła zęby. — Pozwól Kai przykleić drugą, a ja go tu przyprowadzę.

Rzeczywiście wyglądała nieco głupio z tylko jedną rzęsą, przyznała Myst w duchu, zerkając w lustro. Posyłając Kai przepraszające spojrzenie, zamknęła oczy i siedziała tak nieruchomo, jak tylko potrafiła.

— Tylko wyrównam krawędź i pociągnę tuszem — powiedziała Kaya, najwyraźniej wyczuwając nagłe zdenerwowanie Myst — i będziesz gotowa.

— Dzięki.

— Podoba ci się ten gość, co?

— Nawet go nie znam — przyznała Myst. — Ale..
. zdarzyło ci się kiedyś coś takiego, że twoje oczy spotykają
się z oczami zupełnie obcej osoby w tłumie i wszystko inne
nagle przestaje istnieć?

Zapadła niezręczna cisza, zanim Kaya powiedziała cicho:
— Nigdy nie miałam tyle szczęścia, nie. Możesz już ot-
worzyć oczy.

Delikatne dłonie zdjęły pelerynę chroniącą jej strój, a Myst
westchnęła i uniosła powieki, wiedząc już po tej krępu-
jącej ciszy, co zobaczy. George stał tuż przy drzwiach, jego
ramiona były niemal tak szerokie jak wejście, a twarz lekko
płonęła rumieńcem, gdy wpatrywał się w podłogę.

— Dziesięć minut do wyjścia — rzuciła Jessie, po czym
wraz z Kayą przemknęły obok George'a i wyparowały
z pomieszczenia, zostawiając Myst samą z mężczyzną,
do którego właśnie się przyznała, że poczuła kompletnie
niedorzeczną miętę, mimo że nie zamienili ze sobą ani jednego słowa.

Jedyne, o czym potrafiła myśleć, to że całe szczęście jej
sceniczny makijaż był tak gruby. Przykrywał palący rumieniec, który czuła na całej twarzy.

— Cześć — powiedziała niepewnie.

— Cześć — odparł, wyglądając na równie skrępowanego,
po czym uniósł wzrok na nią.

Dobrze, że wciąż siedziała, bo inaczej chyba ugięłyby się
pod nią nogi. Napotkanie jego spojrzenia było niemal jak
fizyczne uderzenie, potężny impuls, który sprawił, że fala
gorąca z jej twarzy rozlała się po całym ciele. Westchnęła cicho, niemal bez tchu, a on zrobił krok w jej stronę. Uniósł
dłonie, jakby chciał ją objąć, ale zaraz szybko je opuścił i
znieruchomiał.

— Ja też to poczułem — powiedział, a jego głos był cudownie głębokim mruczeniem, które Myst poczuła aż w palcach u stóp. — To... cokolwiek to było wczoraj. Od tamtej pory nie przestałem o tobie myśleć. Poprosiłem asystentkę, żeby mi go załatwiła, bym mógł cię poznać naprawdę. — Trącił palcem smycz wiszącą na szyi, ani na moment nie spuszczając z niej wzroku.

— Zaprosiłam drużynę, bo chciałam cię znowu zobaczyć. Właśnie zastanawiałam się, jak by cię tu zaprosić za kulisy, kiedy przyszła prośba o przepustkę dla ciebie — wyznała Myst, a George uśmiechnął się, co całkowicie odmieniło jego pokiereszowaną, ciosaną twarz. Nigdy nie będzie przystojny w klasyczny sposób, ale kiedy się uśmiechał... och, kiedy się uśmiechał, był *piękny*.

Rozległ się głośny brzęczyk, a Myst westchnęła. — Nie ma *czasu*! — powiedziała z rozpaczą. — Możesz wrócić po koncercie?

— Na chwilę. — Wyglądał na nieco zmieszanego. — Muszę być w hotelu przed północą.

Uświadomiła sobie, że jego życie jest prawdopodobnie niemal tak samo uregulowane jak jej, ograniczone harmonogramem rozpisanym przez innych. Skinęła głową, akceptując to zastrzeżenie. — Skończę około jedenastej. Jeśli będziesz tu wtedy, będziemy mieli kilka minut na rozmowę.

— Będę. — Zrobił kolejny mały krok w jej stronę. — Co to właściwie *jest*?

Dokładnie wiedziała, o co pyta, i powiedziała mu prawdę. — Nie wiem.

Wyciągnął do niej dłoń, otwartą stroną ku górze. Czekał.

Po jedynie krótkim wahaniu Myst położyła swoją dłoń nad jego, z rozbawieniem zauważając dzielącą ich różnicę wielkości. George musiał mieć przynajmniej metr dziewięćdziesiąt parę wzrostu i był potężnie zbudowany, natomiast ona miała metr pięćdziesiąt pięć boso i ważyła mniej niż połowę tego co on. Jej dłoń wyglądała przy jego jak dziecięca w ciągu tych kilku sekund, gdy trzymała ją nieruchomo, zanim opuściła ją i pozwoliła, by ich skóra zetknęła się po raz pierwszy.

Nie wiedziała, czego się spodziewała, ale to wyładowanie elektryczne wydało się niemal znajome, *oczekiwane*, jakby od pierwszej chwili, gdy spojrzała mu w oczy, wiedziała, że tak właśnie będzie przy dotyku. Mocne palce zacisnęły się delikatnie wokół jej dłoni, a ona ujrzała w jego oczach to samo zrozumienie, to samo wspólne odczucie.

— Czymkolwiek to jest — powiedziała — nie zamierzam odpuścić bez dowiedzenia się prawdy.

— Ja też nie. — Przysunął się jeszcze o pół kroku i w niespodziewanie szarmanckim geście skłonił się nad jej dłonią, lekko całując końuszki jej palców. — Musisz już iść.

— Muszę — przytaknęła, krzywiąc się na dźwięk kolejnego brzęczyka. — To ostrzeżenie: dwie minuty.

Opuścił jej rękę, puszczając ją z wyraźnym ociąganiem.

— Myst! — wrzasnęła Jessie z korytarza.

— Idę!

George odsunął się, by zrobić jej przejście, i wyszedł za nią.

Spojrzała na niego przez ramię i uśmiechnęła się. — Miłej zabawy.

— Już nie mogę się doczekać... a jeszcze bardziej czekam na koniec, bo wtedy znów cię zobaczę. Będę tutaj.

Myst poczuła, jak jej uśmiech się poszerza. Jessie chwyciła ją za ramię, ciągnąc w stronę wejścia na scenę.

— Wyglądasz niesamowicie, tak przy okazji! — zawołał za nią George.

Znów na niego wyjrzała — stał tam, barczysty i solidny, niczym niewzruszona, potężna opoka pośród szału panującego za kulisami. Uśmiechnął się do niej, a ona zaśmiała się, wciąż nie mogąc uwierzyć w niedorzeczność tej całej sytuacji. *Rugbysta. Ze wszystkich niespodziewanych, nieprawdopodobnych ludzi, to właśnie z nim musiała mnie połączyć natychmiastowa chemia!*

Nie było już czasu na myślenie, bo Jessie praktycznie wypchnęła ją za kulisy, gdzie czekał już zespół, tupiąc w miejscu z niecierpliwą energią. Próbując wyrzucić George'a z pamięci — co, jak się obawiała, okaże się absolutnie niemożliwe — Myst przykleiła do twarzy uśmiech i z wdzięcznym skinieniem głowy odebrała mikrofon od realizatora dźwięku.

— Dobry wieczór, Dublinie! — krzyknęła, wychodząc na scenę, a powitalny ryk tłumu, jak zawsze, napełnił ją przypływem energii. Jej uśmiech stał się autentyczny, gdy zespół uderzył w pierwsze akordy utworu, a ona otworzyła usta i pozwoliła muzyce płynąć.

Rozdział drugi

MYST WYKONYWAŁA NA SCENIE niewiarygodną pracę, pomyślał George, siedząc na trybunach i obserwując ją. Nie tańczyła zbyt wiele w ramach układów choreograficznych, co zdarzało się innym piosenkarkom, ale była w ciągłym ruchu, nawiązując kontakt z publicznością i biegając po całej scenie. Jej muzyka opierała się na wokalu, w pełni wykorzystując ten zadziwiający, potężny głos. Zrobiła dwie krótkie przerwy na szybką zmianę stroju i podejrzewał, że wynikało to bardziej z faktu, iż była dosłownie przemoczona od potu, niż tylko ze względów estetycznych.

Tłum, liczący według jego szacunków ponad 10 000 osób, chłonął każdą minutę, zwłaszcza gdy Myst wykonała piosenkę U2, mówiąc ze śmiechem, że nie mogłaby przyjechać do Irlandii po raz pierwszy i nie zaśpiewać ich utworu. Jej własne piosenki również cieszyły się ogromną popularnością i George zdał sobie sprawę, że faktycznie zna kilka z nich — słyszał je w radiu, choć nie kojarzył artystki. Utwór, który wykonała na finałowy bis, był jeszcze bardziej znajomy; został użyty jako ścieżka dźwiękowa w najnowszej reklamie popularnej marki samochodów, która była puszczana bez przerwy w Australii tuż przed jego wyjazdem.

— Wracasz z nami, George? — zapytał kolega z drużyny siedzący po jego lewej stronie, gdy Myst w końcu zeszła ze sceny, a publiczność nagrodziła ją ostatnią salwą gromkich braw.

Pokręcił głową. — Nie, dzięki, wrócę na własną rękę. Muszę się z kimś zobaczyć.

Wymknął się grupie, gdy wychodzili, pochylając głowę, by ukryć swój wzrost i zgubić się w rozgadanym, napierającym tłumie. Wyciągnął smycz z identyfikatorem, którą ukrył pod koszulką, żeby inni jej nie zauważyli. Dwie minuty później wślizgiwał się z powrotem do garderoby Myst, a minutę po tym drzwi się zatrzasnęły. George przestał wpatrywać się w wieszak z błyszczącymi kostiumami scenicznymi i zobaczył, że dziewczyna uśmiecha się do niego.

— To było niesamowite — powiedział, a ona zaśmiała się, wyraźnie będąc na adrenalinowym haju.

— Co za wspaniała publiczność! — Chwyciła ręcznik leżący na oparciu krzesła i zaczęła nim osuszać wilgotną, spoconą twarz, zerkając w lustro, by sprawdzić, czy makijaż wciąż jest na miejscu, a przynajmniej tak mu się zdawało. — Weź sobie krzesło, jeśli chcesz. Mam naprawdę tylko kilka minut, zanim szefowie wytwórni płytowej zaczną pukać do drzwi.

— Wiem. — Domyślił się tego; zupełnie jak u niego po meczu, gdy media, sponsorzy i posiadacze biletów VIP domagali się rozmowy, czas Myst po koncercie nie należał do niej. — Chciałbym nie musieć już iść, ale muszę, a rano lecimy do Edynburga.

— Tak, ja sama ruszam do Manchesteru. — Jej oczy spotkały się z jego oczami w lustrze; oczy w kolorze bladego błękitu zimowego nieba, uderzające swoim blaskiem. — Sprawdziłam twój harmonogram. Będziemy w Londynie w tym samym czasie, za dwa tygodnie.

— Serio? — Poczuł, jak w jego piersi wzbiera nadzieja. — Mam jednak ograniczony czas wolny.

— Ja też. — Myst odwróciła się do niego, odkładając ręcznik, a jej uśmiech był pełen rezygnacji. — Chodzi jednak o to, że czas nigdy nie będzie dla nas idealny. Prawda?

— Nie. — Poczuł, jak coś w nim pęka. — Chcesz powiedzieć, że nie ma sensu próbować, tak?

— Nie! — Zrobiła krok do przodu, wyciągając do niego rękę. — Mówię, że jeśli mamy spróbować, musimy od samego początku zaakceptować fakt, że to nigdy nie będzie łatwe. Prawdopodobnie mogę dyktować swój grafik nieco bardziej niż ty, bo czasem stać mnie na zagranie karty divy — w końcu beze mnie nie ma show — ale oboje mamy zobowiązania, rzeczy, których nie możemy zmienić ani opóźnić, bez względu na nasze osobiste preferencje.

Zrozumiała. George'a zalała fala ulgi i skinął głową z wdzięcznością. — Chcę — powiedział, starając się zawrzeć wszystko w kilku prostych słowach. — Chcę spróbować sprawić, by to się udało.

— Ja też, ale zanim w ogóle się zaangażujemy, czy możemy ustalić kilka naprawdę prostych zasad? Jeśli zdecydujesz, że nie chcesz już próbować, chcę być pierwszą osobą, która się o tym dowie. Nie chcę pewnego dnia wejść do sieci i odkryć, że zablokowałeś mnie w mediach społecznościowych, ani obudzić się i zobaczyć w tabloidach twoje zdjęcia z kimś innym.

— Myślę, że to ty masz większe szanse stać się celem tabloidów niż ja — zauważył George.

— To prawda, niestety. Już pojawiałam się w *CelebNation* rzekomo randkując z co najmniej trzema różnymi mężczyznami, których nawet nie poznałam. — Skrzywiła się. — Nie wierz w nic, co przeczytasz na tej stronie.

— Nie mogę powiedzieć, żebym kiedykolwiek o niej słyszał — przyznał.

— Pewnie tak lepiej. — Przekrzywiła lekko głowę, a te oczy o barwie zimowego nieba studiowały jego twarz. — Więc umowa stoi? Jeśli wydarzy się coś prawdziwego albo któreś z nas uzna, że nie chce już w to brnąć, będziemy wobec siebie szczerzy i powiemy o tym wprost?

— Absolutnie. — Wyciągnął rękę na powitanie, a kiedy ona włożyła w nią swoją dłoń, dodał: — Nie szukałem ciebie. I zdecydowanie nie szukam nikogo innego.

Jej uśmiech wypełnił pokój blaskiem. — Ja też nie.

— Myst! — Przerwało im głośne pukanie do drzwi.

Myst wykrzywiła się. — Tak mi przykro, ale muszę iść. Możesz zostać chwilę?

— Mógłbym, ale to mogłoby wywołać pytania, na które nie jesteśmy gotowi odpowiedzieć.

Wzruszyła ramionami, a na jej twarz powrócił uśmiech. — Niekoniecznie. Oboje jesteśmy znanymi Australijczykami w Dublinie. To nie jest całkowicie poza sferą prawdopodobieństwa, że już się znamy, że przyszedłeś na koncert, by okazać wsparcie po tym, jak wczoraj zaśpiewałam hymn... że jesteśmy przyjaciółmi.

— To brzmi bardzo wiarygodnie, a przynajmniej brzmiałoby, gdybym nie uważał, że fatalnie pójdzie mi patrzenie na ciebie w sposób wyłącznie platonicznie koleżeński. — George rozłożył ręce z ubolewaniem, a Myst się zaśmiała.

— Mi też. Chcę spędzić całą noc tylko na wpatrywaniu się w ciebie, chłonięciu cię. Zapamiętywaniu każdego szczegółu twojej twarzy, twojej mimiki. — Wyciągnęła rękę, splotła na chwilę palce z jego palcami i uścisnęła je. — Będziemy mieli czas. *Znajdziemy* czas, prawda? W Londynie?

— W Londynie — obiecał.

— Myst, poważnie! — Pukanie do drzwi powtórzyło się, a Myst jęknęła, puszczając jego rękę.

— Przepraszam...

— Nie musisz. Jeśli mamy nad tym pracować, przyjdą chwile, kiedy to będzie moja kolej, by powiedzieć „przepraszam", bo będę miał coś do zrobienia, w czym nie będę miał wyboru.

— Rozumiesz to. — Na jej twarzy malowała się ulga, gdy na niego patrzyła. — Naprawdę to rozumiesz.

— Naprawdę. — Lekko pogładził kciukiem wierzch jej palców. — Nie mogę obiecać, że nigdy nie będę czuł złości i frustracji, bo coś wypadnie i nie będziemy mogli się zobaczyć, ale mogę obiecać, że nigdy nie będę cię o to obwiniał.

— Ja obiecuję to samo.

— *Myst!*

— Idę! — odkrzyknęła na ten gorączkowy wrzask, a George puścił jej dłoń.

— Idź — powiedział. — Odczekam chwilę, zanim wyjdę za tobą.

— Dziękuję! — Pospieszyła do drzwi, spoglądając przez ramię, by posłać mu kolejny zniewalający uśmiech, a on stał przez kilka chwil z ręką na sercu. Miał dziwne wrażenie budzenia się ze snu, jakby ona nie była do końca prawdziwa.

Drzwi otworzyły się ponownie, ukazując inną młodą kobietę; tę, która zaprowadziła go do garderoby Myst. Jessie, tak bodajże miała na imię, a przyglądając jej się teraz uważnie, zastanawiał się, czy ona i Myst są spokrewnione. Jessie miała te same jasnoniebieskie oczy, tę samą drobną budowę ciała, choć była o kilka centymetrów wyższa, a jej ciemne włosy były ścięte w odważnym stylu pixie z jaskrawoniebieskim pasmem z przodu.

Jessie skrzyżowała ramiona i wpatrywała się w niego, oceniając go. George miał nieprzyjemne przeczucie, że jest ważony i mierzony, i całkiem możliwe, że uznany za niewystarczającego.

— Przy mnie jest bezpieczna. Obiecuję — powiedział.

— Fizycznie, wierzę ci. — Jessie skinęła głową, wciąż uważnie go obserwując. — Jej serce? Tu nie mam pewności. Nigdy nie widziałam jej w takim stanie przy nikim, a znam ją całe życie.

— Jesteś jej siostrą?

— Kuzynką. — Uśmiech Jessie był przelotny, ostrzejszy i bardziej cyniczny niż u Myst. — Jest trzy lata młodsza. Moje najwcześniejsze wspomnienia to słuchanie, jak śpiewa i gra na pianinie.

— Cieszę się, że ma kogoś, kto na nią uważa, i nie jest tu tylko dla pieniędzy — powiedział szczerze George. — Kogoś, kto tu jest, bo ją kocha.

Jessie zdawała się nieco łagodnieć po jego słowach. — Kocham ją, i wierz mi, jeśli złamiesz jej serce, *zniszczę* cię.

— Nie planuję tego. Nie jestem graczem; naprawdę nie szukałem żadnego związku, ale kiedy zobaczyłem ją wczoraj, to było tak, jakby ktoś przełączył pstryczek. *musiałem* ją poznać.

— Powiedziała o tobie dokładnie to samo — zauważyła cierpko Jessie. — No cóż, jeśli w to wchodzimy, lepiej podaj mi numer telefonu, pod którym mogę się z tobą skontaktować bezpośrednio. Ta asystentka Zoe jest bardzo miła, ale musimy trzymać to w jak najwęższym gronie, jeśli nie chcesz, by paparazzi siedzieli ci na karku.

George podyktował swój numer telefonu i zapisał ten, który ona mu podała. Podał również prywatny adres e-mail, którego używał w aplikacji do przesyłania wiadomości, wyłącznie z bliskimi przyjaciółmi i rodziną.

— Mam. — Jessie wpisała go do telefonu. — Przekażę to Myst i skontaktuję się, gdy będziemy w Londynie, żeby ustalić czas, kiedy będzie mogła się z tobą spotkać.

— Bardzo bym chciał. Dziękuję.

Podniosła wzrok znad telefonu, by spojrzeć mu w oczy, i krótko skinęła głową. — Przy wyjściu dla artystów czeka na ciebie samochód, który odwiezie cię do hotelu. Nie dziękuj mi, dziękuj Zoe — dodała, gdy zaczął ponownie dziękować. — Na twoim miejscu wtajemniczyłbym ją, zaprzysiągł do zachowania tajemnicy. Będziesz potrzebował przynajmniej jednej osoby w swoim obozie, która mogłaby cię kryć, a ona wydaje się zarówno kompetentna, jak i zdolna do zachowania poufności.

— Pomyślę o tym — powiedział George. — Jest zatrudniona przez zarząd drużyny, a nie przeze mnie, więc jeśli zarząd zadałby jej pytanie, nie jestem pewien, czy *by* mnie kryła.

— Hm. Może zatem jakiś kolega z drużyny, któremu ufasz? — Jessie wzruszyła ramionami, jakby chciała powiedzieć: *twój problem, nie mój.*

— Pomyślę o tym — powtórzył George, ale wiedział, że ma rację. Potrzebował kogoś po swojej stronie, kto potwierdziłby jego wersję wydarzeń, bo inaczej sieć plotek uruchomiłaby się błyskawicznie, a z drużyną podróżowali przecież dziennikarze mieszkający w tych samych hotelach. Byli to dziennikarze sportowi, co prawda, ale niektórzy z nich z pewnością mieli powiązania z rubrykami towarzyskimi, a kapitan reprezentacji Australii randkujący z księżniczką popu to zbyt smakowity kąsek, by go przemilczeć.

Wrócił do hotelu drużyny na kilka minut przed północą, wślizgując się do lobby z radosnym „dobry wieczór" od asystenta trenera, który odhaczał obecność wszystkich zawodników.

— Podobał ci się koncert, George? — zapytał trener.

— Bardzo. Była świetna, prawdziwa gwiazda estrady. Chętnie wybrałbym się jeszcze kiedyś — powiedział, mając nadzieję, że zasiewa ziarno, gdy trener uśmiechnął się i skinął głową.

— Tak, wszyscy inni też mówili, że im się podobało. Dobranoc.

Telefon zawibrował mu w kieszeni, gdy dotarł do pokoju; wyciągając go, uśmiechnął się na widok wiadomości od Myst.

Przepraszam, że nie miałam dziś dla ciebie więcej czasu, bardzo chciałabym porozmawiać z tobą dłużej.

Ja też — odpisał George. — *Powiedz mi coś o sobie.*

Coś?

Coś, czego nie wszyscy o tobie wiedzą. Mogę zacząć pierwszy, jeśli chcesz. Jestem najmłodszy z piątki rodzeństwa, cała reszta to dziewczyny. Mam jedenaścioro siostrzeńców i siostrzenic i jestem TYM rozpuszczającym wujkiem, który robi głupie rzeczy, na przykład kupuje im perkusje.

LOL! No dobra. To głęboki, mroczny sekret, więc nigdy nie wolno ci go nikomu wyjawić, ale moje prawdziwe nazwisko to Joanna Jones.

Rozumiem, dlaczego przyjęłaś pseudonim. Myst bardziej do ciebie pasuje. Joanna Jones brzmi zwyczajnie, a ty jesteś wszystkim tylko nie zwyczajną kobietą.

To znaczy o wiele więcej, gdy płynie z twoich ust, niż od tych wszystkich pochlebców, z którymi musiałam się dziś użerać. Dziękuję.

Czatowali przez wiele godzin, odkrywając mnóstwo wspólnych cech. Jako dzieci mieszkali w tej samej dzielnicy Sydney, choć chodzili do innych szkół. Myst była o pięć lat młodsza od George'a, ale i tak znaleźli kilku wspólnych znajomych, ulubione kawiarnie i miejsca, które lubili odwiedzać.

Dopiero gdy pierwsze szare światło świtu zaczęło przesączać się przez żaluzje i zasłony w pokoju hotelowym, George spojrzał na zegarek i z przerażeniem uświadomił sobie, że esemesowali całą noc.

O mój Boże. Muszę kończyć. Za 2 godziny muszę być w autobusie na lotnisko.

Rany, spójrz na godzinę! Przepraszam. Tak mnie niosła adrenalina, że nie mogłam spać, i przegadałam z tobą całą noc.

Uśmiechnął się, czytając to. *Nawet nie zauważyłem, kiedy minął czas, tak dobrze mi się z tobą rozmawiało.*

Mnie też. Mam nadzieję, że znajdziesz dziś chwilę na drzemkę. Ja sama lecę dopiero wieczorem.

Wszystko będzie dobrze. Bezpiecznej podróży, pogadamy później.

Pukanie do drzwi sprawiło, że George podskoczył i upuścił telefon na łóżko obok siebie. — Słucham? — zawołał.

— Śniadanie za trzydzieści minut — zawołał głos. — Żwawo!

— Już wstaję. — Podniósł się z łóżka z westchnieniem, kierując się pod prysznic. Powinien być wykończony po nieprzespanej nocy, ale nie czuł się tak źle. Zapewne dopadnie go to później, co przynajmniej będzie dobrym pretekstem, by położyć się wcześniej spać i ucieszy kierownictwo drużyny, że daje dobry przykład.

Wychodząc spod prysznica, zauważył jeszcze jedną wiadomość w aplikacji.

Czekam na kolejną rozmowę już niedługo.

Nie mógł zetrzeć uśmiechu z twarzy.

Rozdział trzeci

George miał bardzo mało czasu dla siebie podczas trasy, wypełnionej treningami, spotkaniami zespołu, zorganizowanymi wyjściami, wywiadami prasowymi i przygotowaniami do meczów, ale w ciągu następnych kilku dni udało mu się wymienić z Myst całkiem sporo SMS-ów. Rozmawiali o wszystkim i o niczym, poznając się najlepiej, jak tylko mogli, nie mając możliwości porozmawiania osobiście. Kilka razy udało im się też pogadać późno w nocy przez WhatsAppa i to podczas jednego z tych połączeń Myst wspomniała, że poproszono ją o wręczenie nagrody na gali w Londynie.

— Brzmi fajnie — powiedział George.

— No cóż… zastanawiałam się, czy nie chciałbyś iść ze mną. To ten sam dzień, w którym przyjeżdżacie do Londynu.

— Spuściła długie rzęsy, po czym znów zerknęła w stronę kamery. — W końcu jesteś kimś, kogo nastolatki naprawdę podziwiają, więc moje przyjście z tobą byłoby w pełni uzasadnione.

Była to tego typu okazja medialna, do których zawsze go zachęcano, więc nie sądził, by pojawiły się jakieś problemy. Obiecał, że się dowie i da jej znać tak szybko, jak to możliwe, za co został nagrodzony zniewalającym uśmiechem — takim, od którego serce mu fikołka wywinęło.

George mocno podejrzewał, że spędzi wieczór w jej towarzystwie, po prostu gapiąc się na nią z rozdziawioną gębą i wyglądając jak idiota, ale nic go to nie obchodziło.

Po przemyśleniu rady Jessie uznał w końcu, że musi wyznać prawdę menedżerowi drużyny i zapytać, czy mógłby od czasu do czasu skorzystać z usług Zoe. Nie chciał zmuszać Zoe do bycia lojalną wobec dwóch stron naraz i naprawdę nie chciał, żeby ta tajemnica zemściła się na nim w przyszłości.

Menedżer, Joel, zmierzył go wzrokiem znad okularów, gdy George dukał wyjaśnienie, że być może, w pewnym sensie, spotyka się z Myst.

— I? — zapytał w końcu wyczekująco Joel.

— Chcę się z nią spotkać w Londynie. Zaprosiła mnie, żebym towarzyszył jej na gali Teen Idol Awards, która odbywa się trzy dni przed meczem.

Joel kołysał się w zamyśleniu na krześle, najwyraźniej analizując konsekwencje.

— Wciąż musi pan przestrzegać regulaminu drużyny — powiedział w końcu. — Żadnego alkoholu na imprezie. Rozumiem, że pewnie nie wyrobi się pan przed ciszą nocną, bo takie rzeczy trwają do późna, ale proszę tam nie siedzieć do świtu. Następnego dnia ma pan być na boisku i trenować ze wszystkimi, a od tego momentu aż do meczu jest pan w moich rękach.

— Tak jest — zgodził się George. — I, ekhm, w noc meczu...

— Gra koncert, tak?

— W o2 — potwierdził George.

— Jak tylko skończą się konferencje prasowe. — Joel skinął głową, wracając do stosu papierów przed sobą. — A potem kończy się trasa. W niedzielę rano mamy sesję regeneracyjną, a po południu analizę wideo, ale po tym będzie pan dysponował swoim czasem aż do wylotu do domu. Kiedykolwiek by to nie nastąpiło.

George planował wrócić do domu kilka dni później, ale wcale nie musiał tego robić. Nie miał obowiązku wracać na treningi przedsezonowe w swoim klubie przez kolejne cztery tygodnie. Sprawdzając harmonogram trasy Myst, odkrył, że po Londynie jedzie do Paryża, potem do Amsterdamu, Sztokholmu, Oslo, Monachium, Berlina i dalej — pełna europejska trasa przez najbliższe dwa miesiące. Rezerwowanie lotu do Paryża wydawało się nieco zuchwałe, ale uznał, że w razie potrzeby łatwo to załatwi, choć pewnie powinien zapytać Zoe, czy potrzebuje jakichś wiz.

Z cichym podziękowaniem dla Joela wymknął się i skierował do swojego pokoju. Najpierw wyśle wiadomość do Myst z informacją, że dostał pozwolenie na wspólne wyjście na galę.

Odkrywał właśnie, że bycie kapitanem drużyny to zupełnie nowy świat. Od kilku lat był znanym zawodnikiem, typowanym na przyszłego kapitana niemal od swojego pierwszego meczu międzynarodowego cztery lata temu, i wydawało mu się, że rozumie, czym jest zainteresowanie mediów. Jednak bycie rozpoznawanym na każdym kroku było deprymujące, a sposób, w jaki dziennikarze nagle się ożywiali, gdy wchodził do pokoju, był czymś, do czego chyba nigdy się nie przyzwyczai.

Wszystko to jednak zbladło, gdy wysiadł z limuzyny na czerwony dywan przed miejscem imprezy, a tysiące fleszy rozbłysło mu prosto w twarz.

— Rozluźnij się — szepnęła Myst pod nosem, a jej głos był ledwo słyszalny w chaotycznym gwarze tłumu. Zerknęła na niego z szybkim uśmiechem, a jej jasnobłękitne oczy lśniły w ostrym świetle. — Po prostu idź przed siebie. Lewa noga, prawa noga. Dasz radę.

— Tobie łatwo mówić — mruknął w odpowiedzi George, poruszając niekomfortowo ramionami w skrojonym na miarę garniturze, który nagle wydał mu się o dwa rozmiary za ciasny. Gdzieś po jego lewej stronie ktoś wykrzyczał imię Myst, jakby ogłaszał powtórne przyjście Chrystusa.

— Tutaj, Myst! Zapozuj nam!

— Kim jest twój towarzysz, Myst?!

— Wyglądasz olśniewająco jak zawsze, Myst! Możemy prosić o uśmiech?

Radziła sobie z tym wszystkim, jakby płynęła przez wodę — spokojna i niewzruszona. Uniosła wolną rękę w pełnym wdzięku powitaniu, poruszając palcami na tyle subtelnie, by ukłonić się tłumowi, nie sprawiając przy tym wrażenia, że gest był wyćwiczony.

— Jak ty w ogóle słyszysz własne myśli? — zapytał George, nachylając się do jej ucha. Mówił lekkim tonem, ale zdumienie w jego głosie było prawdziwe.

Myst zaśmiała się cicho, dźwiękiem przeznaczonym tylko dla niego. — Nie myślisz, tylko płyniesz — odpowiedziała, ściskając lekko jego dłoń, zanim poprowadziła go dalej. — A jeśli płynięcie nie działa, po prostu uśmiechaj się i potakuj. Tak jak teraz. — Odwróciła twarz w stronę aparatów, a jej wyraz twarzy zmienił się w promienny, a jednocześnie naturalny. Było to hipnotyzujące i... szczerze mówiąc, trochę przerażające.

George próbował ją naśladować, choć czuł raczej, że szczerzy zęby, niż się uśmiecha. — Tak? — zapytał, spoglądając na nią.

— Prawie — droczyła się, a jej usta drgnęły, jakby powstrzymywała śmiech. — Tylko może trochę wyluzuj. Wyglądasz, jakbyś zaraz miał kogoś powalić na ziemię.

— Siła przyzwyczajenia — odparł z kamienną twarzą, co wywołało u niej kolejny cichy śmiech. Ten dźwięk sprowadzał go na ziemię. W całym tym chaosie Myst była jego stałym punktem, a jej opanowanie otulało go niczym niewidzialna tarcza.

— Głowa do góry, rugbysto — szepnęła, kierując twarz w stronę następnej grupy fotografów. — Zjedzą cię żywcem, jeśli będziesz wyglądał na zagubionego.

— Na to już za późno — mruknął, ale mimowolnie uniósł podbródek, próbując wykrzesać z siebie choć połowę pewności siebie, którą ona emanowała bez żadnego wysiłku. Aparaty pstrykały coraz głośniej, okrzyki przybierały na sile, gdy Myst zatrzymała się na środku dywanu, by zmienić pozycję. Przesunęła się lekko, zwracając ciało w stronę George'a na tyle, by znalazł się w kadrze, ale nie na tyle, by skupić na nim całą uwagę. Chroniła go, zdał sobie sprawę, subtelnie odwracając uwagę mediów tak, by nikt tego nie zauważył.

— Teraz się uśmiechnij — szepnęła z figlarną nutą w głosie.

— Wciąż mam wrażenie, że to zasadzka — burknął, ale i tak zdołał się uśmiechnąć. Może nie pasował do tego miejsca, ale chciał spróbować. Nie dla aparatów, nie dla tłumu, ale dla niej.

— Widzisz? Masz do tego talent — powiedziała Myst, krótko napotykając jego wzrok, po czym znów zwróciła się ku morzu obiektywów. Jej dłoń pewnie trzymała jego rękę, będąc kotwicą w tym sztormie. Mimo drobnej budowy potrafiła zawładnąć przestrzenią, naginając chaos do swojej woli. George mógł tylko podziwiać, z jaką łatwością jej to przychodzi.

— Nie jestem pewien, czy nazwałbym to swoim naturalnym środowiskiem — mruknął, skanując wzrokiem otaczające ich szaleństwo. Ludzie napierali na barierki, wyciągając szyje, by lepiej widzieć. Mikrofony wystawały do przodu niczym włócznie. — Czuję się bardziej jak w środku młyna.

— Ach, ale młyny to przecież twoja specjalność, prawda? — zażartowała Myst, rzucając mu szybkie spojrzenie z ukosa. Jej usta wykrzywiły się w uśmiechu i przez ułamek sekundy George zapomniał o aparatach, tłumie i całej reszcie.

— Touché — przyznał. Jej energia była zaraźliwa, wyciągała go z własnej głowy i osadzała w danej chwili. Może ten świat nie należał do niego, ale z Myst u boku nie wydawał się aż tak nie do pokonania.

Wiele głosów przekrzykiwało się nawzajem, wzywając Myst, by patrzyła w każdą stronę naraz, uśmiechała się i pytając, kim jest jej partner.

— Nikt z was nie ogląda sportu? — zaśmiała się Myst, a ten perlisty dźwięk sprawił, że George'a przeszły ciarki po plecach. — Wy poganie, to jest mój dobry przyjaciel George Dennis, kapitan reprezentacji Australii w rugby.

Intensywność fleszy znów wzrosła, oślepiając George'a. Teraz pytania wykrzykiwano do niego: skąd zna Myst, czy są parą?

— Dobrzy przyjaciele, wy hieny — powiedziała Myst, a jej uśmiech nawet na chwilę nie zgasł. — Zostawcie człowieka w spokoju. George, chodźmy do środka. Za chwilę przyjedzie ktoś inny, a jestem pewna, że na czerwonym dywanie już ktoś czeka, żeby wepchnąć mi mikrofon do gardła. — Wsunęła dłoń pod jego ramię i lekko go pchnęła, a on instynktownie skręcił w kierunku, który wskazała.

Czekała na nich wysoka, piękna czarnoskóra kobieta w błyszczącym, limonkowym garniturze, z kamerą u ramienia i mikrofonem w dłoni. Uśmiech Myst rozszerzył się i stał się nieco bardziej szczery, jak pomyślał George, gdy kobieta zagrodziła im drogę.

— Rebekah. Dobrze cię widzieć.

— Wyglądasz fantaaaastycznie, Myst, moja droga — przeciągnęła kobieta. — A kim jest to smakowite ciacho u twego boku? Ptaszki mi wyćwierkały, że to jeden z twoich rodaków-skazańców, to znaczy Australijczyków?

George uśmiechnął się szeroko, od razu polubiwszy tę kobietę. — George Dennis. Miło mi panią poznać. — Szarmancko skłonił się nad jej dłonią, muskając jej kostki niemal niewyczuwalnym pocałunkiem i puszczając do niej oko, gdy się wyprostował.

— Mój Boże — mruknęła z uznaniem Rebekah, taksując wzrokiem szerokość jego ramion. — Myst, nie sądziłam, że stać cię na takie zdobycze.

— Nie stać — odrzekła konfidentonalnym tonem Myst, pochylając się ku niej, a potem wybuchnęła szczerym śmiechem, gdy nawet kamerzysta oderwał oko od obiektywu, by na nią spojrzeć. — George to przyjaciel, Rebekah! Jest kapitanem australijskiej reprezentacji rugby. Są tutaj na turnieju. W sobotę grają z Anglią na Twickenham, ale dziś bardzo uprzejmie zgodził się towarzyszyć mi na gali.

— No cóż. — Rebekah zmierzyła go wzrokiem od stóp do głów, po czym posłała Myst szelmowski uśmiech. — Gdybym była na twoim miejscu, skarbie, bezwstydnie bym to wykorzystała. A skoro mowa o miejscach, a konkretnie o butach, są fantaaaastyczne, kto je zaprojektował? I twoją suknię?

— Polubiłem ją — szepnął George do ucha Myst kilka minut później, gdy ruszyli dalej wzdłuż czerwonego dywanu.

— Myślę, że jest autentyczna, mimo tej całej powierzchownej maniery. Ja też ją lubię. — Myst kiwała głową i uśmiechała się, ale już się nie zatrzymywała, mimo że kolejni prowadzący próbowali ją przywołać. Przeszli przez drzwi do budynku i George rozejrzał się, nieco oszołomiony jasnym światłem wewnątrz i blaskiem sukien. Sala była znacznie lepiej oświetlona niż te na bankietach po meczach rugby, do których był przyzwyczajony, i od razu zrozumiał, że to zasługa kamer telewizyjnych rozstawionych wszędzie, gotowych w każdej chwili uchwycić reakcję każdego gościa.

George siedział sztywno na krześle w pobliżu przodu wielkiej sali, czując się całkowicie nie na miejscu w tym lśniącym morzu markowych sukien i smokingów. Wokół niego powietrze wibrowało od rozmów i okazjonalnych wybuchów grzecznościowych oklasków podczas wręczania nagród. Ale nic z tego do niego nie docierało. Skupiał się na Myst, która kroczyła przez scenę w blasku tysięcy świateł.

Wyglądała promiennie, jej falujące ciemne włosy opadały kaskadą na plecy, lśniąc w miękkich refleksach sukni — głębokiej szmaragdowej zieleni, która zdawała się zmieniać odcień przy każdym ruchu. George patrzył, jak podchodzi do podium, a jej pewność siebie była wyczuwalna nawet z daleka. Ona nie po prostu szła, ona panowała nad przestrzenią, a każdy jej krok był celowy, każdy uśmiech wyliczony, a jednak jakimś cudem szczery.

— Dziękuję wam wszystkim za przybycie — zaczęła Myst. Mówiła swobodnie, wplatając humor i wdzięk w swoje przemówienie, gdy prezentowała nominowanych do kolejnej nagrody. Publiczność spijała każde jej słowo, całkowicie zauroczona.

George nie mógł wyjść z podziwu, jak naturalnie jej to przychodzi. To był jej świat: lśniący, dopracowany, nieustannie wymagający. Zupełnie inny niż jego własny, gdzie liczyła się walka i praca zespołowa. Patrząc na nią teraz, otoczoną blaskiem i brawami, zastanawiał się, czy nie oszukuje samego siebie, myśląc, że mógłby pasować do życia, które sobie zbudowała.

Gdy ogłoszono zwycięzcę i sala wybuchła entuzjazmem, George poruszył się niespokojnie na krześle. Może to nie był młyn, ale czuł się równie osaczony, równie przytłoczony. Poprawił spinki w mankietach, próbując odgonić wątpliwości skradające się do jego głowy.

Wtedy Myst zerknęła w jego stronę.

To było przelotne, zaledwie mignięcie jej wzroku nad tłumem, ale trafiło prosto w niego. A kiedy jej usta wykrzywiły się w miękkim, porozumiewawczym uśmiechu, reszta sali jakby przestała istnieć. W tej jednej chwili nie liczyło się to, jak bardzo różnią się ich światy. Widziała go. Nie gwiazdę rugby czy faceta w smokingu, który czuje się jak ryba wyjęta z wody — widziała po prostu jego.

George poczuł, jak napięcie opuszcza jego ramiona. Wyprostował się na krześle, odwzajemniając uśmiech delikatnym skinieniem. Może nie do końca rozumiał ten jej świat, ale na razie to spojrzenie wystarczyło, by przypomnieć mu, dlaczego tu jest. Dla niej.

Kilka minut później opierał się o ścianę za kulisami, z dłońmi wciśniętymi w kieszenie spodni od smokingu.

Znajomy stukot obcasów o lśniącą podłogę wyrwał go z myśli. To była ona — prześlizgnęła się przez kurtynę z taką swobodą, jakby to miejsce należało do niej, co, szczerze mówiąc, poniekąd było prawdą. Jej ciemne włosy lśniły w przyćmionym świetle zaplecza, opadając na elegancką, szmaragdową suknię. Wyglądała jak marzenie, a George czuł się przy niej jak wielki, niezdarny statysta w filmie, w którym ona grała główną rolę.

— Kogo my tu mamy — powiedziała Myst z przekorną nutą w głosie, zatrzymując się przed nim i lekko przechylając głowę, by napotkać jego wzrok.

— No tak, cóż — odparł George, drapiąc się po karku. — Uznałem, że poczekam tutaj i postaram się nie zepsuć niczego drogiego.

Myst zaśmiała się, cicho i ciepło, a ten dźwięk rozproszył część napięcia kłębiącego się w jego ramionach. — Nie radzisz sobie najgorzej jak na rugbystę, który skradł show na czerwonym dywanie. — Uniosła brwi, a w jej blado-niebieskich oczach błysnęło figlarne wyzwanie.

— Skradł show? Jestem prawie pewien, że po prostu starałem się nie potknąć o własne nogi — odgryzł się George. — Bądźmy szczerzy, ty jesteś w tym wszystkim o całe lata świetlne przede mną.

— Lata świetlne? — powtórzyła Myst, udając, że się nad tym zastanawia. — Może. Ale muszę przyznać, że nieźle się odstawłeś. Myślę, że mogłeś przyprawić tam parę osób o palpitacje serca.

— Przestań — jęknął George, choć jego uszy zdecydowanie zrobiły się czerwone. — Nie jestem stworzony do tego całego bycia celebrytą. Bardziej pasują do mnie „ubłocone buty i sińce” niż... to, czymkolwiek to jest.

— Nie doceniasz się — powiedziała, trącając go lekko ramieniem. — Masz w sobie urok, kiedy akurat nie unikasz aparatów, jakby próbowały cię powalić na murawę.

— Cóż — skontrował George, pochylając się na tyle, by napotkać jej wzrok — jeśli mam w sobie jakiś urok, to tylko dlatego, że stoję obok kogoś, kto skupia na sobie uwagę całego pokoju, nawet się przy tym nie pocąc.

— Pochlebca — mruknęła Myst, przewracając oczami, ale rumieniec na jej policzkach sugerował coś innego. Mimo całego jej opanowania, George lubił wiedzieć, że wciąż potrafi ją zaskoczyć.

Atmosfera się zmieniła; jej uśmiech złagodniał, gdy zerknęła w stronę kurtyny, przez którą przeszła. Hałas z sali już przycichł, zastąpiony przez odległy gwar i pośpieszne kroki personelu przygotowującego scenę. Gdy odwróciła się z powrotem do George'a, blask w jej oczach nieco przygasł.

— Dzięki, że tu jesteś — powiedziała cicho, a jej głos nabrał szczerości. — Takie wieczory... potrafią być tak przytłaczające i głośne, a jednak w jakiś sposób samotne. Twoja obecność sprawia, że jest łatwiej.

— Samotne? — George zmarszczył brwi, wyczuwając w jej tonie nutę bezbronności. — Ty? Jesteś otoczona ludźmi, którzy cię uwielbiają.

— Uwielbienie to nie to samo co więź — odpowiedziała Myst, wzruszając ramionami. — Wszystko wygląda inaczej, gdy stale oczekuje się od ciebie bycia „w formie". — Przerwała, a potem uśmiechnęła się do niego, nieco tęsknie, może z odrobiną wdzięczności. — Ale dzisiaj nie czuję się tak bardzo samotna.

— Cóż — powiedział George po chwili, teraz już znacznie ciszej — cieszę się, że mogłem pomóc. Nawet jeśli pełnię głównie rolę twojej żywej tarczy przed paparazzi.

Zanim zdążyła odpowiedzieć, zza rogu wyłoniła się Jessie, ubrana cała na czarno, ze słuchawkami na uszach. — Myst, zespół chce cię na afterparty. Już się zaczęło.

— Doprawdy? — odparła Myst, a w jej głosie pobrzmiewało coś nieoczywistego. Zerknęła na George'a, jakby ważyła dostępne opcje.

— Idź — powiedział stanowczo George, lekko ją popychając. — To twój wieczór. Nie pozwól, bym cię zatrzymywał.

— Zatrzymywał? — powtórzyła, marszcząc brwi. — George, spędziłam cały wieczór paradując w blasku fleszy i ze wyuczonym uśmiechem. Jeśli chcę odpuścić jedną imprezę, żeby spędzić czas z kimś, przy kim czuję się sobą, to myślę, że na to zasługuję.

— Słuszna uwaga — przyznał George, choć znów poczuł, jak na jego policzki wypływa gorąco. — Mimo to, czy twój zespół nie będzie zły?

— Prawdopodobnie — powiedziała, a jej usta wygięły się w szelmowskim uśmiechu. — Ale przeżyją. Dzisiaj to ja decyduję, czego chcę, a teraz chcę zostać tutaj.

— Ze mną? — spytał George, unosząc sceptycznie brew.

— Z tobą — potwierdziła Myst bez wahania. — Odpuszczam imprezę, Jessie! — zawołała do swojej kuzynki, która skinęła głową, jakby dokładnie takiej odpowiedzi się spodziewała.

— Bawcie się dobrze — odkrzyknęła Jessie. — I nie róbcie niczego, czego ja bym nie zrobiła!

Myst pociągnęła George'a za rękę. Jej obcasy wybijały staccato na betonowej podłodze, gdy wymykali się bocznym wyjściem. Stłumiony ryk towarzyszący gali cichł za nimi i po chwili byli już w samochodzie, jadąc do hotelu Myst — cichego, dyskretnego i bardzo drogiego starego budynku zaledwie kilka przecznic dalej. Gdy polerowane drzwi windy zasunęły się, George oparł się o lustrzaną ścianę i wypuścił długo wstrzymywane powietrze, rozluźniając muchę i wpychając ją do kieszeni marynarki.

— Przypomnij mi jeszcze raz, jak dałem się w to wplątać? — zapytał, choć kącik jego ust drgnął ku górze.

— Wplątać? — Myst udawała oburzenie. — Praktycznie sam się zgłosiłeś. Nie myśl, że nie widziałam, jak dumnie wypinasz pierś na czerwonym dywanie.

— To nie było wypinanie piersi — bronił się George. — To była walka o przetrwanie. Masz pojęcie, jak przerażające są te aparaty? Są jak sępy z lampami błyskowymi.

— Witaj w moim świecie — powiedziała cicho, a jej uśmiech stał się łagodniejszy. Spojrzała na ich złączone dłonie, jakby dopiero teraz zdała sobie sprawę, że go nie puściła. Przez chwilę żadne z nich się nie poruszyło. Wtedy winda wydała dźwięk, zrywając czar.

— Chodźmy — mruknęła Myst, ciągnąc go za sobą. — Zniknijmy stąd, zanim ktoś postanowi nas wyśledzić.

Pokój był przestronny, a zarazem przytulny; luksus, który wydawał się miejscem do życia, a nie tylko tłem. Ciepłe, złociste lampy rzucały miękki blask na pluszowe, antyczne meble i stolik kawowy, na którym leżały rozrzucone nuty i porzucona filiżanka herbaty.

— Wow — powiedział George, chowając ręce do kieszeni i rozglądając się dookoła. — To jest... nie to, czego się spodziewałem.

— W dobrym czy złym sensie? — zapytała Myst, zrzucając szpilki i opadając na kanapę z westchnieniem ulgi. Jej drobna sylwetka niemal zapadła się w poduszki, a zwyczajowe opanowanie ustąpiło miejsca czemuś znacznie bardziej ludzkiemu.

— W dobrym — odparł szybko, po czym dodał: — Chyba spodziewałem się więcej... brokatu?

— Nie daj się zwieść scenicznemu wizerunkowi — powiedziała, machając ręką. — Przez większość dni mam szczęście, jeśli znajdę skarpetki do pary, a co dopiero brokat. — Wskazała głową miejsce obok siebie i po chwili wahania George usiadł przy niej, zdejmując marynarkę i kładąc ją na oparciu. W apartamencie było ciepło.

Przez jakiś czas siedzieli w przyjaznej ciszy. Myst podwinęła nogi pod siebie, bezwiednie kreśląc wzory na oparciu, podczas gdy George pochylał się do przodu z łokciami na kolanach, wpatrując się w przestrzeń. To Myst pierwsza przerwała milczenie, a jej głos był ledwie słyszalnym szeptem.

— Czy czujesz czasem, jakbyś... żył czyimś życiem?

George odwrócił się do niej, zaskoczony pytaniem. — Co masz na myśli?

— Jakbyś grał rolę, której wszyscy od ciebie oczekują — wyjaśniła, wlepiając wzrok w stolik kawowy. — I jeśli zatrzymasz się choć na sekundę, to wszystko się zawali. To wyczerpujące, próbować być wszystkim dla wszystkich. Czasem zastanawiam się, czy w ogóle jeszcze wiem, kim jestem.

— Hej — powiedział łagodnie George, wyciągając rękę, by dotknąć jej dłoni. Spojrzała na niego zaskoczona, jakby nie zamierzała mówić aż tyle. — Nie jesteś byle kim. Jesteś Myst. I bez względu na to, czy stoisz na scenie, czy siedzisz tutaj boso z plamami po herbacie na stole, wciąż jesteś sobą.

— Plamami po herbacie? — powtórzyła, a jej usta zadrżały w uśmiechu mimo wszystko.

— Wielkimi — potwierdził, szczerząc się. — O, dokładnie tam. Jestem prawie pewien, że nigdy nie zejdą. Hotel wystawi ci słony rachunek.

— Rugbiści — mruknęła, kręcąc głową. — Tacy spostrze-
gawczy.

— Ryzyko zawodowe — zażartował. Ale potem jego ton
złagodniał. — Szczerze mówiąc, rozumiem cię. Bycie k
apitanem... to nie tylko gra. Ludzie oczekują, że będziesz
znał wszystkie odpowiedzi, że będziesz przewodził i nigdy
nie zadrżysz. I tak, to daje satysfakcję, ale bywa też... —
Przerwał, szukając właściwego słowa. — Samotne.

— Tak — powiedziała cicho Myst. — Samotne.

To słowo zawisło między nimi, ciężkie, ale nie nieprzyjemne. Myst przysunęła się bliżej, muskając kolanem jego
udo, a kiedy tym razem na niego spojrzała, nie było
już śladu po błyszczącej gwieździe popu czy opanowanej
prezenterce. Była tylko Myst — otwarta, naturalna,
prawdziwa.

— Dzięki, że to powiedziałeś — wyznała. — Większość
ludzi po prostu zakłada, że mam wszystko pod kontrolą.

— Większość ludzi nie zwraca uwagi — odparł George. —
Ale ja nie jestem jak większość ludzi.

— Ewidentnie — zażartowała, a w jej oczach znów pojawił
się blask. — Większość ludzi nie przeżyłaby jednej nocy
przed tymi aparatami.

— No cóż — powiedział, opierając się z dramatycznym
westchnieniem. — Nie wszyscy bohaterowie noszą pel-
eryny. Niektórzy z nas noszą zieleń i złoto.

— Bohater rugby — powtórzyła, ale tym razem jej
ton był inny, bardziej miękki, niemal czuły. Wyciągnęła
rękę, zakładając zbłąkany kosmyk ciemnych włosów za
ucho, i uśmiechnęła się do niego w sposób, który spraw-

ił, że poczuł ucisk w klatce piersiowej. — Jesteś pełen niespodzianek, George Dennis.

— Z wzajemnością — mruknął, nie mogąc oderwać od niej wzroku.

Powietrze między nimi zgęstniało, naładowane czymś niewypowiedzianym, ale niezaprzeczalnym. Dłoń Myst spoczywała na poduszce tuż obok, tak blisko, że George czuł jej ciepło. Przez ułamek sekundy pomyślał o tym, by pokonać ten dystans, o tym, co oznaczałoby wykonanie tego kroku. Ale zamiast tego został tam, gdzie był, czekając i mając nadzieję, że to ona podejmie decyzję.

Śmiech Myst był cichy, niemal jak szept w spokojnym szumie apartamentu. Oparła się o pluszową kanapę, z podwiniętymi nogami, obserwując George'a z tym półuśmiechem, który rozbroił go od momentu, gdy się poznali. — Dobrze, bohaterze rugby — powiedziała, przechylając głowę, a jej ciemne włosy spłynęły po ramieniu niczym jedwab. — Co muszę zrobić, żebyś przestał na mnie tak patrzeć?

— Jak? — spytał George niskim, ochrypłym głosem. Siedział na krawędzi kanapy, opierając łokcie na kolanach i splatając dłonie, jakby przygotowywał się na uderzenie. Nie był do końca pewien, kiedy pokój zaczął wydawać się mniejszy lub cieplejszy, ale tak właśnie było.

— Jakbym była jakąś zagadką, którą próbujesz rozwiązać — odpowiedziała Myst, a jej blado-niebieskie oczy zwęziły się figlarnie. Ale było tam coś jeszcze, coś cichszego, bardziej bezbronnego, ukrytego tuż pod powierzchnią.

— Może *jesteś* zagadką — odparował, a jego usta wygięły się w powolnym uśmiechu. — A ja lubię rozwiązywać zagadki.

— Uważaj — ostrzegła, pochylając się na tyle, by skrócić dzielący ich dystans o cal czy dwa. W jej głosie słychać było przekomarzanie, ale jej spojrzenie pozostało stałe, utkwione w nim, jakby wyzywała go, by odwrócił wzrok. — Może ci się nie spodobać to, co odkryjesz.

— Jakoś w to wątpię.

Te słowa padły ciszej, niż zamierzał, a ich ciężar zawisł w powietrzu, przytłaczający, ale nie dokuczliwy. George poczuł, jak tętno mu przyspiesza, a jednostajny rytm serca nagle stał się głośniejszy, niż powinien. Powinien był odwrócić wzrok albo obrócić to w żart, ale zamiast tego został tam, gdzie był, unieruchomiony przez samą siłę jej przyciągania.

Ona poruszyła się pierwsza, pokonując dystans w sposób naturalny i niewymuszony. W jednej chwili siedziała tam spokojnie, z ręką spoczywającą lekko na poduszce między nimi, a w następnej jej palce muskały jego ramię, nieśmiało, lecz ciepło. Ten dotyk sprawił, że dreszcz przeszedł mu po plecach i zanim zdołał się powstrzymać, sięgnął do niej, przesuwając dłonią po jej dłoni i trzymając ją, jakby była czymś niezwykle kruchym.

— George — mruknęła, a jej głos był teraz ledwie słyszalny. Nie brzmiało to jak pytanie ani nawet stwierdzenie. Bardziej jak imię, do którego wciąż się przyzwyczajała, sprawdzając, jak brzmi na jej języku.

— Tak? — Czuł ucisk w gardle, a jego głos był bardziej szorstki niż zwykle. Była teraz tak blisko, że widział najdrobniejsze piegi na jej nosie i sposób, w jaki jej rzęsy rzucały małe cienie na policzki.

— Nic. — Potrząsnęła lekko głową, a jej uśmiech złagodniał, gdy jej wolna dłoń powędrowała do jego piersi. Jej palce zacisnęły się na materiale jego koszuli, delikatnie go pociągając. Nie na tyle mocno, by przyciągnąć go bliżej, ale wystarczająco, by dać mu do zrozumienia, że tego właśnie chce.

— To nie brzmi jak „nic" — powiedział, a kącik jego ust drgnął ku górze. Ale humor w jego głosie był przelotny, szybko zastąpiony przez coś głębszego, gdy pochylił się na tyle, by ich czoła się zetknęły.

— Nie psuj tego — szepnęła, a jej oddech był ciepły na jego policzku. I zanim zdążył odpowiedzieć, całkowicie zatarła dzielącą ich odległość, przyciskając swoje usta do jego.

Pocałunek był początkowo powolny, nieśmiały. Ostrożne spotkanie światów, których żadne z nich jeszcze w pełni nie rozumiało. Ale nie trwało to długo. Dłoń George'a przesunęła się po jej plecach, jego palce zaplątały się w fale jej włosów, gdy przysunęła się bliżej, a jej ciało dopasowało się do jego. Smak jej ust pozostał na jego wargach: coś słodkiego i nieoczekiwanego, jak miód i cytrusy.

— Boże, Myst — mruknął w jej usta, a jego głos lekko się załamał, gdy usiadła mu na kolanach. Jej ciężar spoczął na nim, lekki i zarazem dający oparcie, a dotyk jej drobnych dłoni błądzących po jego ramionach sprawił, że przeszyło go gorąco. Jedna z jej rąk zsunęła się do rąbka jego koszuli i bez zastanowienia pomógł jej ściągnąć ją przez głowę, mocując się jeszcze ze spinkami u mankietów, zanim rzucił ją gdzieś za siebie.

— Naprawdę, bohater rugby — zażartowała bez tchu, gdy jej koniuszki palców wodziły po liniach jego klatki piersiowej, zatrzymując się na starych bliznach i napiętych mięśniach. Jednak jej uśmiech nieco przygasł, gdy znów podniosła na niego wzrok. Wciąż tlił się w nich śmiech, ale też wahanie; wystarczająco dużo, by przypomnieć mu, że to dla nich obojga nowy teren.

— Czy powinienem teraz podziękować? — zażartował, choć jego ton był teraz łagodniejszy, dopasowany do jej tonu. Jego dłonie spoczywały lekko na jej biodrach i nie mógł wyjść z podziwu, jak idealnie do niego pasowała, jakby została stworzona właśnie do tego, by tam siedzieć.

— Może później — odpowiedziała, kładąc czoło na jego ramieniu z cichym śmiechem. Przez chwilę po prostu trwali w tej pozycji. Jej ramiona były luźno splecione wokół jego szyi, jego dłonie pewnie trzymały jej boki, a intensywność uczuć między nimi falowała.

— Hej — odezwał się po chwili znacznie ciszej. — Wszystko w porządku?

— Tak — odparła, unosząc głowę na tyle, by znów spojrzeć mu w oczy. Jej uśmiech powrócił, mniejszy, ale równie szczery. — Po prostu... nie chcę tego zepsuć.

— Ja też nie — przyznał, przesuwając kciukiem bezwiednie po krzywiźnie jej talii. I to była prawda. Czymkolwiek to było, czymkolwiek mogło się stać, chciał, żeby to było ważne.

Na razie jednak nie musieli niczego ustalać. Na razie mieli to — tę cichą, chaotyczną, piękną chwilę pomiędzy i żadne z nich nie było jeszcze gotowe, by ją zakończyć.

Rozdział czwarty

MYST PORUSZYŁA SIĘ, A lekki ciężar wełnianego koca zsunął się z jej ramienia, gdy z jej ust wyrwało się ciche jęknięcie. Czuła, że jej ciało jest sztywne, a szyja wygięta pod nienaturalnym kątem, i potrzebowała kilku sekund, by zorientować się w sytuacji. Kanapa. Była na kanapie.

Ciepły, stały nacisk na jej bok sprawił, że wszystko do niej wróciło. Namiętne pieszczoty, ona na kolanach George'a, całowanie go, dopóki niemal nie zabrakło jej tchu. George biorący ją za ręce, delikatnie zwalniający tempo, gdy ona, być może, zbyt gwałtownie parła naprzód. A potem najwyraźniej zasnęli razem.

Lekko odwróciła głowę, muskając policzkiem coś twardego. George. Wciąż tu był, wyciągnięty obok niej, z długimi nogami niemal zwisającymi z krawędzi kanapy.

Jego głowa spoczywała na poduszce, przechylona w jej stronę, a rysy twarzy złagodniały we śnie. Nawet z lekko uchylonymi ustami wyglądał absurdalnie przystojnie, tak surowo, niczym mężczyzna z okładki jakiegoś magazynu o sztuce przetrwania w dziczy.

— Cześć — wymamrotał George głosem ciężkim od snu, z akcentem wyraźniejszym niż zwykle. Jedno z jego oczu uchyliło się, a intensywny błękit zaskakiwał nawet w tym stanie półświadomości. Krzywy uśmiech błąkał się w kąciku jego ust, gdy w pełni dostrzegł jej twarz. — Chyba cię nie przygniatam?

— Jeszcze nie — odparła Myst, a nerwowy śmiech wyrwał się z niej, zanim zdążyła go powstrzymać. Policzki jej zapłonęły. Usiadła nieco prościej, starając się zignorować fakt, że serce waliło jej jak bęben. — Choć moja lewa noga kompletnie zdrętwiała, więc może nie ruszaj się zbyt gwałtownie.

— Jasne. — Zaśmiał się nisko i chrapliwie, odsuwając ramię, co pozostawiło po sobie zaskakujący chłód. Podniósł się do pozycji siedzącej, a jego szerokie ramiona zdawały się zajmować połowę pokoju, podczas gdy włosy sterczały w nieładzie. To było zupełnie niesprawiedliwe, że wyglądał tak dobrze tuż po przebudzeniu.

— Jak nam się to udało? — zapytał, pocierając kark. — Myślałem, że wyjdę stąd przed północą.

— Chyba nie jesteśmy już tak młodzi i odporni jak kiedyś — zażartowała, zakładając kosmyk włosów za ucho. Jej głos był lekki, ale prawda wisiała między nimi niczym duch. Oboje to wybrali.

— Mmm — mruknął, zerknął na nią z ukosa. Jego spojrzenie zatrzymało się na niej o ułamek sekundy za długo, a wyraz twarzy był nieodgadniony. Potem, jakby przyciągnięty niewidzialną siłą, wyciągnął rękę i delikatnie odgarnął jej włosy z twarzy, muskając policzek szorstkimi palcami.

Myst zamarła, wstrzymując oddech. Przez chwilę świat zdawał się zawężać tylko do nich dwojga, a szum miasta na zewnątrz został stłumiony przez cichą intymność pokoju. Dłoń George'a opadła, a on odchrząknął, nagle wyglądając na zmieszanego.

— Przepraszam — powiedział z lekko zaróżowionymi uszami. — Miałaś... yyy... włosy wpadły ci do oka.

— Dzięki — szepnęła, teraz już ciszej. Nie była pewna, czy to jej wyobraźnia, ale skóra paliła ją w miejscu, w którym jej dotknął.

Siedzieli tak przez chwilę, żadne z nich nie potrafiło spojrzeć drugiemu w oczy, aż w końcu Myst nie mogła się powstrzymać. Cichy chichot wyrwał się z jej ust, przełamując napięcie. George uniósł brew, a na jego twarzy powoli wykwitł uśmiech.

— Coś śmiesznego?

— Po prostu... — Gestem wskazała na nich oboje, a jej śmiech przybierał na sile. — To wszystko. My. Zasypiający jak nastolatki podczas oglądania filmu, czy coś w tym stylu. To niedorzeczne.

— Niedorzeczne, co? — Odchylił się, krzyżując ramiona na piersi. — Nie wiem. Właściwie to całkiem miłe.

— Miłe? — powtórzyła, a jej śmiech przeszedł w coś łagodniejszego. Zerknęła na niego, a w jego oczach dostrzegła coś niewypowiedzianego, co sprawiło, że poczuła skurcz w żołądku.

— Tak — powiedział po prostu. — Miłe.

Ich spojrzenia się spotkały i przez krótką chwilę myślała, że on przysunie się i znów ją pocałuje. Ale wtedy George poruszył się, przeciągając ramiona nad głową z przesadnym ziewnięciem, które prysnął czar.

— Jest szansa na kawę? — Posłał jej jeden z tych cholernie czarujących uśmiechów. I tak po prostu skrępowanie stopniało, ustępując miejsca czemuś łatwemu i znajomemu, rytmowi, który odnaleźli, nawet nie zdając sobie z tego sprawy.

Serce Myst wezbrało. Czymkolwiek to było, nie była gotowa, by się skończyło. Jeszcze nie.

Myst balansowała z kubkiem herbaty w jednej ręce, opierając się o blat aneksu kuchennego i obserwując George'a, wciąż cudownie rozczochranego po śnie, który stał przy oknie, mrużąc oczy na londyńskie niebo, jakby osobiście go uraziło.

— Czy tu kiedykolwiek nie zanosi się na deszcz? — zapytał głosem schrypniętym po poranku.

— Witaj w Anglii — zażartowała Myst, biorąc łyk herbaty. — Zauważyłam, że szare niebo i herbata to ich znak rozpoznawczy.

— Herbata — wymamrotał, kręcąc głową. — Ja zostanę przy tym. — Uniósł własny kubek, z którego parowała czarna kawa.

Byli tacy przez ostatnie kilka minut. Cisi, ciepli, trwający w bańce, którą jakimś cudem stworzyli. Myst nie wiedziała, jak długo zdołają to utrzymać, zanim rzeczywistość się wprosi, ale nie spieszyło jej się, by to sprawdzać.

— — Jessie mnie zabije — mruknęła po chwili, bardziej do siebie. — Miałam jej wysłać mój harmonogram wczoraj wieczorem, a ja... — Urwała, spoglądając na George'a, który uniósł brew.

— Zasnęłaś na swojej wysokiej klasy sofie w światowej klasy towarzystwie? Tak, tragiczna wymówka — powiedział z uśmieszkiem.

— Światowej klasy, doprawdy? — odparowała, mrużąc oczy. — Trochę cię ponosi.

— Po prostu nazywam rzeczy po imieniu.

Przewróciła oczami, ale powstrzymała uśmiech. Oczywiście właśnie wtedy do środka wpadła Jessie z podkładką z klipem w ręku, wyglądając wypisz wymaluj jak zabiegana asystentka.

— Dobra, mamy... — Jessie zamarła w pół kroku, a jej bystre niebieskie oczy zaczęły krążyć między Myst a George'em. — Och. Nie wiedziałam, że nadal masz... gości — powiedziała starannie neutralnym tonem.

— Tobie również dzień dobry, Jessie — odrzekł niewzruszony George, posyłając jej jeden z tych rozbrajających uśmiechów, które sprawiały, że Myst miała ochotę jednocześnie przewrócić oczami i rozpłynąć się na miejscu.

— Dzień dobry — odpowiedziała oschle Jessie, po czym przeniosła uwagę na Myst. — Musimy się zbierać. Masz umówione wywiady przez cały dzień, a o trzeciej sesję zdjęciową. Samochód będzie tu za trzydzieści minut.

— Jasne — odparła Myst, czując już znajome ukłucie poczucia winy w piersi. Zerknęła na George'a, który opierał się teraz swobodnie o parapet z kawą w dłoni, przyglądając się tej wymianie zdań z rozbawieniem.

— Przepraszam — powiedziała cicho, podchodząc do niego bliżej. — Nie chciałam cię wciągać w mój chaos. Będę wolna na kolację, może około ósmej?

— Pewnie — rzucił swobodnym, uspokajającym tonem. — Jest w porządku. Naprawdę. Znajdę sobie zajęcie. Może się przejdę, zobaczę, co Londyn ma do zaoferowania.

— Jesteś pewien? — dopytywała, badając jego twarz. — Czuję się okropnie, zostawiając cię tak.

— Niepotrzebnie — powiedział stanowczo, a jego szczerość ucięła jej zmartwienia. — Masz rzeczy do zrobienia. Rozumiem to. Idź robić to, co tam robią gwiazdy rocka.

— To bardzo wielkoduszne z twojej strony — rzekła sucho, choć kąciki jej ust drgnęły ku górze.

— Tylko nie spraw, bym tego żałował — zażartował, dopijając kawę i odstawiając kubek do zlewu. — Napisz do mnie, jeśli będziesz mnie potrzebować, dobrze?

— Dobrze — odpowiedziała cicho, a jej serce drgnęło lekko, gdy Jessie skierowała ją ku drzwiom. Obejrzała się raz jeszcze, dostrzegając George'a w złotym świetle kuchni; jego wysoka postura była zrelaksowana, ale spojrzenie utkwione w niej było pewne.

— Idź — wyartykułował bezgłośnie, uśmiechając się szeroko. I tak właśnie zrobiła.

George wędrował bez celu po tętniących życiem ulicach Londynu, z łatwością wtapiając się w rytm miasta. Chłód szczypał go w policzki, ale zgiełk ludzi budził w nim jakieś przyjemne ciepło. Na lunch wstąpił do kawiarni nad Tamizą, gdzie przy stoliku w rogu czekała na niego Zoe.

— Kogo my tu mamy — powiedziała, gdy usiadł naprzeciwko niej. Jej radosny uśmiech jak zawsze był promienny, a w spojrzeniu czaiło się wiedzące porozumienie, które mówiło mu, że już odczytała jego nastrój.

— Potrzebowałem kogoś, kto sprowadzi mnie na ziemię z tego całego zamieszania, w które się wpakowałem — przyznał z wzruszeniem ramion, przeczesując dłonią włosy. Wysłał jej wiadomość po wyjściu z hotelu Myst, mając nadzieję, że wciąż jest w Londynie.

— Ach — odrzekła Zoe, nachylając się z zainteresowaniem. — Czy to przypadkiem nie ma związku z pewną piosenkarką, a zarazem międzynarodową sensacją?

— Być może — przyznał, uśmiechając się kwaśno.

— Tak myślałam. — Zoe rozpromieniła się, krzyżując ramiona. — Dobra, wyśpiewaj to. Co cię gryzie?

— — Szczerze? — Zawahał się przez chwilę, spoglądając przez okno na szarą rzekę, po czym znów napotkał jej wzrok. — To po prostu... dziwne. Umawianie się z kimś takim jak Myst. Z nią wszystko wydaje się większe, jakby pod mikroskopem. Nie wiem, jak się w tym poruszać.

— Ach, uroki sławy — powiedziała Zoe cierpkim, ale nie złośliwym tonem. — Niech zgadnę, martwisz się, że będziesz "tylko kolejnym chłopakiem celebrytki", zgadza się?

— Dokładnie — odparł, a w jego głos wkradła się frustracja. — Nie chcę być przypisem w jej życiu, rozumiesz? Ale nie chcę jej też ograniczać. Ma wokół siebie zbudowany cały wszechświat. Gdzie ja mam tam pasować?

— George — rzekła Zoe, pochylając się i zniżając głos. — Będziesz tam pasował, ponieważ ona tego chce. Tu nie chodzi o bycie wzorem do naśladowania czy unikanie tabloidów. Chodzi o to, by przy niej być, tak samo jak jesteś przy swoich kolegach z drużyny, gdy rozbrzmiewa gwizdek rozpoczynający mecz. To się liczy.

— Tak — powiedział, wypuszczając powoli powietrze. — Mam tylko nadzieję, że wystarczę.

— Uwierz mi — Zoe mrugnęła do niego porozumiewawczo. — Jesteś kimś więcej niż wystarczającym.

I po raz pierwszy tego dnia George poczuł, że być może, tylko być może, miała rację.

Cichy gwar restauracji otulił Myst niczym znajoma melodia, kojąc swoją prostotą. Zerknęła przez mały stolik na George'a, który analizował menu z taką intensywnością, jaką, jak mniemała, rezerwował dla analizowania nagrań z meczów. Jego brwi lekko się zmarszczyły, a ona musiała zdusić uśmiech.

— George — zażartowała śpiewnym tonem — to menu z pubu, nie plan taktyczny. Nie musisz obmyślać strategii zamawiania.

— Hej, to poważna sprawa — odparował, a w jego chraplíwym głosie słychać było udawane oburzenie. — Nie możesz tak po prostu rzucić faceta do nowego miasta i oczekiwać, że będzie znał różnicę między "piekarnik ze stekiem i piwem" a "shepherd's pie". To gra o wysoką stawkę. Dosłownie. — Uniósł brew i uśmiechnął się cynicznie, wyraźnie zadowolony ze swojej gry słów.

— Straszne — odparła Myst, śmiejąc się cicho. Ten dźwięk uspokoił coś w jej piersi, rozluźniając napięcie, które narastało w niej przez cały dzień. Jej harmonogram był nieubłagany – wir spotkań, wywiadów i prób – ale teraz, tutaj, w tym przyćmionym zakątku Londynu, świat jakby zwolnił specjalnie dla nich.

— No dobra — powiedział George, odkładając menu z teatralnym westchnieniem. — W takim razie ty wybierz za mnie. Pokaż mi, co jedzą miejscowi.

— Odważny ruch — rzuciła złośliwie. Jej jasnoniebieskie oczy błyszczały, gdy skanowała zalaminowane strony, stukając palcem o usta w przesadnym zamyśleniu. — Dobra, dostaniesz bangers and mash. Klasyczne, pożywne i bez ryzyka, że spłodzisz kolejny kiepski żart kulinarny.

— Stoi — powiedział, odchylając się na krześle, a jego potężna postura jakimś cudem wyglądała na zrelaksowaną mimo ciasnej przestrzeni.

Czekając na posiłek, rozmowa płynęła bez wysiłku, niczym melodia odnajdująca swój rytm. Myst złapała się na tym, że otworzyła się w sposób, w jaki rzadko to robiła, a na pewno nie przed nikim spoza jej najbliższego kręgu. Opowiedziała mu o dorastaniu w zachodnim Sydney, o malutkiej kawalerce, którą dzieliła z mamą po tym, jak ojciec odszedł. O tym, jak muzyka była jej ucieczką, jej ocaleniem.

— W niektóre noce — mówiła, machinalnie gładząc brzeg szklanki — siedziałyśmy na podłodze przy włączonym radiu, bo na niewiele więcej mogłyśmy sobie pozwolić. Zamykałam oczy i udawałam, że to ja śpiewam te piosenki. Myślałam, że jeśli będę śpiewać wystarczająco głośno, usłyszy mnie cały świat.

— Wygląda na to, że w końcu usłyszał — powiedział cicho George, a jego głos miał w sobie ciężar, który sprawił, że podniosła wzrok. Jego oczy, te ciepłe, spokojne błękity, były utkwione w niej i przez chwilę poczuła się całkowicie dostrzeżona.

— Tak — szepnęła, a na jej ustach pojawił się cień uśmiechu. — Ale czasem, nawet gdy masz już wszystko, o czym marzyłaś, to wciąż wydaje się... —

— Samotne? — dokończył, zaskakując ją.

— Tak — przyznała. — Dokładnie.

Skinął głową, wpatrując się w świecę migoczącą między nimi. Potem, jakby wyczuwając, że czas zmienić nastrój, przeszedł do opowieści o swoich siostrach i o tym, jak pewnego razu spiskowały, by przefarbować mu włosy na neonową zieleń podczas snu, w ramach zemsty za zjedzenie ostatniego ciastka Tim Tam. Myst śmiała się tak mocno, że niemal wylała drinka, a policzki rozbolały ją od wysiłku.

— Cztery siostry — powiedziała, kręcąc głową z niedowierzaniem. — Nic dziwnego, że jesteś taki twardy. Dobrze cię wyszkoliły.

— Raczej sterroryzowały — poprawił ją z uśmiechem. — Ale tak, są najlepsze. I nawet nie zaczynaj tematu moich siostrzenic i siostrzeńców. To absolutne utrapienie, ale nie oddałbym ich za nic na świecie.

— To brzmi... — Myst zawahała się, szukając właściwego słowa. — Miło. Normalnie.

— "Chaos" to pewnie lepsze określenie — zażartował George, ale pod jego tonem kryła się niezaprzeczalna czułość.

Wtedy podano im posiłki, co na chwilę przerwało rozmowę, ale ciepło pozostało. Jedząc, Myst zrozumiała, jak łatwo było jej z nim przebywać, pozwalać upadać murom, które przez lata starannie wznosiła. Nie starał się jej zaimponować ani rozwiązać jej problemów; po prostu był, obecny i prawdziwy w sposób, który wydawał się rzadki i cenny.

Po kolacji wyszli na rześkie wieczorne powietrze, a odległy szmer Tamizy prowadził ich kroki. Światła miasta mieniły się na powierzchni wody, rzucając na wszystko łagodną, złotą poświatę. Myst szczelniej otuliła się płaszczem, a jej oddech był widoczny w zimnym powietrzu.

— Czy zastanawiasz się czasem, jakie to wszystko jest dziwne? — zapytał nagle George, wskazując nieokreślonym gestem na świat wokół nich.

— — Zdefiniuj „to" — odparła Myst, przechylając głowę.

— Wszystko — powiedział z rękami wepchniętymi do kieszeni. — Sława. Fani. Ludzie znający twoje imię, podczas gdy ty nie znasz ich imion.

— Cały czas — przyznała. — To surrealistyczne. Ale też... nie wiem, piękne? To nawiązywanie kontaktu z obcymi ludźmi poprzez muzykę... po to właśnie to robię. Nawet jeśli oznacza to rezygnację z części prywatności po drodze.

— Wciąż wydaje się, że to sporo do udźwignięcia — stwierdził George.

— W niektóre dni bardziej niż w inne — zgodziła się, ale zanim zdążyła rozwinąć myśl, za nimi odezwał się czyjś głos.

— Przepraszam! Czy pani jest... Myst?

Myst odwróciła się i zobaczyła młodą kobietę ściskającą telefon z policzkami płonącymi z ekscytacji. — Przepraszam, że przeszkadzam — kontynuowała fanka — ale jestem pani ogromną fanką. Czy mogłabym prosić o zdjęcie? Proszę!

— Oczywiście — powiedziała ciepło Myst, podchodząc bliżej. Cierpliwie pozowała, gdy dziewczyna robiła selfie, zapytała ją o imię i podziękowała za wsparcie. Kiedy fanka w końcu odeszła, niemal unosząc się z radości, Myst westchnęła cicho, ale uśmiechnęła się.

— Często ci się to zdarza? — zapytał George z wyrazem twarzy będącym mieszanką podziwu i ciekawości.

— Częściej, niż myślisz — odparła, spoglądając na niego. — Ale to część tej pracy, wiesz? Jeśli ktoś jest na tyle odważny, by podejść i zapytać, zgoda to najmniejsza rzecz, jaką mogę zrobić.

— Nawet gdy jesteś zmęczona? — dopytywał delikatnie.

— Zwłaszcza wtedy — odrzekła po prostu.

George nie odpowiedział od razu, ale sposób, w jaki na nią patrzył – jakby była czymś rzadkim i lśniącym – mówił sam za siebie. I gdy szli dalej, ramię w ramię, Myst nie mogła oprzeć się wrażeniu, że być może, tylko być może, ta więź, którą budowali, była warta wszystkich komplikacji, jakie ze sobą niosła.

Rozdział piąty

Po powrocie do apartamentu Myst z westchnieniem ulgi zrzuciła buty, poruszając palcami u stóp na puszystym dywanie. Gwar miasta poniżej huczał cicho za oknami, ale w samym pokoju panował spokój, mącony jedynie przez cichy śmiech George'a, który opadł na kanapę. Wyglądał tam aż nazbyt swobodnie; wyciągnął długie nogi, a ramię niedbale zarzucił na oparcie, jakby urodził się do leniuchowania w hotelowych apartamentach.

— Nie przyzwyczajaj się do tego — zażartowała, przechylając głowę w jego stronę. — Jeszcze zacznę pobierać czynsz.

— Słusznie — odparł George, posyłając jej ten swój swobodny uśmiech. — Myślę, że warto, jeśli dorzucisz w pakiecie ten widok. — Jego spojrzenie spoczęło na niej nieco zbyt długo, sprawiając, że poczuła trzepotanie w żołądku.

Zanim zdążyła odpowiedzieć, żartobliwie lub w jakikolwiek inny sposób, głośne pukanie do drzwi przerwało tę chwilę. Myst skrzywiła się lekko, wiedząc już, kto to będzie. I rzeczywiście, Jessie wmaszerowała do środka bez zaproszenia, z podkładką z klipsem pod pachą i miną osoby, która nie znosi sprzeciwu.

— Wybaczcie, że przerywam tę sielankę — zaczęła sucho Jessie. Skinęła na Myst, by odeszła na bok, z dala od George'a, który teraz z godną pozazdroszczenia nonszalancją skakał po kanałach w telewizji.

— Daj mi chwilę — szepnęła Myst do George'a, po czym ruszyła za Jessie do aneksu kuchennego i oparła się o blat z założonymi rękami. — O co chodzi?

— To ja powinnam o to zapytać ciebie — powiedziała ściszonym głosem Jessie. — Słuchaj, lubię George'a! Wygląda na solidnego faceta, a to więcej, niż mogę powiedzieć o większości ludzi, których spotykamy w tej branży. Ale... — Przerwała, stukając palcami o podkładkę. — Nie jesteś byle kim, Myst. Wiesz, jak to działa. Jeśli wieść o waszej dwójce się rozniesie, na widoku będzie nie tylko twoje życie prywatne, ale i jego. A fani? Są... nieprzewidywalni. Jedni to pokochają, inni nie. A media? — Uniosła brew. — Rozszarpią to dla sportu.

Myst westchnęła, przeczesując dłonią włosy. — Jessie, rozumiem. Ale nie mogę wciąż żyć, martwiąc się tym, co myślą wszyscy inni. Mam prawo mieć coś dla siebie, prawda?

— Oczywiście, że masz — powiedziała łagodnie Jessie, a jej wyraz twarzy złagodniał. — Po prostu... przemyśl to, okej? Chroń siebie. Chroń jego. — W jej jasnoniebieskich oczach, tak podobnych do oczu Myst, malował się cień troski, przez który trudno było pozostać w defensywie.

— Dobra — ustąpiła Myst, choć te słowa miały gorzki posmak. — Przemyślę to.

Jessie skinęła głową, usatysfakcjonowana odpowiedzią, po czym wyszła, rzucając ciche „dobranoc". Myst została w tyle, gapiąc się na kafelki nad blatem, jakby zawierały odpowiedzi na pytania, których nie potrafiła nawet sformułować.

— Wszystko w porządku? — Głos George'a przerwał jej myśli, ciepły i kojący niczym pierwsze nuty ulubionej piosenki. Stał w przejściu z rękami niedbale wciśniętymi w kieszenie, ale jego oczy były skupione wyłącznie na niej.

— Tak — odparła, wymuszając uśmiech. — Jessie po prostu jest sobą.

— Ach — odrzekł ze zrozumieniem, podchodząc bliżej. — Typ wyznający zasadę „trudnej miłości", co?

— Coś w tym stylu. — Myst sięgnęła ręką, odgarniając z oczu niesforny kosmyk włosów. George zauważył ten ruch, a jego spojrzenie złagodniało. Bez słowa pokonał niewielką przestrzeń dzielącą go od niej i delikatnie założył ten sam kosmyk za jej ucho, muskając opuszkami palców jej policzek. Dotyk był niesamowicie lekki, ale sprawił, że po jej kręgosłupie przebiegł dreszcz.

Na chwilę świat skurczył się tylko do nich dwojga. Myst wyciągnęła dłoń, wodząc delikatnie palcami po ledwo widocznej bliźnie nad jego brwią. — Skąd to masz? — zapytała cicho.

— Z rugby, oczywiście — przyznał z lekkim uśmiechem. — Oberwałem mocno podczas meczu kilka lat temu. Szczęście, że nie skończyło się gorzej.

— Czyli twardość masz we krwi? — powiedziała z zaczepną nutą, choć jej dotyk trwał dłużej, niż było to konieczne.

— Zależy — mruknął George, nachylając się odrobinę bliżej. — Niektóre rzeczy sprawiają, że człowiek chce być raczej ostrożny.

— Ostrożny, powiadasz? — powtórzyła Myst, a jej usta wygięły się w lekkim uśmiechu. Zanim jednak zdążył odpowiedzieć, zniwelowała dystans między nimi; jej pocałunek był powolny i celowy, będący jednocześnie badaniem i smakowaniem. Jego dłoń spoczęła na jej talii, stabilizując ją, jakby obawiał się, że może nagle odlecieć.

Kiedy w końcu się od siebie oderwali, oboje z zapartym tchem, Myst uśmiechnęła się szczerze i bezbronnie. Chwyciła go za rękę, splotła swoje palce z jego i ruszyła w stronę sypialni.

— Chodź — powiedziała po prostu, spoglądając na niego przez ramię z błyskiem w oku. — Tym razem żadnych przerw.

Miękki blask nocnej lampki malował w pokoju ciepłe tony, rzucając długie cienie, które tańczyły wraz z ich ruchami. Tętno huczało jej w uszach, a w piersi kłębiła się odurzająca mieszanka wyczekiwania i zdenerwowania, gdy odwróciła się twarzą do niego.

George przyglądał się jej; jego potężna postura była w jakiś sposób jednocześnie władcza i rozczulająco niepewna. Dłonie trzymał luźno wzdłuż boków, ale jego intensywne, niebieskie oczy wbiły się w jej oczy, jakby szukał w nich oparcia. Widziała, że próbuje ją wyczuć, szukając jakiegoś niewypowiedzianego sygnału.

— Gapisz się — zażartowała.

— A możesz mnie winić? — odparł, a jego usta wygięły się w lekko krzywym uśmiechu, od którego wywróciło jej się w żołądku. Podszedł bliżej, kładąc wielkie dłonie na jej talii z taką delikatnością, że graniczyło to z wahaniem. — Jesteś taka... delikatna — mruknął, teraz już ciszej, niemal z czcią.

— Delikatna? — Myst uniosła brew, przekrzywiając głowę z udawaną urazą. — Mówisz to tak, jakbym mogła się złamać.

— Nie złamać — poprawił ją George, kreśląc kciukami nieobecne koła na materiale jej sukienki. — Ale... sam nie wiem. — Wypuścił powoli powietrze, marszcząc brwi. — Sprawiasz wrażenie kruchej, jakbym musiał uważać, bo inaczej...

— Ani słowa więcej. — Myst przerwała mu śmiechem, kładąc dłonie na jego szerokiej piersi. Pod palcami czuła miarowe bicie jego serca. — Jestem twardsza, niż wyglądam. Nie gra się w arenach pełnych wrzeszczących fanów bez nauczenia się, jak o siebie zadbać.

— Mimo wszystko — powiedział, patrząc na nią z tym swoim szczerym spojrzeniem — jesteś inna. I nie chcę tego zepsuć będąc zbyt...

— Zbyt jakim? — znów mu przerwała, uśmiechając się teraz zawadiacko, gdy oplotła go ramionami za szyję. — Zbyt ostrożnym? Zbyt słodkim? Zbyt przestraszonym?

— Może wszystko na raz. — Zaśmiał się, choć w jego głosie pobrzmiewała nuta skrępowania. — Sprawiasz, że jestem zdenerwowany, Myst.

— Dobrze — odparowała, a jej uśmiech się poszerzył. — To trzyma cię w gotowości.

Zanim zdążył odpowiedzieć, Myst przeniosła ciężar ciała, spychając go delikatnie w tył, aż zgięcia jego kolan uderzyły o krawędź łóżka. Usiadł odruchowo, a jego zaskoczona mina wywołała u niej śmiech. Wdrapując się na jego kolana, pewniej oplotła mu ramiona wokół szyi; jej ciemne fale włosów opadły na jedno ramię, gdy pochyliła się blisko niego.

— Słuchaj — powiedziała, zniżając głos do szeptu — jeśli boisz się przejąć inicjatywę, to chyba będę musiała zrobić to za ciebie.

— Tak sądzisz? — zapytał George tonem żartobliwym, choć oddech mu uwiązł, gdy jej usta musnęły linię jego szczęki.

— Hm-m — mruknęła Myst w odpowiedzi, składając kolejny pocałunek tuż pod jego uchem. Poczuła, jak cały się spiął, a jego dłonie zacisnęły się na jej biodrach, jakby nie był pewien, czy przyciągnąć ją bliżej, czy trzymać nieruchomo.

— Jesteś pełna niespodzianek — wymamrotał, a jego głos z każdą sekundą stawał się coraz bardziej ochrypły.

— Chyba będziesz musiał dotrzymać mi kroku — szepnęła, a jej jasnoniebieskie oczy rozbłysły, gdy napotkała jego spojrzenie. Potem, celowo powoli, pchnęła go całkiem na materac; jej drobne ciało przygwoździło go mimo oczywistej różnicy w rozmiarach.

— Wyzwanie przyjęte — mruknął George, w końcu przyciągając ją mocno do siebie.

Namiętność pochłonęła ich całkowicie, gdy runęli razem na wielkie małżeńskie łóżko, a miękka pościel dopasowała się do ich rozgrzanych ciał. Dłonie George'a błądziły po krzywiznach ciała Myst, jakby zapamiętywał każdy jej centymetr, ona zaś przyciągała go bliżej, łaknąc jego dotyku. Ich usta złączyły się w głodnych, wymagających pocałunkach.

George obrócił ich tak, że Myst znalazła się pod nim, a on wsparł ciężar ciała na silnych ramionach. Spojrzał na nią; jego niebieskie oczy pociemniały z pożądania, ale wypełnione były też czymś łagodniejszym, rodzajem czci, która przyprawiała ją o drżenie serca. Przesunął palcami po jej policzku, ponownie zakładając kosmyk włosów za ucho; jego dotyk był czuły mimo ognia płonącego w spojrzeniu.

— Jesteś niesamowita — mruknął, a jego głos był zachrypnięty od emocji. — Nie wiem, co zrobiłem, by na to zasłużyć, ale nie zamierzam o to pytać.

Myst uśmiechnęła się do niego, a w jej oczach odbijała się ta sama mieszanka pasji i przywiązania. — Nic nie zrobiłeś — szepnęła. — Jesteś po prostu sobą, George. To wystarczy.

Pochylił się, by znów ją pocałować, tym razem powoli i głęboko, smakując chwilę. Jej dłonie badały jego szerokie plecy, czując grę mięśni pod koszulą. Szarpnęła za materiał, chcąc poczuć jego skórę przy swojej. Spełnił jej prośbę, przerywając pocałunek tylko na tyle, by zdjąć koszulę i odrzucić ją na bok.

Zaparło jej dech na jego widok — był samymi twardymi mięśniami i szorstkością. Przesunęła dłońmi po jego piersi, wodząc po liniach jego tatuaży; każdy z nich opowiadał historię, którą chciała poznać. Drżał pod jej dotykiem, ani na chwilę nie spuszczając z niej wzroku.

— Twoja kolej — powiedział cicho, sięgając do rąbka jej sukienki. Uniosła ramiona, pozwalając mu ją zsunąć, aż została tylko w staniku i bieliźnie. Jego wzrok omiótł ją, chłonąc każdy szczegół, sprawiając, że czuła się zarazem bezbronna i uwielbiana.

— Piękna — tchnął, gładząc dłonią jej policzek, po czym zjechał nią na szyję, obojczyk i ramię, jakby nie mógł przestać jej dotykać.

Wygięła się ku niemu, a jej własne ręce sięgnęły do jego paska. Pomógł jej, wysuwając się z dżinsów, aż oboje byli nadzy, a ich ciała splotły się w plątaninie kończyn i rozgrzanej skóry.

Ich ruchy stały się bardziej gwałtowne, oddech przyspieszył. Myst czuła bicie jego serca przy swoim; ich rytm się zrównał, jakby zostali stworzeni do tej chwili. Całował ją głęboko, a jego dłoń wsunęła się między jej nogi, sprawiając, że gwałtownie wciągnęła powietrze. George przerwał na chwilę, patrząc jej w oczy i szukając przyzwolenia. Myst skinęła głową, a jej oddech rwał się, gdy szepnęła: — Nie przestawaj.

Kontynuował, a jego dotyk był delikatny, lecz stanowczy, wydobywając z głębi jej wnętrza cichy jęk. Przywarła do niego, wbijała paznokcie w jego ramiona, gdy fale rozkoszy przepływały przez jej ciało. Obserwował ją, nie odrywając wzroku, dostosowując rytm do jej reakcji, poznając jej ciało, jakby było piosenką, którą pisali wspólnie.

Myst sięgnęła po niego, zaciskając dłoń na jego członku, co wywołało niski pomruk w jego piersi. Badała go, a jej dotyk stawał się coraz śmielszy z każdym ruchem, z każdym jękiem, który z niego wydobywała.

— Myst — warknął, a jego głos był napięty od powściągliwości. — Potrzebuję cię. Teraz.

Naprowadziła go na siebie, oplatając nogami jego talię, gdy powoli, ostrożnie w nią wchodził. Oboje jęknęli; ich ciała pasowały do siebie idealnie, jak dwa elementy układanki, które w końcu się odnalazły. Zaczął się poruszać; każde pchnięcie było celowe i głębokie, budując rytm, który sprawił, że kurczowo chwycili się siebie nawzajem, złączając oddechy i serca w jedno.

Każdy dotyk, każdy pocałunek był świadectwem łączącej ich więzi. Poruszali się razem, ich ciała lśniły od potu, a jęki wypełniały pokój niczym symfonia.

Myst czuła narastający punkt kulminacyjny, falę rozkoszy, która zaczęła się w samym jej wnętrzu i promieniowała na zewnątrz. George też to wyczuł; jego tempo przyspieszyło, pchnięcia stały się bardziej naglące. Sięgnął między nich, odnajdując kciukiem jej najbardziej wrażliwe miejsce i krążąc po nim w rytm swoich ruchów.

— George — wydyszała, a jej głos był ledwie szeptem, gdy fala wezbrała i rozbiła się nad nią. Jej ciało zadrżało w konwulsjach, wygięła plecy w łuk, wykrzykując jego imię, z oczami wciąż wbitymi w jego oczy. Podążył za nią na skraj; jego własny orgazm przeszył go z taką siłą, że został, trzęsąc się i łapiąc dech.

George opadł obok niej, jego pierś falowała gwałtownie, a ciało było wilgotne od potu. Myst przytuliła się do niego; jej oddech był równie rwany, a na ustach błąkał się cichy, syty uśmiech. Leżeli tak przez chwilę, przyciśnięci do siebie, z sercami bijącymi synchronicznie.

— Woow — szepnęła Myst ledwie słyszalnie. — To było...

— Tak — zgodził się George chrapliwym głosem. Odwrócił się twarzą do niej, a jego niebieskie oczy były łagodne i pełne czułości. — Było.

Wyciągnął rękę, delikatnie zakładając kosmyk włosów za jej ucho, a jego palce spoczęły na jej policzku. Myst wtuliła się w jego dłoń, przymykając powieki. Kiedy znów je otworzyła, zobaczyła, że George jej się przygląda z poważną miną.

— Myst — zaczął niepewnie. — Ja... ja nie wiem, jak to się robi. Żadnej z tych rzeczy. Ale chcę się tego nauczyć. Z tobą.

Myst poczuła, jak serce jej rośnie. Ujęła jego dłoń, splotła swoje palce z jego. — Ja też, George. Ja też.

Leżeli tam z zaplecionymi ciałami i sercami bijącymi jak jedno. Świat na zewnątrz mógł poczekać. Teraz liczyli się tylko oni, zagubieni we własnej małej bańce szczęścia.

— Muszę wziąć prysznic — mruknęła w końcu, całując go w ramię.

Zamruczał w zamyśleniu. — To brzmi dobrze. Masz coś przeciwko, żebym do ciebie dołączył?

Nie miała nic przeciwko, wręcz przeciwnie. Podnosząc się z łóżka, wyciągnęła do niego rękę. — Na co czekasz?

Pod miarową kaskadą prysznica powrócili do swoich odkryć; woda spływała po ich splecionych ciałach, gdy George przycisnął Myst do chłodnych kafelków. Jego dotyk, niegdyś nieśmiały, stał się teraz śmielszy, pewniejszy, jakby nie mógł się nią nasycić. Ona zaś rozkoszowała się doznaniami, które wywoływał – tym, jak jego silne dłonie zdawały się dokładnie wiedzieć, gdzie dotknąć, jak sprawić jej przyjemność.

— To takie dobre — wydyszała, wyginając plecy i jeszcze mocniej napierając na niego.

— Wiem — tchnął przy jej szyi, a jego głos był ochrypły z pożądania. — Nawet nie potrafię ci powiedzieć...

Ich ruchy stały się bardziej gwałtowne, namiętność rosła, gdy woda otulała ich w swoim płynnym uścisku. George pieścił jej kształty, a jego palce mapowały każdy centymetr jej śliskiej skóry, jakby zapamiętywał jej ciało. Para z gorącej wody kłębiła się wokół nich, zamykając ich w prywatnym świecie własnej produkcji. Myst jęczała cicho, odchylając głowę w ekstazie, gdy usta George'a wędrowały w dół jej szyi, a język muskał jej szalejące tętno.

— George — wydyszała, a jej głos drżał z pożądania. — Chcę...

— Mam cię — mruknął, ponownie chwytając jej usta w parzącym pocałunku, po czym zaczął schodzić niżej po jej wilgotnym ciele. Opadł na kolana u jej stóp i delikatnie rozsunął jej nogi. Jego język i usta tańczyły na jej uwrażliwionej skórze, zostawiając za sobą palący ślad. Myst chwyciła się chłodnych kafelków, drapiąc paznokciami gładką powierzchnię, gdy doprowadzał ją na skraj ekstazy, wodząc gorącym językiem po jej łechtaczce, aż w końcu się poddała.

— O Boże, George — wydyszała z mocno zaciśniętymi powiekami, gdy fala za falą rozkoszy uderzała w nią z impetem. Mgliście zarejestrowała, że on znów wstaje, podnosi ją bez wysiłku i dociska do ściany.

Myst oplotła nogami George'a, a ramionami jego szyję, gdy wszedł w nią powolnym, celowym pchnięciem. Ich jęki złączyły się, odbijając echem od śliskich kafelków, gdy zaczął się w niej poruszać, dostosowując tempo do miarowego rytmu wody spływającej po nich.

Otworzyła oczy, napotykając jego intensywne niebieskie spojrzenie, pociemniałe od pożądania. Jego dłonie zacisnęły się na jej udach, trzymając ją pewnie, gdy w nią wchodził; każde pchnięcie wysyłało fale rozkoszy przez jej ciało. Trzymała się go kurczowo, splatając palce w jego mokrych włosach, a jej oddech stawał się rwanym szlochem.

— Myst — warknął, a jego głos był niski i pierwotny. — Czuję cię niesamowicie.

Mogła tylko skinąć głową, bo jej serce waliło szaleńczo w piersi. Ich połączenie było surowe i intensywne, pierwotny taniec stary jak sam czas. Czuła, że zbliża się do kolejnego szczytu; jej ciało napinało się, gdy on wchodził w nią coraz głębiej i głębiej.

George musiał wyczuć jej nadchodzącą kulminację, bo przyspieszył kroku, a jego pchnięcia stały się bardziej naglące.

— George — wydyszała, a jej głos był ledwie skomleniem. — Ja... zaraz...

— Dojdź dla mnie, Myst — rozkazał, a jego głos był gęsty od żądzy. — Pozwól sobie.

I tak zrobiła. Jej ciało zadrżało w konwulsjach, krzyk rozkoszy odbił się od kafelków, gdy przeżywała orgazm, wbijając paznokcie w jego ramiona. George podążył za nią; jego ciało wstrząsał dreszcz, gdy odnalazł własne ukojenie, a ramiona zacisnęły się wokół niej, jakby nigdy nie chciał jej puścić.

Trwali tak przez długą chwilę, wciąż złączeni, z sercami bijącymi w unisono. Woda wciąż na nich spadała, a jej miarowy rytm koił ich rozgrzaną skórę. Myst oparła czoło o czoło George'a z zamkniętymi oczami, próbując złapać oddech.

W końcu delikatnie postawił ją na nogach, które drżały, gdy szukała oparcia. Otworzyła oczy i zobaczyła, że jej się przygląda, a jego wyraz twarzy był miękki i pełen czułości.

— To było... — zaczęła, ale zabrakło jej słów. Poprzestała na prostym: — Woow.

George zaśmiał się niskim pomrukiem, który zawibrował w jego piersi. — Tak, woow — zgodził się.

Stali tak jeszcze chwilę, ich ciała wciąż były przytulone pod strumieniem wody, a żadne z nich nie chciało przerywać tej bliskości. W końcu George sięgnął za nią i zakręcił prysznic; nagłą ciszę wypełniały tylko ich spokojne oddechy i kapanie wody.

Wyszedł pierwszy, chwycił ręcznik z wieszaka i owinął go sobie wokół talii, po czym podał drugi jej. Myst otuliła się nim, pozwalając mu owinąć się w miękką bawełnę. Delikatnie pocierał jej ramiona, osuszając ją z taką troską, że aż zakłuło ją w sercu.

— Dziękuję — szepnęła, patrząc na niego.

George uśmiechnął się łagodnie, nachylając się, by złożyć na jej ustach delikatny pocałunek. — Dziękuję — powtórzył.

Przeszli boso z powrotem do sypialni, gdzie chłodne powietrze stanowiło ostry kontrast dla zaparowanego ciepła łazienki. Myst wsunęła na siebie puszysty szlafrok, podczas gdy George założył bokserki. Obserwowała go, gdy poruszał się po pokoju; jego mięśnie poruszały się pod tatuażami, a włosy miał wilgotne i rozczochrane. Był surowo przystojny, to prawda, ale bił od niego też uspokajający spokój, solidność, która ją do niego przyciągała.

George przyłapał ją na gapieniu się i uniósł brew, a na jego ustach pojawił się figlarny uśmieszek. — Widzisz coś, co ci się podoba? — zapytał.

Myst zaśmiała się, czując, że policzki jej lekko płoną. — Może — przyznała, wdrapując się na łóżko i siadając po turecku.

Dołączył do niej, wyciągając się na boku i podpierając głowę ręką. Jego oczy wodziły po jej twarzy, jakby próbował zapamiętać każdy szczegół. — Jesteś piękna, Myst — powiedział cicho. — Wewnątrz i na zewnątrz.

Poczuła trzepotanie serca na te słowa, a jej policzki znów lekko spłonęły. — A ty sam też nie jesteś najgorszy, George Dennis — odparła głosem ledwie głośniejszym od szeptu. Wyciągnęła rękę, gładząc opuszkami palców linię jego szczęki i czując pod skórą szorstki zarost.

George schwycił jej dłoń, całując wnętrze dłoni, po czym splótł ich palce razem. — Wiesz, kiedy cię pierwszy raz spotkałem, nigdy bym nie przypuszczał, że tak skończymy — przyznał, odruchowo kreśląc kciukiem kółka na jej dłoni.

— Ja też nie — wyznała Myst. — Ale cieszę się, że tak się stało.

Wymienili łagodny uśmiech, z oczami wbitymi w siebie nawzajem; więź między nimi była niemal namacalna. To było coś więcej niż tylko fizyczny pociąg; to było spotkanie dusz, rozpoznanie czegoś głębszego i bardziej doniosłego.

— Więc, co teraz? — zapytał George tonem, w którym pobrzmiewały zarówno nadzieja, jak i niepewność.

Myst wzięła głęboki oddech, nie spuszczając z niego wzroku. — Teraz zrobimy to krok po kroku. Sprawdzimy to... cokolwiek to jest między nami. I zobaczymy, dokąd nas to zaprowadzi.

George skinął głową z poważną miną. — Podoba mi się to. Ale... co z twoim życiem? Twoją karierą? Nie chcę ci komplikować spraw.

Myst złagodniała i nachyliła się, składając delikatny pocałunek na jego ustach. — Jesteś wart tych komplikacji, George. A co do mojej kariery... zawsze chroniłam swoją prywatność. Coś wymyślimy. Razem.

Twarz George'a rozjaśniła się w szerokim uśmiechu, a w kącikach jego oczu pojawiły się zmarszczki. — Razem — powtórzył, przyciągając ją do siebie. Myst wtuliła się w jego uścisk, opierając głowę na jego piersi i słuchając miarowego bicia jego serca.

Rozdział szósty

MYST ZESKOCZYŁA Z POMOSTU promowego na brukowaną ścieżkę przed Tower of London. Jej czarne buty zastukały o kamień, gdy obróciła się twarzą do George'a. Splotła dłonie za plecami i zmrużyła oczy z udawaną powagą, gdy on podszedł bliżej.

— Witam pana w przesławnej Tower of London — zadeklarowała, a jej głos brzmiał z teatralną pompą. — Będę dziś pańską przewodniczką. Proszę się przygotować na zachwyt nad moją encyklopedyczną wiedzą na temat... cóż, absolutnie niczego.

George uśmiechnął się szeroko, trzymając ręce swobodnie w kieszeniach płaszcza. Rześki zimowy wiatr rozwiał jego piaskowe włosy, a na policzkach wykwitł mu lekki rumieniec. — Niczego, powiadasz? Brzmi obiecująco — drażnił się, unosząc brew. — Mam nadzieję, że cena za wstęp nie jest zbyt wygórowana.

— Och, to za darmo — odparła Myst z dramatycznym machnięciem ręki, prowadząc go w stronę wejścia. — Ale przyjmuję napiwki w formie komplementów. Coś w stylu: „Woah, jesteś niesamowicie utalentowana i skromna, Myst", albo: „Moje życie jest lepsze, gdy jesteś w pobliżu". Wiesz, standardowe rzeczy.

— No tak — powiedział, śmiejąc się pod nosem i idąc za nią przez łukowatą bramę. — Twardo negocjujesz, ale myślę, że dam radę.

Wewnątrz otoczyły ich starożytne kamienne mury, niosące szepty historii i cienie intryg. Myst przechyliła głowę i spojrzała na jedną z wież. — Wiedziałeś, że to miejsce było kiedyś... yyy... jakimś mega-więzieniem? — zgadywała, gestykulując nieokreślenie. — Jestem prawie pewna, że królowie zamykali tu wszystkich swoich wrogów. Albo po prostu ludzi, którzy ich irytowali.

— Doprawdy? — George skrzyżował ramiona, wyraźnie rozbawiony jej kompletnie nieścisłym komentarzem. — A co z tamtym budynkiem? — skinął głową w stronę innej budowli.

— Tamtym? — Myst machnęła ręką lekceważąco. — Ach, to są... em... stajnie dla smoków. Tam trzymali swoje oswojone smoki, to oczywiste.

— Oczywiście. — Głęboki śmiech George'a odbił się echem od kamiennych murów, a Myst nie mogła powstrzymać uśmiechu na ten dźwięk; był on szczery, swobodny i całkowicie zaraźliwy.

Włóczyli się wśród wystaw, aż dotarli do Klejnotów Koronnych. Myst przyłożyła twarz blisko szklanej gabloty, szeroko otwierając jasnoniebieskie oczy. — Popatrz tylko, jak to błyszczy! Kto w ogóle potrzebuje tylu diamentów?

— Myślę, że pasowałyby do ciebie — powiedział George, pochylając się lekko nad jej ramieniem. Jego głos zniżył się do przesadnego scenicznego szeptu. — Mam zapytać, czy możesz coś wypożyczyć? Może tiarę na twój następny koncert?

— Nie kuś mnie — mruknęła Myst, tłumiąc uśmiech. — Choć moja korona prawdopodobnie musiałaby mieć doczepiony mikrofon.

— Bardzo w twoim stylu — zażartował George. — A co ze mną? Myślisz, że odnalazłbym się w królewskim wydaniu?

— Absolutnie. Berło idealnie dopełniłoby twoją estetykę „księcia rugby" — odparowała Myst. Odwróciła się do niego, a jej oczy błyszczały niemal tak mocno jak bezcenne klejnoty za szybą. — Po co nam sława, skoro możemy to po prostu ukraść i spędzić resztę życia na ucieczce, w stylu Bonnie i Clyde'a?

— Kusząca propozycja — powiedział z uśmieszkiem. — Ale myślę, że na razie zostanę przy rugby.

Później, siedząc na ławce nad rzeką, Myst balansowała papierową tacką z rybą i frytkami na kolanach, starając się nie dopuścić, by jakakolwiek kropla tłuszczu dotknęła jej płaszcza. George siedział obok niej, oparty wygodnie z jedną nogą niedbale wyciągniętą przed siebie; jego tacka była już w połowie pusta.

— Dobra — zaczęła Myst, odrywając kawałek dorsza w cieście. — Naucz mnie żargonu rugby. Jeśli mam randkować z Australijskim Zawodnikiem Roku, powinnam przynajmniej brzmieć tak, jakbym wiedziała, o czym mówię.

— Słuszna uwaga — powiedział George, strzepując kilka okruchów z dżinsów. — Co chcesz wiedzieć?

— Zacznij od podstaw — odparła, biorąc frytkę i wkładając ją do ust. — Na przykład... co to jest młyn? To się tak nazywa, prawda?

— Zgadza się — potwierdził. — To sytuacja, gdy zawodnicy ataku z obu drużyn zbijają się w grupę i próbują przepchnąć przeciwników, by przejąć piłkę. Trochę jak zapasy, tyle że z większą liczbą zasad.

— Brzmi intensywnie — zauważyła. — Co jeszcze?

— Dobra, mam coś ciekawego: co to jest „dummy pass"? — zapytał, pochylając się ku niej z filuternym błyskiem w oku.

— Eee... — Myst zmarszczyła nos, intensywnie myśląc. — Czy to wtedy, gdy ktoś udaje, że podaje piłkę, ale tego nie robi?

— Dokładnie! — wykrzyknął George, celując w nią frytką, jakby to był złoty medal. — Masz do tego naturalny talent.

— Oczywiście — odrzekła z udawaną skromnością. — Widzisz? Jestem gotowa dołączyć do drużyny.

— Jasne, tylko najpierw będziemy musieli cię trochę podtuczyć — droczył się, rzucając jej spojrzenie z ukosa. — Nie wiem, jak poradziłabyś sobie podczas treningu szarżowania.

— Hej, nie lekceważ mnie — odgryzła się z uśmiechem. — Żebyś wiedział, że jestem zadziorna. I szybka.

— Szybka, powiadasz? — Wyraz twarzy George'a złagodniał, gdy zawiesił głos, wpatrując się przez chwilę w rzekę, zanim znów się odezwał. — Wiesz, mój tata zawsze powtarzał, że prędkość to najważniejsza umiejętność w rugby. Kiedy byliśmy dziećmi, zabierał mnie i moje siostry do parku i kazał nam się ścigać.

— Naprawdę? — zapytała Myst już ciszej.

— Tak — powiedział George tonem ciepłym od nostalgii. — Ustawiał nas w rzędzie, dmuchał w mały gwizdek, który trzymał w kieszeni, a my gnaliśmy przed siebie z całych sił. Bez nagród, bez presji, po prostu dla zabawy. Myślę, że to wtedy pokochałem tę grę. Nie chodziło o wygrywanie; chodziło o samo granie.

Myst poczuła ukłucie w piersi na jego słowa. Wyciągnęła rękę i lekko trąciła go łokciem. — Twoja rodzina brzmi wspaniale.

— Bo taka jest — powiedział po prostu George, odwracając się do niej z lekkim, szczerym uśmiechem. — Chyba miałem szczęście.

— Albo oni je mieli — odparła miękko, a jej wzrok spoczął na nim o uderzenie serca dłużej, niż zamierzała.

Światło tańczyło na pofalowanej powierzchni Tamizy, a łagodna bryza szarpała końcówki jej falowanych włosów. George siedział obok niej, balansując kilkoma ostatnimi frytkami niebezpiecznie blisko krawędzi papierowej tacki, jakby ustawiał jakąś malutką formację rugbową.

— No dobra — powiedział, celując w nią frytką. — Ruck czy maul? Szybko, jaka jest różnica?

— Ech, przecież dopiero co się tego nauczyłam — jęknęła dramatycznie Myst, dla efektu uciskając nasadę nosa, choć jej usta wygięły się w uśmiechu. Odwróciła się do niego, mrużąc jasnoniebieskie oczy, jakby była pogrążona w głębokim namyśle. — Dobra. Ruck jest wtedy... gdy piłka leży na ziemi, a gracze próbują się nawzajem od niej odepchnąć?

— Nieźle — powiedział George z uśmiechem, wrzucając frytkę do ust. — A maul?

— Eee... — Myst zawahała się, stukając palcem w podbródek. — Kiedy piłka wciąż jest w rękach, ale wszyscy przepychają się, jakby byli w pogo na koncercie?

George zaśmiał się. — Wystarczająco blisko. Choć nie chciałbym utknąć z tobą w pogo. Brzmi niebezpiecznie.

— Hej, jestem mała, ale potrafię o siebie zadbać — odparowała, lekko go popychając. Czuła się lżejsza niż od tygodni; ciężar grafików i oczekiwań został odsunięty przez zwykłą radość z bycia tutaj z nim.

Jej telefon zawibrował na ławce między nimi, przerywając tę chwilę. Myst instynktownie go chwyciła, już obawiając się tego, co może pojawić się na ekranie. I rzeczywiście, nazwisko Jessie niemal biło po oczach, a za nim widniał ciąg emotikon sugerujących pośpiech. Odblokowała telefon jednym przesunięciem palca, a jej żołądek się zacisnął, gdy przeczytała wiadomość.

— Duża akcja medialna przed premierą singla w przyszłym tygodniu. Musisz być na gali w piątek wieczorem. Pamiętaj: żadnych randek. Skupienie musi być na tobie.

— Wszystko w porządku? — zapytał George tonem swobodnym, ale zabarwionym ciekawością. Zauważył, jak jej ciało zesztywniało i jak jej swobodny uśmiech nieco przygasł.

— Tak — odparła szybko Myst, blokując ekran i chowając telefon z powrotem do torebki. — To tylko Jessie, cały czas taka sama. Nic ważnego. — Próbowała nadać swojemu głosowi odrobinę lekkości, ale nawet w jej własnych uszach brzmiało to sztucznie.

George przez chwilę uważnie jej się przyglądał, a jego bystre niebieskie oczy szukały jej spojrzenia. — Na pewno? W jednej chwili byłaś zadziorną wojowniczką z pogo, a w nas tępnej... nie wiem, wyglądasz jak ktoś, kto właśnie upuścił piłkę w finale Pucharu Świata.

— Aż tak, co? — Myst zaśmiała się lekko, unikając odpowiedzi. Nie chciała teraz o tym rozmawiać, nie po tak idealnym dniu. — Obiecuję, to nic takiego.

Ale George nie wyglądał na przekonanego. Dostrzegła lekką zmarszczkę formującą się między jego brwiami i to sprawiło, że serce jej opadło. Nienawidziła ukrywać przed nim spraw, ale jak miała wyjaśnić mu balansowanie na niemożliwie cienkiej linie, którą codziennie kroczyła między autentycznością a wizerunkiem?

— No dobrze — powiedział w końcu powściągliwym głosem. Ale w jego tonie nastąpiła zmiana, subtelna, lecz wyraźna. Stał się mniej skory do żartów, bardziej zdystansowany. Zabolało to w sposób, którego Myst się nie spodziewała, mocniej niż jakakolwiek krytyka czy nagłówek, z jakimi kiedykolwiek musiała się mierzyć.

Siedzieli w milczeniu o uderzenie serca za długo, a wcześniejsze ciepło między nimi zaczęło kruszeć na krawędziach. Myst sięgnęła dłonią, by pobawić się paskiem swojej torebki, żałując, że nie może cofnąć czasu o kilka minut i zostawić telefonu w spokoju.

— Słuchaj — zaczęła teraz cichszym głosem. — To po prostu... sprawy zawodowe. Wiesz, jak to jest. Ludzie mają pewne oczekiwania i czasem muszę się do nich dostosować. Ale to nic nie znaczy.

— Na pewno? — zapytał cicho George. Jego spojrzenie było stabilne, ale kryło się pod nim coś bezbronnego, cień wątpliwości, którego zwykle u niego nie widywała. — Rozumiem, że twoja kariera to wielka rzecz. I nie mówię, że nie powinna nią być. Ale... czasem mam wrażenie, że zawsze znajdzie się coś ważniejszego niż my.

— To nieprawda — powiedziała szybko Myst, kręcąc głową. Sięgnęła po jego dłoń, splatając swoje drobniejsze palce z jego palcami. — George, jesteś dla mnie ważny. To — wskazała na nich oboje — jest ważne.

— Czyżby? — drążył łagodnie, choć uścisk jego dłoni był mocny. — Bo nie jestem pewien, czy twój świat tak uważa.

Otworzyła usta, by odpowiedzieć, ale słowa nie chciały nadejść. Nie dlatego, że nie wierzyła w to, co chciała powiedzieć, ale dlatego, że nie mogła zignorować dręczącej prawdy zawartej w jego pytaniu. Jej świat, ta bezlitosna maszyna sławy, nie zostawiał zbyt wiele miejsca na nic innego. I choć tak bardzo tego nienawidziła, nie mogła udawać, że to nie istnieje.

— George... — zaczęła szeptem. Ale zanim zdołała dobrać odpowiednie słowa, on wypuścił powietrze i krótko ścisnął jej dłoń.

— Nieważne — powiedział, wymuszając lekki uśmiech, który nie dotarł do jego oczu. — Mieliśmy udany dzień. Nie psujmy go.

Myst skinęła głową, choć supeł w jej piersi tylko się zacisnął. Siedzieli tak obok siebie, patrząc na płynącą rzekę, podczas gdy słońce schodziło coraz niżej. Atmosfera między nimi nie była może ciężka, ale nie była już też lekka. I po raz pierwszy tego dnia Myst poczuła ciężar dystansu między ich światami, przygniatający jej ramiona.

Łagodny szum windy działał niemal hipnotyzująco, gdy Myst oparła się o ramię George'a, a on swobodnie ją objął. Dzień wyczerpał ich w najlepszy możliwy sposób. Wciąż czuła na ustach sól z frytek i słyszała jego śmiech, gdy pomyliła termin rugbowy. „Młyn" wciąż brzmiał dla niej jak coś wyjętego z powieści o piratach.

— Założę się, że nie sądziłeś, iż twoje umiejętności przewodnika wycieczek okażą się aż tak marne, co? — dokuczała mu, trącając go łokciem.

— Mizerne? Były tragiczne — odparował George z uśmiechem. — Idę o zakład, że Klejnoty Koronne wciąż drżą po tych bzdurach, które o nich opowiadałaś.

— Hej! Powiedziałam, że *prawdopodobnie* są przeklęte. To uzasadnione spekulacje.

— Jasne, że tak — przeciągnął, a z jego głosu kapał sarkazm, choć uśmiech łagodził tę szpilę.

Drzwi windy rozsunęły się z dźwiękiem dzwonka i weszli na puszysty dywan korytarza prowadzącego do jej apartamentu. Myst bawiła się kartą w dłoni, próbując odepchnąć narastający lęk, który groził powrotem od czasu tamtej rozmowy telefonicznej. To miała być ich ucieczka, prawda? Skradziony dzień w Londynie, gdzie nie była Myst, międzynarodową gwiazdą popu, a po prostu kobietą cieszącą się czasem spędzonym z mężczyzną, który rozśmieszał ją tak bardzo, że aż bolał brzuch.

— O co się założysz, że Jessie będzie na nas czekać? — zażartowała lekko Myst, choć serce nie do końca jej w tym wtórowało.

— Nie zdziwiłbym się — odparł George. Jego ton był lekki, ale w wyrazie twarzy mignęło coś innego: troska, a może znużenie. Myst nie potrafiła już tego odróżnić.

Gdy tylko drzwi się otworzyły, ukazała się charakterystyczna sylwetka jej kuzynki, która przemierzała salon niczym napięta sprężyna. Krótkie włosy Jessie z charakterystycznym niebieskim pasemkiem złapały przygaszone światło; dziewczyna zatrzymała się w pół kroku, gdy ich zobaczyła.

— O wilku mowa — wymruczała pod nosem Myst, przyklejając na twarz uśmiech. — Jess, masz nienaganne wyczucie czasu, jak zawsze.

— Nawet ze mną nie zaczynaj — odparowała Jessie szorstkim głosem. Mocno ściskała telefon w jednej dłoni, a wyraz jej twarzy sprawił, że w piersi Myst zawyły syreny alarmowe. — Musimy porozmawiać. Już.

— Tobie też cześć — rzuciła beznamiętnie Myst, zdejmując płaszcz i rzucając go na kanapę. Zerknęła na George'a, który posłał jej pytające spojrzenie, ale przechyliła głowę w stronę drzwi sypialni, dając mu niemy sygnał, że potrzebuje prywatności.

— Dasz mi minutkę? — zapytała cicho.

— Tak, jasne. — George zawahał się, po czym wsunął ręce do kieszeni i podszedł do okien sięgających od podłogi do sufitu. Nie naciskał, ale czuła ciężar jego wzroku na plecach, gdy szła za Jessie do sąsiedniego pokoju.

— Dobra, jaki kryzys mamy tym razem? — zapytała Myst, krzyżując ramiona, gdy Jessie niemal wcisnęła jej telefon w twarz.

— Patrz na to — warknęła Jessie. Na ekranie widniał krzykliwy nagłówek z CelebNation: *Księżniczka popu Myst przyłapana z tajemniczym mężczyzną — jej nieociosany kochanek?* Poniżej znajdowała się galeria zdjęć, wyraźnie zrobionych z ukrycia. Na jednym George śmiał się z ustami pełnymi ryby i frytek, inne uchwyciło Myst wtuloną w niego na ławce nad rzeką. Wyglądali n a... szczęśliwych. Co tylko sprawiało, że nagłówek parzył mocniej.

— Żartujesz sobie ze mnie? — jęknęła Myst, odpychając telefon, jakby fizycznie ją parzył. — Robią z niego jakieg oś... przypadkowego flirciarza czy coś.

— To jest właśnie sedno sprawy! — syknęła Jessie, obniżając głos, ale nie tracąc na intensywności. — To już jest wszędzie. Do jutra każdy brukowiec będzie o tym pisał, zmyślając nie wiadomo jakie historie o waszej dwójce. A jeśli będziesz się tak dalej z nim obnosić... — zawiesiła głos, wykonując niejasny, ale gwałtowny gest — to będzie tylko gorzej.

— Obnosić się? — powtórzyła Myst, a jej głos wzniósł się, zanim zdołała nad nim zapanować. Uszczypnęła się w nasadę nosa, zmuszając się do zachowania spokoju. — Jedliśmy tylko lunch, Jess. To nie tak, że ogłosiliśmy zaręczyny.

— To nie ma znaczenia. — Ton Jessie nieco złagodniał, choć jej troska pozostała ostra jak brzytwa. — Wiesz, jak to działa. Twój wizerunek singielki jest częścią marki, Myst. Czy nam się to podoba, czy nie, to może wybuchnąć w sposób, którego nie opanujemy. Musisz na chwilę przycupnąć. Może przestać się z nim w ogóle pokazywać publicznie.

— Oczywiście. Po prostu... schować go gdzieś w szafie, tak? — Słowa Myst ociekały goryczą, mimo że wiedziała, iż Jessie ma rację. Czuła, jak ściany wokół niej się zacieśniają, i nagle jedyne, czego pragnęła, to cofnąć czas do popołudnia, kiedy wszystko wydawało się takie proste.

— Proszę, nie utrudniaj tego bardziej, niż musisz — nalegała Jessie, kładąc jej dłoń na ramieniu. Jej jasnoniebieskie oczy, tak podobne do oczu Myst, pełne były niepokoju. — Po prostu... przemyśl to, dobra?

— Dobra — wymruczała Myst, choć czuła, że wcale nie jest dobrze. Zmusiła się do skinienia głową, nawet gdy jej serce zatonęło pod ciężarem tego, co będzie musiała powiedzieć za chwilę.

Kolacja w apartamencie upływała początkowo w ciszy, a brzęk sztućców wypełniał przestrzeń, gdy Myst bez celu przesuwała jedzenie po talerzu. George siedział naprzeciwko niej, z lekko zgarbionymi szerokimi ramionami, jakby czuł nadciągającą między nimi burzę. Napięcie było subtelne, ale wyczuwalne, niczym nagła zmiana ciśnienia przed ulewą.

— No dobra — powiedział w końcu, odkładając widelec. — Wyduś to z siebie. Co się dzieje?

Myst podniosła gwałtownie wzrok, zaskoczona jego bezpośredniością, choć powinna się tego spodziewać.

George nie należał do osób, które owijają w bawełnę — to była jedna z rzeczy, które w nim lubiła, nawet jeśli utrudniało to takie chwile jak ta.

— Jessie widziała nasze zdjęcia w internecie — zaczęła ostrożnie, a każde słowo zdawało się zagrażać ich kruchemu spokojowi. — Martwi się, jak to wpłynie na... wszystko.

— Na wszystko? — powtórzył George, przeciągając to słowo ze swoim akcentem. W jego głosie nie było gniewu, ale czuć było ból, wpleciony w jego zazwyczaj opanowany ton.

— Uważa, że powinniśmy unikać wspólnego pokazywania się przez jakiś czas — przyznała Myst, mówiąc teraz szeptem. — Przynajmniej dopóki szum nie opadnie.

— No tak. — Oparł się o krzesło, krzyżując ramiona na piersi. Zacisnął szczękę i przez chwilę nic nie mówił. Gdy w końcu się odezwał, jego słowa były wyważone, ostrożne. — Więc co? Mamy po prostu udawać, że to — wskazał gestem na nich dwoje — nie istnieje, kiedy tylko wyjdziemy poza te ściany?

— George, to nie tak...

— Czyżby? — Wypuścił głośno powietrze, kręcąc głową. — Słuchaj, rozumiem. Twój świat jest skomplikowany. Ale trudno nie odnieść wrażenia, że... że może jestem po prostu czymś, co starasz się trzymać w ukryciu.

— To nieprawda — upierała się, pochylając się do przodu i chwytając krawędź stołu.

— Może nie ty tak uważasz — przyznał cicho. — Ale ta cała... maszyna wokół ciebie. Mam wrażenie, że zmieli mnie w swoich trybach.

Na to nie miała odpowiedzi.

Drzwi balkonowe przesunęły się z cichym zgrzytem, wpuszczając rześkie, nocne londyńskie powietrze. Myst wyszła pierwsza, boso, otulona w za duży kardigan, który niemal pożerał jej drobną sylwetkę. George szedł tuż za nią, jego szerokie bary niemal wypełniały przejście; musiał się lekko schylić, by wyjść na zewnątrz. Niósł dwa kubki herbaty, z których para unosiła się w chłodną ciemność.

— Pomyślałem, że to może pomóc — powiedział, podając jej jeden z nich.

— Dzięki. — Jej palce zacisnęły się na ciepłej ceramice, wdzięczne za pretekst, by trzymać się czegoś stabilnego. Napięcie z kolacji wciąż trwało między nimi jak nieproszony gość, a żadne z nich nie wiedziało, jak go wyprosić.

Usiedli na wyścielanej ławce przy samej barierce, trącając się kolanami, gdy próbowali się usadowić. Pod nimi Tamiza lśniła w światłach miasta, jej powierzchnia była niespokojna i żywa. Przez chwilę żadne z nich się nie odzywało. Łatwiej było skupić się na odległym świecie, na szumie dalekiego ruchu ulicznego, blasku przepływających łodzi, niż na kruchej ciszy narastającej między nimi.

— Londyn jest ładny w nocy — odezwał się w końcu George. — Pozwala na chwilę zapomnieć o całym tym chaosie.

— Tak — mruknęła Myst, gładząc kciukiem brzeg kubka. — Gdyby tylko o wszystkim innym dało się tak łatwo zapomnieć.

Jego wzrok przeniósł się na nią, badając jej profil, gdy patrzyła na wodę. Długie włosy opadały jej na ramię, łapiąc słabe, srebrzyste refleksy od księżyca. Wyglądała nieziemsko, jak ktoś, kto należy do gwiazd, a nie siedzi obok niego na pożyczonym balkonowym krześle. A jednak tu była. Z nim.

— Mogę coś powiedzieć? — Jego ton był ostrożny, niemal zbyt ostrożny.

— Oczywiście — odparła, odwracając się ku niemu. Szczerość w jej jasnoniebieskich oczach sprawiła, że poczuł ucisk w piersi, choć nie był pewien, czy to z ukojenia, czy ze strachu.

Pochylił się do przodu, opierając łokcie na kolanach, zapominając o herbacie w dłoniach. — Staram się, Myst. Naprawdę. Ale... — Zawahał się, poruszając szczęką w poszukiwaniu odpowiednich słów. — Twój świat jest taki ... głośny. Aparaty, nagłówki, ludzie ciągle patrzący na ręce. Nigdy wcześniej nie miałem z czymś takim do czynienia. I czasem zastanawiam się, czy ja się do tego nadaję.

— George... — Jej głos złagodniał, ale potrząsnął delikatnie głową, chcąc dokończyć.

— Nie mówię, że chcę odejść czy coś w tym stylu — wyjaśnił szybko, a jego akcent stał się wyraźniejszy pod wpływem emocji. — Po prostu całe życie spędziłem na boiskach do rugby, gdzie sprawy są proste. Trenujesz ciężko, grasz twardo i liczy się to, co wnosisz na murawę. Cała ta reszta... Mam wrażenie, że codziennie popełniam błąd i nienawidzę tego uczucia.

— Popełniasz błąd? — Mały uśmiech błąkał się na jej ustach mimo powagi jego wyznania. — To nie brzmi jak George Dennis, którego znam. W domu jesteś praktycznie arystokracją rugby, pamiętasz?

— No tak — powiedział sucho — ale okazuje się, że umiejętność powalenia facetów dwa razy większych ode mnie niewiele pomaga, gdy trzeba unikać paparazzi.

Zaśmiała się cicho, a ten dźwięk rozładował napięcie na tyle, by mogła przysunąć się bliżej, tak blisko, że jej kolano mocniej oparło się o jego. — Radzisz sobie lepiej, niż myślisz — powiedziała łagodnie. — Uwierz mi, ten świat nie jest łatwy dla nikogo. Przez połowę czasu sama nie wiem, czy postępuję słusznie.

— Mogłabyś mnie oszukać. — Posłał jej spojrzenie z ukosa, a jego usta drgnęły w nieśmiałym uśmiechu. — Sprawiasz wrażenie, jakby przychodziło ci to bez wysiłku.

— Bez wysiłku? — parsknęła, kręcąc głową. — George, przez większość dni umieram ze strachu, że to wszystko zawalę. Moją karierę, związki... ciebie. Zwłaszcza ciebie.

— Mnie? — zmarszczył brwi, szczerze zdziwiony.

— Tak, ciebie — powiedziała, patrząc mu prosto w oczy. Teraz nie ukrywała się już za żartami. — Nie masz pojęcia, jak bardzo się boję, że to wszystko — wskazała niejasno na linię horyzontu i niewidzialną presję wiszącą nad nimi — cię odepchnie. Że cię stracę przez to... kim muszę być tam na zewnątrz.

— Hej. — Odstawił kubek na ziemię, po czym sięgnął po jej dłoń. Jego palce zamknęły się na jej dłoni, ciepłe i dające oparcie. — Nie stracisz mnie, dobrze? Jestem uparty, pamiętasz? Potrzeba czegoś więcej niż kilku nagłówków w tabloidach, żeby mnie wystraszyć.

— Nawet jeśli nazywają cię moim nieociosanym kochankiem? — dopytywała lekko, choć jej głos drżał.

— Zwłaszcza wtedy. — Wtedy jego uśmiech rozjaśnił twarz, był zawadiacki i uroczy. — Nie jestem do końca światowy, co?

— Ani trochę. — Znów się zaśmiała, tym razem ciszej, ale szczerze.

Przez chwilę siedzieli tak, z zaplecionymi dłońmi, a rzeka poniżej niosła ich ciszę niczym melodię. Nie było idealnie, ani trochę, ale to wystarczyło. Wystarczyło, by przypomnieć im, dlaczego tu są, pomimo wszystkiego, co próbowało ich rozdzielić.

— Dzień po dniu? — zapytała cicho, gładząc kciukiem jego kostki.

— Dzień po dniu — zgodził się, ściskając jej dłoń. Mimo to, gdy znów spojrzeli na panoramę miasta, oboje czuli ciężar czający się w tle — świadomość, że miłość, choćby najsilniejsza, nie wymaże nadchodzących wyzwań. Ale tej nocy postanowili spróbować. I na razie to wystarczyło.

Rozdział siódmy

SAMOLOT GŁADKO OSIADŁ NA płycie lotniska Charles de Gaulle, a George ledwie zdążył rzucić okiem na strzeliste, przeszklone fasady portu lotniczego, gdy Myst została mu odebrana. Tuż za strefą celną czekał na nią tłum ludzi, ich głosy nakładały się na siebie w chaotycznej symfonii: jej menedżer wykrzykiwał najnowsze wieści o wywiadach, stylistka machała pokrowcem na ubrania, jakby leżały w nim odpowiedzi na wszystkie zagadki bytu, a Jessie ze swoim nieodłącznym clipboardem odhaczała godziny, jakby dowodziła operacją wojskową. George stał nieco za Myst z torbą przewieszoną przez ramię, czując się bardziej jak zbędny dodatek niż chłopak.

— George — powiedziała Myst, odwracając się do niego z przepraszającym uśmiechem. Jej jasnoniebieskie oczy złagodniały, choć dłońmi mocno ściskała brzeg harmonogramu, który Jessie właśnie jej wetknęła. — Tak strasznie cię przepraszam, kochanie. Oni są... intensywni.

— Nie martw się o mnie — rzucił, wymuszając uśmiech. — Poradzę sobie. Idź i bądź olśniewająca.

— Obiecaj, że pozwiedzasz. Paryż jest magiczny, jeśli tylko mu na to pozwolisz. — Ścisnęła krótko jego dłoń, zanim porwał ją prąd jej świty, sprawiając, że zniknęła niczym drobinka brokatu w świetle słońca.

George westchnął, poprawiając pasek torby. Mówił szczerze, poradzi sobie, ale stojąc sam w jednym z najbardziej romantycznych miast na świecie, podczas gdy Myst została wciągnięta w wir sławy, czuł się dziwnie nieswojo. Mimo to nie zamierzał zmarnować okazji, by zobaczyć Paryż.

Do południa George zwiedził więcej zabytków, niż sądził, że zdoła w jeden dzień. Wieża Eiffla stała majestatyczna i niewzruszona na tle szarego, zimowego nieba, lecz gdy George wpatrywał się w jej misterną, żelazną kratownicę, poczuł się... mały. Bez Myst u boku słynny romantyzm miasta zupełnie do niego nie przemawiał.

Następnie spacerował wzdłuż Sekwany, robiąc zdjęcia, na które nie miał pewności, czy kiedykolwiek jeszcze spojrzy. Pary przechadzały się ramię w ramię, śmiejąc się, jakby uciekły prosto z pocztówki. George wsunął ręce do kieszeni kurtki, czując się jak intruz zaglądający przez oszronione okno.

— No tak — wymamrotał pod nosem. — Paryż, magia i tak dalej.

Następnego dnia George przybył do Le Zénith Paris wcześniej, wchodząc do rozległej sali koncertowej z wysokim sufitem i rzędami pustych miejsc. Głos Myst, ciepły i pełen energii, niósł się echem po przestrzeni, gdy trwała próba na scenie. George oparł się o budkę dźwiękowca z założonymi rękami, obserwując ją.

Była niesamowita. Nie było lepszego słowa. Myst panowała nad sceną, jakby była ona jej przedłużeniem, a jej głos unosił się bez wysiłku nad cichymi dźwiękami strun zespołu. Nawet bez publiczności lśniła, a jej energia była wyczuwalna z miejsca, w którym stał George. Nie mógł powstrzymać rozpierającej go dumy, a może i czegoś głębszego, obserwując, jak przechodzi od jednej piosenki do drugiej.

— Jeszcze raz, Myst — zawołał jej menedżer z pierwszego rzędu, przerywając aplauz zespołu. — Przeciągasz tempo w łączniku. Musi być ciaśniej.

— Fraza też kuleje — wtrącił się ktoś, kogo George nie rozpoznał, żylasty mężczyzna z clipboardem, który wyglądał, jakby nie spał od lat. — Myst, możesz spróbować włożyć więcej energii w Wildfire? Brzmi to płasko.

— Płasko? — powtórzyła Myst głosem podszytym zmęczeniem, choć dobrze je maskowała. — Dobrze, jasne. Spróbuję jeszcze raz.

George zmarszczył brwi, a jego podziw starł się z troską. Wiedział, że Myst jest przyzwyczajona do tak wnikliwej oceny, ale nawet on słyszał, jak wyrazisty i żywy był jej występ. Mimo to skinęła głową bez skargi, obróciła mikrofon w dłoni i rzuciła się z powrotem w wir piosenki, jakby nic nie było w stanie jej wyprowadzić z równowagi.

— Excusez-moi? — dobiegł głos z prawej strony George'a. Odwrócił się i zobaczył menedżera obiektu, krępego, łysiejącego mężczyznę z clipboardem pod pachą, który przyglądał mu się sceptycznie.

— Je ne parle pas français — powiedział przepraszająco George, wypowiadając jedyne słowa, jakie znał po francusku, ale mężczyzna uciszył go machnięciem ręki i płynnie przeszedł na angielski.

— Żaden problem. Później wpadną goście VIP; proszę się upewnić, że ochrona trzyma wartę przy garderobach.

— Ochrona? — George mrugnął, zmieszany przez ułamek sekundy, zanim do niego dotarło. — O, nie, ja nie jestem...

— Dziękuję — przerwał mu mężczyzna, klepiąc George'a po ramieniu, po czym odszedł.

— Rewelacja — wymamrotał George, pocierając kark. — Teraz myślą, że jestem jej ochroniarzem! — Zerknął w stronę sceny, gdzie Myst mierzyła się z kolejną porcją krytyki, nieugięta w swej determinacji mimo napięcia widocznego w jej postawie.

Po raz pierwszy od lądowania w Paryżu George zastanawiał się, czy naprawdę rozumie, co oznacza bycie częścią jej świata. Myst nazwała Paryż magią. Ale w tej chwili wszystko wydawało się po prostu skomplikowane.

Sekwana migotała w złotej poświacie latarń, a jej pofalowana powierzchnia odbijała światła Paryża w wiecznie zmieniającym się tańcu. George szedł obok Myst, a ich kroki wybijały wspólny rytm na brukowanej ścieżce. Powietrze było rześkie, ale nie mroźne, a jej dłoń w jego dłoni wydawała się mała, lecz ciepła, gdy lekko opierała się o jego ramię.

— Widzisz? Magia — powiedziała cicho, spoglądając na niego z uśmiechem, który igrał w kącikach jej jasnoniebieskich oczu. Jej ciemne włosy opadały na ramiona, lśniąc niczym jedwab, gdy mijali kolejną latarnię.

— Dobra, niech ci będzie — odparł George. — Ma to nieco więcej uroku niż Brisbane River.

— „Nieco"? — Myst westchnęła z udawanym oburzeniem, zatrzymując się w pół kroku i zmuszając go, by na nią spojrzał. — George Dennis, czy ty porównujesz *to* — wskazała dramatycznym gestem na rzekę, panoramę miasta i odległą sylwetkę Notre-Dame — do... czego? Mętnej wody i namorzynów w domu?

— Hej, nie obrażaj namorzyn — odgryzł się z uśmiechem. — Jest mnóstwo romantyzmu w odganianiu komarów i obserwowaniu przemykających krabów błotnych.

Roześmiała się, a był to dźwięk przypominający dzwonki wietrzne na wietrze, który sprawił, że coś głęboko w jego piersi ścisnęło się w najprzyjemniejszy sposób. Chciał zatrzymać ten śmiech blisko siebie, jakoś zamknąć go w butelce na chwile, gdy jej świat będzie wydawał się zbyt odległy od jego własnego.

— No dobrze — poddała się, ciągnąc go za ramię, by ruszyli dalej. — Ale Paryż i tak wygrywa.

— Ta, ta — mruknął, choć nie mógł się nie zgodzić. Nie wtedy, gdy była tu z nim, ubrana w ten miękki, czarny płaszcz, który lekko rozszerzał się w pasie, a jego brzegi co chwilę ocierały się o jego nogę. Nie wtedy, gdy Paryż zdawał się naginać do niej, jakby nawet miasto wiedziało, jak niezwykłą była osobą.

Znaleźli malutką kawiarnię ukrytą w bocznej, cichej uliczce, której wejście zdobiły migoczące lampki.

Wewnątrz było przytulnie i kameralnie, a ściany wyłożono półkami z zakurzonymi książkami i starymi płytami. Kelner przywitał ich porozumiewawczym uśmiechem — wystarczyło jedno spojrzenie na Myst, by ewidentnie ją rozpoznał — ale na szczęście nic nie powiedział. Niezależnie od tego, czy był to profesjonalizm, czy paryska obojętność, George'a to nie obchodziło; czuł ulgę, że nie osaczają ich kamery ani fani.

— Deux cafés et... o! — Myst zawahała się, skanując menu ze zmarszczonym czołem, po czym wskazała na jedną z pozycji. — Crème brûlée. Zaufaj mi, pokochasz to.

— Czy mam wybór? — droczył się George, sadowiąc się na krześle naprzeciwko niej.

— Niezbyt. — Uśmiechnęła się zawadiacko, splatając ramiona na stole i pochylając się do przodu. Blask świecy między nimi rzucał cienie, które łagodziły oznaki zmęczenia wokół jej oczu, zauważone przez niego wcześniej tego dnia. — Moją misją jest poszerzanie twoich horyzontów.

— Ambitnie — odparł, unosząc brew. — Co dalej? Nauczysz mnie śpiewać?

W jej oczach zapłonęły iskierki psoty. — O, absolutnie. Wyobrażasz to sobie? Mój następny album z George'em Dennisem w chórkach.

— Nie ma mowy. — Zaśmiał się, kręcąc głową. — Opróżniłbym salę szybciej niż alarm przeciwpożarowy.

— Nie doceniaj się! Masz w sobie ten klimat surowego sportowca, to mogłoby wypalić. Coś jak... rockowe ballady rugbysty. — Naśladowała uderzanie w struny niewidzialnej gitary, a jej radosny nastrój był zaraźliwy.

— Jasne. A jak nazwalibyśmy ten przełomowy gatunek?

— Ruck and roll, *oczywiście*. — Rozpromieniła się tak szeroko, że nie mógł powstrzymać śmiechu, który odbił się echem od niskiego sufitu kawiarni. Przez chwilę wszystko inne przestało istnieć: chaos jej grafiku, ciężar jego własnych niepewności; byli tylko oni, dwoje Australijczyków żartujących na drugim końcu świata.

Wtedy jednak jej telefon zawibrował, rozbijając tę bańkę. Uśmiech Myst przygasł, gdy wyjęła go z kieszeni i zerknęła na ekran. Nawet w przyćmionym świetle George widział, jak napięcie wspina się na jej ramiona, gdy kciuk zawisł nad wyświetlaczem. Trzy nieodebrane połączenia. Pięć nieprzeczytanych wiadomości. Jej szczęka się zacisnęła.

— Zignoruj to — powiedział cicho, sięgając przez stół i przykrywając jej dłoń swoją. — To nasza noc.

Wahała się, po czym skinęła głową, odkładając telefon ekranem do dołu. Jednak cień nie zniknął z jej twarzy, a George nienawidził faktu, że nie może zrobić nic więcej, by go przepędzić.

— Przepraszam — szepnęła po chwili, teraz już cichszym głosem. — Wiem, że to wszystko jest... przytłaczające.

— Hej — powiedział stanowczo, lekko ściskając jej dłoń. — Rozumiem to. Naprawdę. Robisz to, co kochasz, i nie chciałbym wchodzić ci w drogę.

Jej oczy szukały jego oczu, jakby próbowała odgadnąć, czy mówi poważnie. Mówił, ale część jego zastanawiała się, czy ona widzi pęknięcia tworzące się pod powierzchnią; czy czuje, jak bardzo nie na miejscu bywa w jej lśniącym, pędzącym świecie.

— Dziękuję — szepnęła, a jej usta wygięły się w słabym, wdzięcznym uśmiechu. Potem, jakby zdeterminowana, by rozluźnić atmosferę, dodała: — Ale z tym rugby rockiem mówię poważnie. Zaczynamy próby w przyszłym tygodniu.

— Nie ma szans — odparował, ale uśmiech go zdradził.

Następnego ranka światło słoneczne przedostało się przez hotelowe zasłony, ogrzewając twarz George'a i powoli go budząc. Pomrugał zaspany, sięgając po telefon na nocnym stoliku. Zamiast aplikacji z pogodą czy zwykłych wiadomości sportowych powitał go nagłówek rozdmuchany w mediach społecznościowych: *„Myst podsyca plotki o romansie z Antoine'em Delacourtem: Czy to najgorętsza nowa para Paryża?"*

Poniżej znajdowały się zdjęcia Myst i jakiegoś faceta — wysokiego, eleganckiego, o klasycznej urodzie, w nienagannym garniturze i z pewnym siebie uśmieszkiem. Siedzieli na czymś, co wyglądało jak kanapa w talk-show, pochyleni ku sobie i roześmiani. Inna fotografia pokazywała, jak trzyma ją za rękę, gdy schodziła ze sceny, a Myst posyła mu ten promienny uśmiech, o którym George zdążył pomyśleć, że jest zarezerwowany tylko dla niego.

— Jasna cholera — wymamrotał George, siadając prosto. W brzuchu poczuł nieprzyjemny skurcz, choć próbował sobie wmawiać, że to niedorzeczne. To tylko tabloidy robiące to, co zawsze — zmyślające historie z niczego. Mimo to obrazy utkwiły mu w pamięci, uderzając w poczucie niepewności, które myślał, że udało mu się pogrzebać.

— Dzień dobry — dobiegł głos Myst z progu. Była już ubrana, a jej włosy były zaplecione w luźny warkocz. — Wcześnie wstałeś.

— Tak — powiedział, odchrząkując i odkładając telefon ekranem do dołu. — Niezbyt dobrze spałem.

— Coś nie tak? — zapytała, podchodząc do niego z zatroskaną miną.

— Uh... — zawahał się, po czym westchnął, znów biorąc telefon i odwracając go w jej stronę. — To.

Jej twarz spoważniała, gdy przebiegała wzrokiem po artykule. — O, na litość boską! — prychnęła, wypuszczając gwałtownie powietrze nosem. — To bzdury. Antoine był po prostu uprzejmy. Pomógł mi zejść ze sceny i nagle jesteśmy bratnimi duszami?

— Nie powiedziałem, że w to wierzę — mruknął George, czując się głupio i żałując, że w ogóle pokazał jej ten tekst.

— To dobrze. — Pochyliła się, by dać mu soczystego całusa i posłać jeden z tych swoich uśmiechów, zanim wróciła do drzwi. — Wstawiłam kawę.

George oparł się o barierkę balkonu, wpatrując się w panoramę Paryża. Miasto rozciągało się przed nim w mgiełce bladego porannego światła i miękkich, szarych cieni; jego piękno było niezaprzeczalne, lecz dziwnie odległe. Obracał kubek w dłoniach, czując ciepło ceramiki na dłoniach, choć napój dawno już wystygł. Za jego plecami Myst krzątała się po apartamencie, nucąc pod nosem podczas pakowania torby na kolejny pracowity dzień.

— Hej — powiedział w końcu, nie odwracając się. Jego głos brzmiał szorstko, bardziej niż zamierzał, niczym żwir chroboczący o asfalt.

— Mm? — odpowiedziała Myst, rozproszona.

— Czy kiedykolwiek... — Urwał, mrużąc oczy i patrząc na dachy w dole. — Nie wiem... czy kiedykolwiek czujesz się tak, jakbyś gdzieś nie pasowała?

To przykuło jej uwagę. Jej kroki ucichły, gdy przeszła przez pokój i stanęła za nim. Poczuł delikatny nacisk jej dłoni na plecach, między łopatkami. Drobny gest, w sam raz, by poczuł oparcie.

— Skąd to się wzięło? — zapytała ostrożnie, w jej głosie słychać było teraz ciekawość wymieszaną z troską.

Wypuścił powoli powietrze, odstawiając kubek na barierkę. — Twój świat, Myst. To wszystko. — Machnął niejasno ręką w stronę miasta, jakby reprezentowało ono każdą scenę, każdy błysk flesza, każdy szalony grafik, w który został wciągnięty od czasu ich przyjazdu. — Chodzi mi o to, do cholery, spójrz na mnie. Jestem tylko facetem, który gra w rugby. Co ja tu robię?

— George... — Podeszła, by stanąć obok niego, a jej bladoniebieskie oczy badały jego twarz. — Nie jesteś „tylko facetem”.

— Tak się czuję — wymamrotał. Potarł kark, a wspomnienie nagłówka z tabloidu wciąż go gryzło. — Wiem, co mówiłaś o Antoine'ie i tym wszystkim, że to bzdury z brukowców, ale... to coś więcej. Twoje życie, twoja karie ra... to potęga. Blichtr. A ja... ja taki nie jestem.

Myst przechyliła głowę, przyglądając mu się z mieszaniną frustracji i czułości. — Myślisz, że ja mam to wszystko poukładane? Że każdego dnia budzę się z poczuciem, że pasuję do tego tak zwanego luksusowego świata? — Zaśmiała się cicho, ale w tym śmiechu nie było ani krzty rozbawienia. — Przez połowę czasu udaję, żeby tylko dotrzymać kroku.

— Z mojej perspektywy tak to nie wygląda — powiedział George, a kącik jego ust drgnął w górę wbrew niemu samemu. — Tam na scenie jesteś jak jakaś cholerna superbohaterka rocka.

— Tak? — zapytała, unosząc brew. — A ty jesteś Kapitanem Australia, wyprowadzającym swoją drużynę na boisko niczym jakiś gladiator. Myślisz, że *to* nie onieśmiela *mnie*?

— Onieśmiela ciebie? — Zamrugał, zaskoczony.

— Oczywiście! — powiedziała, rozkładając ręce. — Masz ten cały inny świat, którego nigdy w pełni nie zrozumiem. Rugby to dla ciebie coś więcej niż sport; to... to część tego, kim jesteś. I widzę, pod jaką presją żyjesz, jak wszyscy oczekują od ciebie, że zawsze będziesz idealny. Czy naprawdę myślisz, że ja pasuję do tamtego świata bardziej niż ty do mojego?

George sposępniał, jej słowa zapadły mu w pamięć głębiej, niż chciałby przyznać. — Chyba nigdy nie patrzyłem na to w ten sposób.

— Cóż, może powinieneś — powiedziała łagodnie Myst, kładąc mu rękę na ramieniu.

— Może — mruknął.

Przez chwilę stali w milczeniu, a ciężar niewypowiedzianych wątpliwości gęstniał w powietrzu między nimi. George słyszał stłumiony szum ruchu ulicznego w dole, odległy pisk syreny. Tym razem nawet Myst zdawała się nie znajdować odpowiednich słów, by wypełnić tę ciszę.

— W każdym razie — powiedziała w końcu, jej głos stał się cichszy, niemal kruchy. — Muszę lecieć na próbę dźwięku. Porozmawiamy o tym później, dobrze?

— Tak — odparł, choć nie był pewien, co jeszcze zostało do powiedzenia.

Później tego wieczoru George stał niedaleko tyłów Le Zénith, skrywając się w cieniu, podczas gdy tłum wokół niego pulsował i ryczał. Światła sceniczne płonęły jasno, przebijając się przez mroczną mgłę areny, a tam była ona, jego Myst. Petarda owinięta w brokat i aksamit, panująca nad sceną, jakby się na niej urodziła.

Jej głos wzbijał się wysoko, surowy i elektryzujący, oplatając każdą nutę. Publiczność nie miała jej dość, wiwatując i śpiewając razem z nią, jakby od tego zależało ich życie. George patrzył, nie mogąc oderwać wzroku, a w jego piersi wezbrała duma, mimo bólu, który zakorzenił się tam wcześniej.

— Ona jest niesamowita! — krzyknął ktoś w pobliżu przez muzykę, klepiąc George'a po plecach. Skinął głową sztywno i zdobył się na grzeczny uśmiech, po czym ponownie skupił uwagę na scenie. Tak, była niesamowita. Ale patrzenie na nią w ten sposób, z dystansu, otoczoną przez tysiące obcych ludzi, sprawiało tylko, że czuł się jeszcze bardziej odseparowany, jakby wpatrywał się w coś, czego częścią nigdy nie mógłby się stać.

Gdy wybrzmiała ostatnia piosenka, tłum wybuchł ogłuszającym aplauzem, a Myst posłała im ostatni olśniewający uśmiech, zanim zniknęła za kulisami. George ociągał się w pobliżu skrzydeł sceny, czekając, aż fotografowie i fani, tłoczący się i domagający jej uwagi, się rozejdą. Radziła sobie z tym z wyćwiczoną łatwością, śmiejąc się i pozując, jakby to była jej druga natura.

— George! — Jej głos przebił się przez gwar i nagle pojawiła się u jego boku, z twarzą promieniującą z ekscytacji i kropelkami potu lśniącymi na czole. — Czy to nie było niesamowite?

— Tak — powiedział, zmuszając się do uśmiechu i przytulając ją na chwilę. — Byłaś genialna.

— Dzięki — odparła, odsuwając się, by posłać mu promienny uśmiech. Ale po chwili jej mina się zmieniła, a brwi zmarszczyły, gdy przyjrzała się jego twarzy. — Hej... wszystko w porządku? Jesteś taki... cichy.

— Po prostu zmęczony — skłamał, kręcąc głową. — Długi dzień, sama wiesz.

— No tak — powiedziała powoli, choć widział, że nie do końca mu wierzy.

— Chodź — dodała po pauzie, pociągając go lekko za rękę. — Spadajmy stąd. Muszę odetchnąć.

— Jasne — odrzekł, idąc za nią niechętnie, choć nie mógł przestać się zastanawiać: bez względu na to, jak blisko byli, czy zawsze będzie czuł się tak daleko?

Bas z imprezy dudnił w piersi George'a, gdy weszli do błyszczącej sali balowej, gdzie kryształowe żyrandole rzucały światło na eleganckie czarne garnitury i mieniące się suknie wieczorowe. Poprawił kołnierzyk marynarki, pożyczonej od stylisty Myst, który rzucił mu ją z krótkim: „Ten będzie pasował", i starał się nie czuć jak przerośnięty kangur w stroju pingwina.

— Po prostu trzymaj się blisko — szepnęła Myst pod nosem, jej dłoń na moment wsunęła się w jego, zanim została porwana przez kogoś ze swojego zespołu. George zamarł na chwilę, obserwując, jak z bezwysiłkową gracją porusza się w tłumie; śmiejąc się, podając ręce, szepcząc konspiracyjnie do ludzi, którzy wszyscy zdawali się mówić o wiele za szybko.

— Ach, Monsieur Delacourt! — wykrzyknął ktoś w pobliżu, a George odwrócił się w samą porę, by zobaczyć wysokiego, zawadiackiego mężczyznę wchodzącego do sali. Jego idealnie skrojony garnitur wyglądał na droższy niż cała garderoba George'a. Lśniąco biały uśmiech mężczyzny niemal odbijał światło żyrandola nad nimi. Antoine Delacourt, uświadomił sobie ponuro George; francuski aktor, którego twarz widział rano na okładkach tabloidów obok Myst.

— Doskonale, kurwa — wymamrotał George pod nosem, wkładając ręce do kieszeni. Wszechświat najwyraźniej nie zamierzał mu dzisiaj odpuszczać.

— Przepraszam — przerwała mu elegancko ubrana kobieta, stukając go w ramię. — Czy mógłby pan przynieść kolejną butelkę szampana do tamtego stolika? O, tam. — Wskazała niejasno w stronę rogu sali.

— Eee... — George zamrugał, spoglądając na nią z góry. — Ja nie... — Ale ona już się odwróciła, najwyraźniej zakładając, że spełni prośbę.

— Ochroniarz — powiedział ktoś inny za jego plecami, potakując z uznaniem. — To ma sens.

— Fantastycznie — mruknął George, przecierając twarz dłonią. Zauważył, że Myst zerka w jego stronę, a jej bladoniebieskie oczy rozbłysły, gdy napotkały jego wzrok. Skinęła na niego, by podszedł, ale on tylko raz potrząsnął głową, udając, że tego nie zauważył. To nie był jego świat. Nigdy nie będzie.

— George! — Myst podeszła, wyciągając rękę, by położyć ją na jego ramieniu, ale zanim zdążył zareagować, obok niej pojawił się Antoine Delacourt, kładąc jej niedbale ramię na barkach w sposób, który sprawił, że George zacisnął szczęki.

— Ach, więc to jest ten chłopak, o którym wspominałaś! — ogłosił Antoine, a jego francuski akcent przecinał powietrze niczym nóż do masła. Jego wzrok omiótł George'a oceniająco, zatrzymując się na jego szerokich barach. — Jest pan... jak to się mówi... imponujący, no nie?

— Miło pana poznać — odparł sztywno George, zmuszając się do wyciągnięcia ręki. Antoine zignorował ten gest, posyłając zamiast tego uśmiech w stronę Myst.

— Gazety uwielbiają nas razem, nieprawdaż? — droczył się Antoine, wywołując u Myst śmiech, który przeszył serce George'a ostrym ukłuciem.

— Nie wierz we wszystko, co czytasz — powiedziała lekko Myst, choć jej palce zacisnęły się subtelnie na kieliszku szampana.

— Oczywiście, oczywiście — odparł Antoine, unosząc ręce w geście pozornej kapitulacji. — Je plaisante! Tylko żartuję!

— Jasne — odparł George głosem bardziej szorstkim, niż zamierzał. Myst zerknęła na niego ponownie, a na jej twarzy na chwilę pojawił się niepokój.

— Hej — szepnęła, przysuwając się do niego. — Wszystko w porządku?

— Świetnie — odburknął, choć to słowo miało gorzki posmak. — Słuchaj, chyba wrócę do hotelu. To był długi dzień.

— George... — Myst zawahała się, marszcząc brwi. — Jesteś pewien? Możemy wyjść, jeśli chcesz...

— Zostań — odparł szybko, kręcąc głową. — To twój wieczór. Baw się dobrze. — Złożył krótki pocałunek na jej skroni i odwrócił się, zanim zdążyła powiedzieć cokolwiek innego, przepychając się przez tłum w stronę wyjścia. Dźwięk śmiechu i brzęk kieliszków odprowadziły go w chłodną paryską noc.

W hotelu George siedział skulony na brzegu łóżka, patrząc bezmyślnie na miejskie światła za oknem. Krawat zwisał luźno u jego szyi, a kołnierzyk pożyczonej koszuli, mimo odpięcia, zdawał się go dusić.

Pocierał dłońmi o uda, próbując uporządkować kłębowisko myśli w głowie. Czy tak ma teraz wyglądać jego życie? Stanie z boku w kącie, podczas gdy Myst oczarowuje wszystkich wokół? Branie go za obsługę albo, co gorsza, poczucie bycia kimś niewiele ważniejszym niż przypadkowy obserwator w jej historii?

— Weź się w garść — wymamrotał do siebie, przeczesując palcami włosy. Ale węzeł w jego piersi tylko się zacieśniał. Bez względu na to, jak bardzo chciał pasować do jej świata, miał wrażenie, że każdy krok naprzód wiąże się z dwoma krokami w tył. I co gorsza, nie mógł pozbyć się paskudnego lęku, że w końcu ona też to zrozumie.

Ciche kliknięcie drzwi wyrwało go z odrętwienia. Zobaczył wchodzącą Myst; w jednej ręce trzymała szpilki, a jej twarz miała gniewny wyraz.

— Dlaczego tak wyszedłeś? — zażądała odpowiedzi, zamykając drzwi z siłą większą, niż było to konieczne.

— Bo tam nie pasowałem — wypalił George, zanim zdążył się powstrzymać. Wstał, górując nad nią, ale ona nawet nie drgnęła. Zamiast tego wyprostowała się i spojrzała na niego wyzywająco.

— To niedorzeczne! — powiedziała, a w jej głos wdarła się irytacja. — Powtarzałam ci setki razy, że nie musisz wiedzieć wszystkiego o moim świecie, żeby...

— Żeby co, Myst? — przerwał jej, podnosząc głos. — Żeby stać tam jak jakiś idiota, podczas gdy wszyscy plotkują o sprawach, o których nie mam pojęcia? Żeby patrzeć, jak faceci tacy jak Antoine obłapiają cię i żartują z nagłówków, jakby to było nic?

— Antoine nic dla mnie nie znaczy — warknęła, a jej policzki zapłonęły rumieńcem. — I gdybyś mi ufał, wiedziałbyś to!

— Problem nie leży w zaufaniu — odparł George, odchodząc od niej o kilka kroków. — Chodzi o... — Urwał, szukając właściwych słów. — Chodzi o cały twój świat. Jest za wielki, za szybki! Ja nawet nie wiem, jak za nim nadążyć. I szczerze? Myślę, że nigdy się nie nauczę.

— A myślisz, że mi jest łatwo zrozumieć *twój* świat? — odparowała Myst, a jej głos lekko zadrżał. — Kulturę rugby? Presję bycia liderem drużyny? Myślisz, że ja to wszystko ogarniam? Bo nie ogarniam, George. Ale się staram.

— I może w tym leży problem — powiedział cicho George, odwracając się do niej. — Może oboje zbyt mocno staramy się dopasować do czegoś, co po prostu nie działa.

Jej oczy rozszerzyły się i przez chwilę żadne z nich się nie odzywało. Potem, bez słowa, Myst odwróciła się na pięcie i wypadła do sąsiedniej sypialni, trzaskając drzwiami.

George wpatrywał się w nie, czując, jak serce mu łomocze. Opadł z powrotem na łóżko i ukrył twarz w dłoniach.

— Doskonale, kurwa — wymamrotał. Po raz pierwszy, odkąd przyjechali do Paryża, nie był pewien, czy wyjadą z tego miasta razem.

Rozdział ósmy

Poranek przesiąkał przez hotelowe zasłony, rzucając długie, złociste smugi na puszystą wykładzinę. Myst poprawiła ramiączko jedwabnej koszulki i upięła włosy w niechlujny kok; jej ruchy były szybkie i wyćwiczone, gdy przeszukiwała szafę w poszukiwaniu czegoś profesjonalnego, a zarazem szykownego. Telefon na szafce nocnej zabzyczał, wyświetlając kolejne przypomnienie od Jessie o zaplanowanych na dziś wywiadach.

Zerknęła w stronę łóżka, gdzie George leżał rozciągnięty pod białą kołdrą z ramieniem narzuconym na oczy. Jego ciemne włosy były w całkowitym nieładzie na poduszce, a jego zwykła energia zdawała się stłumiona przez jakiś niewidzialny ciężar. Myst zawahała się, ściskając w dłoni parę kolczyków.

— Zamierzasz tam leżeć cały dzień? — zapytała lekko, choć w jej głosie brakowało zwykłej przekornej nuty.

— Potrzebuję tylko trochę więcej snu — dobiegła stłumiona odpowiedź George'a; jego ton był neutralny, pełen dystansu. — Późna noc, sama wiesz.

— Jasne. — Myst założyła kolczyki, a jej palce lekko drżały. Chciała powiedzieć coś więcej, zapytać, czy wszystko w porządku, wytłumaczyć się, ale słowa utknęły jej w gardle niczym kamienie. Zamiast tego zajęła się zasuwaniem torby, a ostry dźwięk zamka wypełnił panującą między nimi ciszę.

— Śniadanie jest w salonie na dole, jeśli zgłodniejesz — dodała, zmuszając się do uprzejmego uśmiechu, którego i tak nie mógł zobaczyć.

— Dzięki — rzucił, nie poruszając się, wciąż osłaniając twarz przed światłem słonecznym.

I to było wszystko. Żadnych więcej słów, żadnych długich spojrzeń. Tylko bolesna pustka, która wypełniła pokój, gdy Myst chwyciła marynarkę i wyszła. Ciche kliknięcie zamykanych za nią drzwi wydało się cięższe, niż powinno.

— Enchantée, Myst! Wygląda pani magnifique, jak zawsze! — powitanie francuskiego dziennikarza było wylewne, ale Myst ledwie je zarejestrowała. Siedziała w centrum półkola reporterów w eleganckiej sali konferencyjnej, przy stole lśniącym w blasku sztucznego oświetlenia. Aparaty klikały rytmicznie, podczas gdy ona bawiła się srebrnym pierścionkiem na palcu, przekręcając go w tę i z powrotem, aż skóra pod nim stała się różowa.

— Pani najnowszy singiel odniósł taki ogromny sukces! Proszę nam powiedzieć, co było inspiracją? — zapytał inny dziennikarz, nachylając się z zaciekawieniem.

— Hm — zaczęła Myst, a jej głos zadrżał. Co było inspiracją? Zwykle potrafiła poetycko rozwodzić się nad pokładami emocji i kreatywności stojącymi za jej muzyką. Ale teraz potrafiła myśleć tylko o milczącym, zamkniętym w sobie wyrazie twarzy George'a z dzisiejszego poranka i o ucisku w piersi, który pojawiał się za każdym razem, gdy go sobie przypominała.

— Miłość — wykrztusiła w końcu, a jej akcent mimo usilnych starań stał się bardziej australijski. — To, cóż... skomplikowane, prawda?

— Skomplikowana miłość! Très romantique! — Dziennikarz notował gorączkowo w swoim notesie, podczas gdy inni kiwali głowami, wyglądając na usatysfakcjonowanych. Myst wymusiła uśmiech i lekko odsunęła krzesło. Powietrze wydawało się duszne, a pytania zlewały się w szum rozmów, za którym z trudem nadążała.

— Excusez-moi — ostry głos Jessie przebił się przez gwar. Myst podniosła wzrok i zobaczyła kuzynkę stojącą na skraju sali z założonymi rękami i uniesioną brwią. — Potrzebujemy chwileczki, jeśli państwo łaskawi. — Nie czekając na pozwolenie, Jessie machnęła na Myst, by ta wyszła za nią na korytarz.

— Co się z tobą dzieje? — zażądała odpowiedzi Jessie, gdy tylko drzwi się zamknęły. Jej zielone oczy zwęziły się z niepokoju, co kontrastowało z nienaganną kreską eyelinera. — Wyglądałaś tam jak spłoszone zwierzę.

— W porządku — odparła automatycznie Myst, ale przy ostatnim słowie jej głos się załamał. Przycisnęła dłonie do chłodnej ściany, by odzyskać równowagę. Jessie nawet nie drgnęła, ani przez sekundę nie kupiła tej gry.

— Nie zbywaj mnie tak — naciskała Jessie, tym razem łagodniej. — Czy chodzi o George'a?

Myst wypuściła drżący oddech, a jej ramiona opadły. Na korytarzu panowała cisza, przerywana jedynie okazjonalnym brzękiem sztućców z pobliskiego punktu cateringowego. — Po prostu... nie wiem, czy on to ogarnia. Mój świat, mam na myśli. Cały ten chaos, kamery, ciągła presja, żeby być... tą wersją mnie. — Machnęła niejasno w stronę swojego markowego stroju, swojego idealnie wykreowanego wizerunku. — A co, jeśli to dla niego za dużo? Co, jeśli *ja* jestem dla niego zbyt wielkim wyzwaniem?

— Hej. — Jessie podeszła bliżej i objęła ją ramieniem. — Po pierwsze, dla nikogo, kto faktycznie na ciebie zasługuje, nie jesteś „za duża". Jasne? A po drugie... nie byłoby go tutaj, nie znosiłby tego całego cyrku, gdyby mu na tobie nie zależało, Myst.

— Może. — Myst przygryzła wargę, a w jej oczach czaiła się wątpliwość. — Ale to, że mu zależy, nie sprawia, że jest łatwo. Wyglądał dzisiaj na takiego... zamkniętego. Jakbym już go straciła, Jess. I nie wiem, jak to naprawić.

— Zacznij od rozmowy z nim — powiedziała po prostu Jessie. — Szczerej rozmowy.

— Tak — wymruczała Myst, choć na samą myśl serce jej zamarło. Rozmowa oznaczała otwieranie ran, przyznanie się do lęków, a nie była pewna, czy jest na to gotowa.

Myst, przekładając torby z jedzeniem na wynos, jednocześnie mocowała się z kartą do pokoju, z czołem zmarszczonym w skupieniu. Elegancka, czarna karta odmówiła współpracy przy pierwszym przeciągnięciu i przy drugim też. — No dalej — mruknęła pod nosem, zdmuchując luźne pasmo ciemnych włosów z twarzy. Za trzecim razem zamek piknął i kliknął, otwierając się. Zwycięstwo.

— Obsługa pokoju! — zawołała, wchodząc do środka z przesadnie radosnym tonem, który odbił się echem od nieskazitelnie czystych ścian ich hotelowego apartamentu. Zapach czosnku i pieczonych warzyw uniósł się w powietrzu, gdy postawiła torby na małym stole jadalnym przy oknie. Zaszalała z włoskim jedzeniem z genialnej knajpki tuż za rogiem, biorąc nawet tiramisu na deser. Jeśli to nie roztopi przysłowiowej góry lodowej między nimi, to już nie wiedziała, co pomoże.

George siedział na kanapie, a jego wysoka sylwetka niemal całkowicie ją wypełniała. Zerknął krótko znad telefonu z nieprzeniknioną miną, po czym jego uwaga wróciła na ekran. — Hej — powiedział beznamiętnie, ściszonym i zdystansowanym głosem.

— Wow. — Myst położyła dłoń na sercu w teatralnym geście. — Tylko nie przytłocz mnie tym entuzjazmem, stary.

Jego kąciki ust drgnęły, ale potem wyraz twarzy znów stał się defensywny. — Przepraszam. Jestem tylko zmęczony.

— Jasne. Zmęczony. — Przekrzywiła głowę, studiując go chwilę dłużej, niż było to konieczne. Linia jego szczęki wydawała się ostrzejsza niż zwykle w przyćmionym blasku lampy stojącej, a na jego twarzy malowało się napięcie. — Cóż, przyniosłam węglowodany i cukier, więc... jesteś umownie zobowiązany, żeby teraz odżyć.

Nie odpowiedział, ale odłożył telefon, co uznała za dobry znak. Myst uznała to za sygnał do dalszych działań. Rozpakowywała pojemniki z przesadną starannością, a brzęk pokrywek wypełniał ciszę. Ta cisza była ciężka, uciskała jej klatkę piersiową niczym zbyt ciasny gorset. Nienawidziła tego; tej wersji ich związku, w której każde słowo wydawało się stąpaniem po linie nad przepaścią nierozwiązanych emocji.

— Słuchaj — zaczęła teraz łagodniejszym głosem. — Wiem, że wczoraj wieczorem zrobiło się niefajnie. I nienawidzę tego, jak to zostawiliśmy. Właściwie myślałam o tym cały dzień. Odwróciła się w jego stronę, opierając się o krawędź stołu, jakby szukała w nim oparcia. — Ja... chciałam tylko powiedzieć, że przepraszam. Za to, jak do tego podeszłam. Albo raczej, jak do tego nie podeszłam.

— Tak? — Wzrok George'a spoczął na niej, badawczy. Jego oczy miały dziś taki głęboki odcień błękitu, niczym ocean tuż przed burzą.

— Tak. — Przełknęła ciężko, czując suchość w gardle mimo wypitej wcześniej szklanki wody. — Chodzi o to, że... to życie, które prowadzę, George, to szaleństwo. Sam widzisz. Balansowanie między tym wszystkim — moją karierą, zespołem, prasą — to jak żonglowanie płonącymi mieczami z zawiązanymi oczami. Przez połowę czasu sama nie wiem, czy robię to dobrze.

— Radzisz sobie świetnie — powiedział, niemal zbyt szybko. Ale w tych słowach nie było ciepła ani przekonania. Pochylił się do przodu, opierając łokcie na kolanach. — Ale co ze mną, Myst? Gdzie ja w tym wszystkim pasuję?

Żołądek jej się ścisnął. Wiedziała, że to pytanie padnie, prawda? Wiedziała to od momentu, gdy pożegnała się z Jessie po wywiadach. Mimo to, usłyszenie tego na głos było czymś innym. Brzmiał tak, jakby... czuł się zagubiony.

— Oczywiście, że pasujesz — powiedziała, przechodząc przez pokój, by usiąść obok niego na kanapie. Skóra zaskrzypiała cicho pod jej niewielkim ciężarem. — Jesteś tutaj, prawda? Ze mną. To się chyba liczy, nie?

— Czyżby? — Jego ton nie był może ostry, ale i tak zabolał. Przeczesał dłonią włosy, zostawiając je w nieładzie, który sprawił, że miała ochotę wyciągnąć rękę i je wygładzić. — Bo czasem czuję się, jakbym się po prostu... przyplątał. Jak gość, któremu poszczęściło się na tyle, by załapać się na przejażdżkę w twoim świecie, ale który tak naprawdę do niego nie należy.

— To nieprawda. — Jej głos brzmiał pewniej, niż się spodziewała, podszyty desperacją, której nie potrafiła do końca ukryć. — Należysz do mojego świata, George. Nie prosiłabym cię, żebyś został, gdybym tak nie uważała.

— To dlaczego mam wrażenie, że zawsze jestem dwa kroki z tyłu? — Spojrzał na nią wtedy, naprawdę na nią spojrzał, a w jego wyrazie twarzy było tyle surowej wrażliwości, że niemal ją to złamało. — Jakbyś biegła w tym wyścigu, a ja nie mógłbym za tobą nadążyć? Co się stanie, gdy zostanę zbyt daleko w tyle, Myst? Po prostu mnie tam zostawisz?

— Boże, nie! — Sama ta myśl sprawiła, że dreszcz przeszedł jej po plecach. Sięgnęła po jego dłoń, splatając swoje palce z jego większą dłonią. — Ja też się boję, okej? Boję się tego, jak szybko to wszystko pędzi. Boję się, że to zepsuję, albo że może już to zrobiłam. Ale chcę tego. Chcę *nas*. — Przy ostatnim słowie głos jej zadrżał i mrugnęła gwałtownie, by powstrzymać łzy. — Nie wiem, jak sprawić, żebyś w to uwierzył, ale to prawda.

Przez długą chwilę nie odpowiadał. Potem westchnął, delikatnie, ale stanowczo zabierając rękę. — Wierzę ci — powiedział cicho. — Ale to nie sprawia, że jest łatwiej.

— Nic w tym wszystkim nie jest łatwe — zgodziła się, a jej głos ledwo przekraczał szept.

Cisza, która zapadła, nie była wroga. Nie była nawet do końca nieprzyjemna. Była po prostu... ciężka. Pełna niedopowiedzeń i niewypowiedzianych lęków. Myst wpatrywała się w swoje kolana, czując, jak gorycz porażki osiada jej w piersi. Próbowała. Boże, tak bardzo się starała. Ale może staranie się to za mało.

— Jedzmy, zanim wystygnie — powiedziała w końcu, nadając swojemu głosowi lekkości, choć załamywał się on pod ciężarem wszystkiego innego. George skinął głową z roztargnieniem, sięgając po jeden z pojemników i nie patrząc jej w oczy.

Następnego ranka Myst stała na środku swojej garderoby, otoczona wirem stylistów i asystentów. Jessie podała jej plan dnia z twarzą zachowującą ostrożną neutralność.

— Dodatek na ostatnią chwilę — powiedziała Jessie, stukając wypielęgnowanym paznokciem o papier. — Sesja zdjęciowa z Antoine'em Delacourtem. Nie powinna zająć więcej niż dwie godziny.

— Antoine? — jęknęła Myst, pocierając skroń. Tylko tego jej brakowało, sesji z tym notorycznym flirciarzem. — Dobra. Miejmy to już z głowy.

— Czy powinnam... — Jessie zawahała się. — Chcesz, żebym dała znać George'owi?

— Nie. — Myst szybko pokręciła głową, unikając wzroku kuzynki. — Powiem mu później. To nic wielkiego. Tylko praca.

— Jasne — odparła Jessie, a to jedno słowo było naładowane znaczeniem, które Myst postanowiła zignorować.

Rozdział dziewiąty

George zapadł się głębiej w ogromny hotelowy fotel, balansując telefonem niebezpiecznie opartym na kolanie. Na wpół opróżniona filiżanka kawy na stoliku obok niego dawno zdążyła wystygnąć, ale nawet tego nie zauważył. Kciuk trzymał tuż nad ekranem, jakby w nadziei, że obraz, w który się wpatrywał, mógłby się w jakiś sposób zmienić.

Oto była ona — jego Myst, promienna jak zawsze, z ciemnymi włosami ułożonymi w idealne fale, spoglądająca w obiektyw tym swoim charakterystycznym błękitnym wzrokiem, w którym lęk mieszał się z ogniem, i którym tak go w niej na początku urzekł. Ale nie była sama. Nie, stała obok Antoine'a Delacourta, francuskiego aktora i bożyszcza kobiet, którego uroda prawdopodobnie pozwoliłaby mu sprzedać lód Eskimosom. Śmiali się oboje z głowami pochylonymi ku sobie, wyglądając jak ucieleśnienie ideału z jakiegoś luksusowego magazynu.

— Antoine Delacourt — wymruczał George pod nosem, a to nazwisko miało gorzki posmak. Jego szczęka zacisnęła się odruchowo. Podpis pod zdjęciem wcale nie poprawiał mu humoru: *„Australijska księżniczka popu Myst i złoty chłopiec francuskiego kina podgrzewają atmosferę w Paryżu! Czy to najpotężniejsza nowa para w Europie?”*

W sekcji komentarzy pod spodem trwało już prawdziwe szaleństwo; fani snuli dzikie domysły, analizując każde spojrzenie i każdy uśmiech.

— Podgrzewają atmosferę — powtórzył głośno George w pustym pokoju. Rzucił telefon na kanapę obok, przeczesując dłonią włosy, podczas gdy w jego piersi wzbierała frustracja.

Został cały dzień w hotelu, dając jej przestrzeń i starając się nie rozmyślać zbyt wiele o wczorajszej niezręczności. Chciał wierzyć, że grają w tej samej drużynie, nawet jeśli nie zawsze tak to odczuwał. Ale widok tej sesji zdjęciowej, o której mu nie wspomniała, tej swobodnej chemii, jaką zdawała się mieć z kimś, kto tak bez wysiłku pasował do jej świata — to uderzało w każdą nutę niepewności, którą, jak sądził, zdołał w sobie stłumić. Czy naprawdę myślała, że zdoła to przed nim ukryć? Czy sądziła, że go to nie obejdzie?

Drzwi kliknęły i George wyprostował się odruchowo, a jego szerokie ramiona spięły się, gdy do środka weszła Myst. Wyglądała na zmęczoną; jej drobna sylwetka utonęła w luźnym kardiganie, a na ramieniu przewiesiła torbę. Przez ułamek sekundy jej widok sprawił, że coś w nim zmiękło. Ale wtedy wspomnienie zdjęcia powróciło, ostre i bolesne.

— Hej — powiedziała lekko, stawiając torbę na biurku. Zerknęła na niego, szukając czegoś w jego twarzy błękitnymi oczami, ale wyraz jego oblicza nie drgnął, nie wstał też, by się z nią przywitać. — Długi dzień?

— Najwyraźniej nie tak długi jak twój. — Słowa brzmiały chłodniej, niż zamierzał, były krótkie i ostre.

Myst zatrzymała się, marszcząc lekko brwi. — Co to ma znaczyć?

George pochylił się do przodu, opierając łokcie na kolanach. — Widziałem zdjęcia, Myst — powiedział głosem opanowanym, ale przepełnionym oskarżeniem. — Ciebie i Antoine'a. Miło z twojej strony, że mnie uprzedziłaś.

Zmrużyła oczy, a na jej twarzy odmalowało się zdezorientowanie, aż w końcu dotarła do niej prawda. — Och — powiedziała cicho, prawie do siebie, spuszczając wzrok na podłogę. — Ta sesja zdjęciowa.

— Tak, sesja zdjęciowa — powtórzył George, wstając. — Ta, o której tak wygodnie zapomniałaś mi wspomnieć.

— George, to nie było tak... — zaczęła, ale przerwał jej, dając upust frustracji, którą w sobie dusił.

— Czy ty wiesz, jak to jest dowiadywać się o dniu swojej dziewczyny od obcych ludzi z internetu? Patrzeć, jak wszyscy inni dyskutują o jej życiu, zanim ona sama raczy ci cokolwiek powiedzieć? — Jego głos się podnosił, choć walczył o spokój. — I nawet nie zaczynajmy tego całego gadania o „potężnej parze". Czy ty masz pojęcie, jak bardzo... — Urwał, kręcąc głową i odwracając się, by podejść do okna. Szyba odbijała jego własny gniewny grymas, zniekształcony przez światła miasta w oddali.

— Jak bardzo co? — Głos Myst był cichy, ale pewny. — Nie było w nim cienia defensywy, jedynie szczera ciekawość, a może troska. To sprawiło, że przystanął. Jego złość nieco przygasła, a ramiona lekko opadły, choć wciąż się nie odwracał.

— Jak to jest — powiedział w końcu, teraz już ciszej — czuć, że jestem tylko... kimś stojącym na marginesie twojego życia, czekającym, aż wpuścisz mnie do środka.

Myst powoli przeszła przez pokój, zatrzymując się kilka kroków za nim. — To nie tak — powiedziała łagodnie. — George, to była tylko praca. Sesja na ostatnią chwilę. I nie powiedziałam ci, bo... — Zawahała się, zagryzając wargę. — Bo wiedziałam, że będziesz zły.

— Cóż, gratuluję — odrzekł sucho, odwracając się ku niej. — Cel osiągnięty.

Wzdrygnęła się na te słowa i przez moment poczuł ukłucie wyrzutów sumienia. Ale potem znów przypomniał sobie to zdjęcie i sposób, w jaki Antoine na nią patrzył — jakby to było jego miejsce, jakby bycie częścią jej świata przychodziło mu z taką łatwością. I nagle poczucie winy zostało zagłuszone przez ten znajomy ból, poczucie bycia niewystarczającym. Przez poczucie, że nigdy jej nie dorówna.

— George — spróbowała ponownie, podchodząc bliżej, a jej głos złagodniał. — Wiesz, że tu nie chodzi o...

— Czy na pewno? — przerwał jej, wbijając wzrok w jej oczy, szukając odpowiedzi, których nie był pewien, czy chce usłyszeć. — Bo w tej chwili, Myst, nie mam wrażenia, żebyśmy nadawali na tych samych falach. Do diabła, czasem wydaje mi się, że w ogóle gramy w innych filmach.

Na jej twarzy zaczął malować się gniew. — Czy mam ci teraz raportować każdy zawodowy obowiązek? Każdą sesję? Każde spotkanie? Tego właśnie chcesz?

— Nie przekręcaj moich słów — odparował. — Nie powiedziałaś mi o Antoine'ie, bo wiedziałaś, że to będzie źle wyglądać. Wiedziałaś, że to mnie zaboli, a i tak to zrobiłaś. Z tym właśnie nie mogę się pogodzić!

— Bo próbuję nas chronić! — Jej głos załamał się na ostatnim słowie, skrzyżowała ramiona na piersi, jakby chciała dodać sobie stabilności. — Myślisz, że sprawia mi przyjemność chodzenie na palcach i zamartwianie się, jak każda rzecz, którą zrobię, wpłynie na nas? Czy ty wiesz, jakie to wykańczające?

— Wykańczające? — George zaśmiał się, ale bez cienia wesołości. — Spróbuj być facetem, który musi patrzeć, jak życie jego dziewczyny toczy się w tabloidach i na Instagramie, zastanawiając się, gdzie on w tym wszystkim, do cholery, pasuje! Spróbuj być facetem, który czuje się jak duch, kiedy ona wchodzi do pokoju, bo wszyscy widzą tylko ją, a jego mają głęboko gdzieś!

— Zazdrość — rzuciła ostro Myst, a jej głos przeciął powietrze niczym uderzenie bicza. — O to w tym wszystkim tak naprawdę chodzi, prawda? Jesteś zazdrosny. O moją karierę. O mój świat. I zamiast zastanowić się, jak możemy to poukładać, ty wciąż mnie za to karzesz.

— Karzę cię? — Podszedł bliżej, chcąc po nią sięgnąć, ale bojąc się tego w przypływie tak wielkiego gniewu. — Byłem dla ciebie oparciem. Ale może... — urwał, zaciskając szczękę, zanim w końcu dokończył. — Może po prostu nie daję już rady. Może nie nadaję się do tego twojego publicznego cyrku.

— Może masz rację. — Jej słowa padły ciszej, ale nie mniej boleśnie. Złość wyparowała z jej głosu, pozostawiając po sobie coś surowego i pustego. — Może zbyt mocno się różnimy. Może próba zasypania tej przepaści między nami to zbyt wiele.

George wpatrywał się w nią, zaciskając i rozluźniając dłonie. Jej wzrok nie uciekał, ale dostrzegł w jej oczach błysk bólu. To było odbicie jego własnych uczuć.

— W porządku — wymruczał, a to słowo osiadło między nimi niczym kotwica.

— W porządku — powtórzyła, ledwie słyszalnym szeptem.

Cisza, która zapadła, huczała głośniej niż ich krzyki. To ona pierwsza odwróciła wzrok. Przełknęła ciężko ślinę, złapała torbę i ruszyła do wyjścia. Zawahała się przez ułamek sekundy, trzymając dłoń na klamce, ale po chwili szarpnęła za nią i wyszła. Drzwi trzasnęły za nią, a dźwięk odbił się echem w cichym pokoju.

George stał jak wryty, gapiąc się w miejsce, gdzie przed chwilą była. Jego dłonie zacisnęły się w pięści, a złość ustąpiła miejsca głuchemu bólowi w piersi. Znów był sam, a cisza napierała na niego, duszna i nieustępliwa.

George siedział zgarbiony na krawędzi łóżka, patrząc bezmyślnie w wyciszony telewizor. Neonowe światła Paryża mrugały zza zasłon, kpiąc z niego swoim blaskiem. Odtwarzał w głowie tę kłótnię, analizując każde zdanie, każde oskarżenie i każdą chwilę żalu. Jego frustracja sięgnęła zenitu, to prawda, ale nie chodziło tylko o złość. To był strach. Strach, że ona nie potrzebuje go tak, jak on potrzebuje jej. Strach, że w jej świecie zawsze będzie o krok z tyłu, nigdy nie mogąc jej dogonić.

— Cholerny idiota — mruknął pod nosem, pocierając dłonią twarz.

Telefon na szafce nocnej zawibrował; podniósł go, mając cichą nadzieję, że to Myst pisze coś, co magicznie wszystko naprawi.

Nie. To była tylko wiadomość od starego kumpla, który odezwał się, słysząc, że George jest w Paryżu. *Stary, wpadnij do Tuluzy. Przydałaby mi się pomoc przy treningach. Poza tym Elisa tęskni za twoimi marnymi dowcipami.*

George wypuścił powietrze, a kąciki jego ust drgnęły w najlżejszym uśmiechu. Może odrobina dystansu była dokładnie tym, czego potrzebował, by oczyścić umysł, zrozumieć, czego naprawdę chce i powstrzymać tę spiralę niepewności, zanim pochłonie go bez reszty.

Następnego ranka zastał Jessie w hotelowym lobby, gdy piła kawę o zapachu tak mocnym, że postawiłaby na nogi nieboszczyka. Uniosła brew na jego widok.

— Już przyszedłeś błagać o wybaczenie? — spytała sucho, popijając napój.

— Jeszcze nie — odparł przygaszonym, ale stanowczym tonem. — Muszę trochę odpocząć, Jess. Wybieram się do kumpla do Tuluzy na kilka dni. Czy możesz... możesz powiedzieć o tym Myst?

Jessie przyglądała mu się przez dłuższą chwilę, a jej bystre spojrzenie nieco łagodniało. — Jasne — powiedziała w końcu. — Kilka dni przerwy może wam teraz dobrze zrobić. Ale wiesz, George, przez ostatnie tygodnie była szczęśliwsza, niż widziałam ją od lat. Nie pozwól, by to między wami się rozpadło bez walki. Ona jest tego warta. Sam o tym wiesz, prawda?

— Tak — powiedział cicho, skinąwszy głową. — Wiem.

— To dobrze. — Jessie wstała, otrzepując jeansy z okruchów croissanta. — Teraz idź dojść ze sobą do ładu, stary. I wróć gotowy, żeby naprawić ten bałagan.

— Pracuję nad tym — odrzekł George, biorąc torbę. Gdy wychodził z lobby, ciężar miasta zdawał się nieco lżejszy. Między nim a Myst wciąż wisiały czarne chmury, ale może uda mu się znaleźć sposób, by przetrwać tę burzę.

Piłka do rugby wirowała leniwie w powietrzu, lecąc wysoko nad zieloną przestrzenią parku, aż w końcu wylądowała z satysfakcjonującym mlaśnięciem w szerokich dłoniach Tommy'ego Raedeckera. George stał kilka kroków dalej z rękami na biodrach, mrużąc oczy w stronę francuskiego nieba, które wydawało się nienaturalnie błękitne, jakby zostało namalowane. Wokół nich niosły się okrzyki dzieci, mieszając się z odległym brzękiem filiżanek w kawiarni i okazjonalnym świergotem ptaków śmigających między platanami.

— Wciąż masz ten rzut — powiedział z uśmiechem Tommy, odrzucając piłkę do George'a. — Ale stawiam, że trochę zardzewiałeś, odkąd widzieliśmy się ostatnio. Co, miękniesz na starość?

— Mięknę? — George prychnął, łapiąc piłkę z łatwością mimo przytyku Tommy'ego. — Ty się odezwałeś. Kiedy ostatnio przebiegłeś więcej niż dziesięć metrów bez zadyszki?

— Ej, uważaj teraz. — Tommy uniósł brew, udając obrażonego. — Jestem asystentem trenera, stary. Teraz moją grą jest strategia.

— Strategia — powtórzył George, kręcąc głową. Obracał piłkę bezwiednie na przedramieniu, a znajoma tekstura materiału na moment go uspokoiła. Dobrze było tu być, pod gołym niebem, w otoczeniu czegoś prostego i prawdziwego. Czegoś prawdziwego.

— No dobra, dobra, przestańcie już, wy dwaj — zawołała żona Tommy'ego, Elisa, siedząc nieopodal na kocu piknikowym. Jej blond włosy lśniły w słońcu, gdy opierała się na rękach, obserwując ich synów — bliźniaków, biegających po placu zabaw niczym dwa małe huragany. — George przyjechał tu odpocząć, a nie po to, żebyś ty, Tom, rozpamiętywał dni chwały.

— Dni chwały? Mówi tak, jakbym był starożytnym zabytkiem — wymruczał Tommy, ale w jego słowach nie było złości, gdy podbiegł do Elisy, siadając obok niej z zadowolonym mruknięciem i nachylając się po pocałunek.

George szedł wolniej, trzymając piłkę pod pachą. Widok przed nim przypominał jedną z tych idealnych reklam szczęśliwego życia: roześmiana para, biegające dzieci, wiatr szumiący w parku. To było tak inne od chaosu autobusów koncertowych i błysków aparatów, które ostatnio stały się jego codziennością. Tak inne od świata Myst.

— Siadaj, stary — powiedział Tommy, klepiąc wolne miejsce na kocu obok siebie. — Widzę, że trybiki w tej twojej wielkiej głowie ciężko pracują.

— No, chodź — dodała ciepło Elisa, podając George'owi butelkę wody. — Cały poranek jesteś strasznie osowiały. Pozwól nam pomóc ci rozpakować to, co cię tak dręczy.

— Osowiały — wymruczał George, biorąc butelkę, ale jeszcze nie siadając. — Nie wiem, czy to właściwe słowo.

— Wolisz „nadąsany"? — droczył się Tommy, za co zarobił od Elisy żartobliwego klapsa.

— No dobra, dobra. — George zaśmiał się mimo woli i opadł na koc. Wyciągnął nogi przed siebie, a jego długa sylwetka wyglądała na nieco niezdarną w porównaniu ze zwartą, swobodną pozą Tommy'ego. Przez chwilę po prostu obserwował bliźniaków — jeden wspinał się na drabinki, drugi z dziką radością gonił gołębia.

— Jak wy to robicie? — zapytał nagle George, teraz już ciszej. — To wszystko. Chodzi mi o zachowanie równowagi. Kariera, rodzina...

Tommy wymienił spojrzenie z Elisą, zanim odpowiedział. — To nie jest łatwe, stary. Nigdy nie jest łatwo. Myślisz, że nie mieliśmy swojej porcji kłótni o priorytety? O czas? Do diabła, bywały tygodnie — *miesiące* — kiedy grałem, a Elisa widziała mnie tylko po to, żeby podać mi torbę z praniem.

— Święta prawda — wtrąciła Elisa z lekkim śmiechem. — Ale przeszliśmy przez to, bo oboje chcieliśmy, żeby nam wyszło. O to w tym chodzi, George — musisz chcieć na tyle mocno, żeby o to walczyć. Oboje musicie.

— Oboje — powtórzył George pod nosem, odkręcając wodę. Myśli mimowolnie uciekły ku Myst; jej zdeterminowana mina, gdy opowiadała o swojej muzyce, to, jak jej śmiech rozświetlał pokój i jak zawsze pachniała delikatnie jaśminem, nawet po godzinach spędzonych w blasku scenicznych reflektorów. Zastanawiał się, co teraz robi. Czy ona też o nim myśli.

— Słuchaj, rozumiem to — kontynuował Tommy, opierając się na łokciach. — Bycie z kimś takim jak Myst, z kimś, kto żyje w świetle jupiterów... to nie to samo, co bycie z Elisą, która chętnie trzyma się z dala od nagłówków. Ale ta dziewczyna ewidentnie coś dla ciebie znaczy, inaczej nie siedziałbyś tutaj i nie zadawał tych pytań.

— Znaczy — przyznał George, a słowa wydawały się ciężkie na jego języku. — Ale czasami wydaje się to... niemożliwe. Jakbyśmy przez połowę czasu mówili w innych językach.

— To normalne — powiedziała łagodnie Elisa. — Związki bywają zagmatwane, George. Nie mają być proste. Ale są warte zachodu, jeśli masz ochotę włożyć w nie wysiłek. Pytanie brzmi... — zawiesiła głos, patrząc na niego wymownie — czy ona jest tego warta dla ciebie?

George nie odpowiedział od razu. Odchylił głowę, wpatrując się w przeplatające się gałęzie nad sobą i czyste, błękitne zimowe niebo, niemal w tym samym odcieniu, co oczy Myst. Gdzieś w oddali dziecko zapiszczało ze śmiechu. Pomyślał o tym, jak oczy Myst łagodniały, gdy na niego patrzyła, a potem o kłótni – o złości, bólu i drzwiach, które za nią trzasnęły. Poczuł ucisk w klatce piersiowej.

— Chodź, tato! — krzyknął jeden z bliźniaków, machając entuzjastycznie z huśtawek. — Popchnij nas!

— Już idę! — odkrzyknął Tommy, wstając z wprawą. Mijając George'a, klepnął go w ramię. — Przemyśl to, stary. I nie zwlekaj zbyt długo. Życie nie czeka.

Elisa przyglądała się George'owi przez chwilę z zaciekawieniem. — I jak tam idą te głębokie przemyślenia? — spytała po chwili.

Zaśmiał się bez wesołości. — Są wykańczające — przyznał. — Staram się zrozumieć, czy się do tego nadaję. Do bycia z kimś takim jak Myst.

— Kimś takim jak Myst? — powtórzyła Elisa, unosząc brew. — Masz na myśli kogoś niesamowitego, utalentowanego i całkowicie w tobie zadurzonego?

— Kogoś, czyje życie to chaos — uściślił George, choć jej opis sprawił, że serce zabiło mu inaczej. — Kogoś, kto jest w ciągłym ruchu, otoczony ludźmi, zawsze w centrum uwagi...

— Brzmi jak ktoś inny, kogo znam — powiedziała wymownie Elisa, lekko trącając go łokciem. — Ty też nie żyjesz cicho i spokojnie, George.

— Tak, ale to co innego — sprzeciwił się słabo. — Rugby ma... strukturę. Jest na swój sposób przewidywalne. Świat Myst... — Pokręcił głową, szukając słów. — To jak próba uchwycenia dymu.

Elisa milczała przez chwilę, obserwując męża i dzieci. — Wiesz — powiedziała w końcu cicho — kiedy Tommy przyjął tę pracę we Francji, nie byłam pewna, jak to pogodzimy. Martwiłam się o odległość, zmiany, szkołę dla dzieci, bycie z dala od rodzin, o język... Było tyle niewiadomych, ale w końcu zrozumiałam jedno. Nie chodzi o to, żeby znać wszystkie odpowiedzi. Chodzi o to, żeby wybierać siebie nawzajem, każdego dnia. Nawet gdy jest trudno. *Zwłaszcza* gdy jest trudno.

George patrzył przed siebie, obserwując bliźniaków piszczących z radości, gdy Tommy popychał ich coraz wyżej na huśtawkach. Prostota ich szczęścia wydawała się odległa o całe lata świetlne od komplikacji, z którymi mierzyli się on i Myst.

— Myślisz, że... — zawahał się, teraz mówił ciszej. — Myślisz, że Myst i ja moglibyśmy mieć kiedyś coś takiego? Rodzinę, normalne życie?

— Normalność jest przereklamowana — odparła z uśmiechem Elisa. — Ale jeśli pytasz, czy wasza dwójka może mieć wspólną przyszłość? To zależy od was. Pamiętaj tylko, że miłość nie musi mieścić się w żadnych schematach, żeby być prawdziwa. Czasem jest chaotyczna, trudna i zupełnie inna, niż sobie wyobrażałeś. Ale to nie znaczy, że nie jest warta walki.

Jej słowa otuliły go niczym koc, ciepłe i nasycone prawdą.

— Chodzi o to — kontynuowała Elisa — że sama miłość nie wystarczy. Musisz wyjść jej naprzeciw.

— Naprzeciw — powtórzył cicho George, niemal do siebie. Gdy Elisa wstała, by dołączyć do Tommy'ego i chłopców, George pozostał na kocu, wpatrzony w tę sielankową scenę. Nie mógł przestać się zastanawiać: czy to mogłoby być kiedyś jego życie z Myst? Czy też wymagania jej świata zawsze będą ich dzielić?

Westchnął, ponownie podnosząc piłkę do rugby. Czuł jej ciężar w dłoni, była czymś pewnym. W przeciwieństwie do mętliku niepewności wirującego w jego głowie.

Rozdział dziesiąty

Gwizdek przeciął rześkie poranne powietrze, ostry i władczy. George stał na linii bocznej boiska treningowego klubu rugby w Tuluzie, z dłońmi wepchniętymi głęboko w kieszenie kurtki. Zawodnicy poruszali się jak dobrze naoliwiona maszyna, ich buty uderzały o wilgotną murawę, gdy wykonywali ćwiczenia z laserową precyzją. Rytm ich ruchów — łoskot piłki, wykrzykiwane komendy — był językiem, który George znał tak dobrze, że miał go praktycznie wyryty w DNA.

Aż go świerzbiło, żeby do nich dołączyć, ale to nie było jego miejsce, nie jego klub. Był tu tylko jako gość, a sama obecność kapitana reprezentacji Australii sprawiła, że niektórzy młodzi zawodnicy patrzyli na niego z szeroko otwartymi oczami, rwiąc się do zaimponowania mu; nie musiał ryzykować kontuzji, gdyby któryś z nich zechciał się popisać przy lekkomyślnym szarżowaniu.

— Wciąż cię nosi, stary? — zapytał Tommy, pojawiając się obok niego niczym jakiś niechlujny prorok. Jego poobijana twarz rozjaśniła się w cichym rozbawieniu, a brązowe oczy zwęziły się w kącikach.

George zaśmiał się krótko, choć jego wzrok pozostał utkwiony w boisku. — Zdaje się, że zawsze tak będzie.

— Tak myślałem. — Tommy skrzyżował ramiona na piersi, jego postawa była swobodna, ale celowa. Obserwował graczy przez chwilę, zanim kontynuował pozornie swobodnym tonem. — O czym ostatnio myślisz? Poza następnym meczem, mam na myśli.

— Poza rugby? — powtórzył George, niemal zaskoczony pytaniem. Zawisło ono w powietrzu między nimi, cięższe, niż się spodziewał.

— Tak. Poza rugby — powiedział Tommy z porozumiewawczym spojrzeniem. — Nie będziesz grał wiecznie, sam wiesz. To — wskazał gestem na boisko — trenowanie, to był mój wybór, ale jakoś nie widzę cię w tej roli. Co zamierzasz robić?

George zmarszczył brwi, przenosząc ciężar ciała z jednej stopy na drugą. Nigdy nie pozwalał sobie na zbyt głębokie rozmyślania o tym, co nastąpi po tym życiu, które zbudował na krwi, pocie i większej liczbie kontuzji, niż chciałby liczyć. — Nie wiem — przyznał w końcu. — Naprawdę niewiele o tym myślałem.

— Cóż, może czas zacząć — odparł Tommy. — Masz teraz w życiu coś więcej niż tylko grę, prawda?

George poczuł lekki ucisk w piersi. *Myst*. Myśl o niej przeszyła go czymś ostrym i bolesnym. Przytaknął nieobecnie, wciąż obserwując zawodników, choć jego myśli błądziły daleko stąd.

— Spójrz na nich — powiedział Tommy, wskazując na boisko. — Wypruwają sobie żyły, goniąc za czymś większym od nich samych. To sprawia, że warto, nie? Wkładanie całego siebie w coś, co kochasz.

— Tak — mruknął George cicho. Jego oczy śledziły młodego skrzydłowego, który śmignął do przodu szybki jak błyskawica, chwytając podanie i wymykając się obronie. Czysta determinacja chłopaka poruszyła w nim jakąś głęboką strunę.

Przypomniało mu to o Myst, o tym, jak zachowywała się na scenie, o jej elektryzującej i niezachwianej obecności. Goniła za marzeniami z takim samym ogniem jak ci gracze, wlewając siebie w każdą nutę, każdy tekst. I czyż nie to podziwiał w niej od samego początku? Jej upór, pasję, odmowę godzenia się na cokolwiek mniejszego niż bycie nadzwyczajną?

— Ona pracuje tak ciężko, jak ja kiedykolwiek w życiu — wymamrał pod nosem, ledwo świadomy, że wypowiedział to na głos.

— Słucham? — zapytał Tommy, odwracając się do niego z uniesioną brwią.

— Nic — skłamał szybko George, choć zacisnął szczęki. To nie była rozmowa, na którą był gotowy, przynajmniej jeszcze nie teraz. Ale prawda wirowała mu w piersi, nie do zaprzeczenia: był wobec Myst niesprawiedliwy.

A prawda była taka, że jego kariera miała datę ważności. Jej nie. Czy gdy za trzy lata, pięć lub siedem, kiedykolwiek odwiesi buty na kołek, będzie chciał zostać sam? Czy rozejrzy się i zda sobie sprawę, że gdyby tylko spróbował, mógłby dzielić życie, które nastąpi potem, z Myst?

Tommy, na szczęście, nie naciskał. Zamiast tego klepnął George'a mocno w plecy. — Po prostu o tym pomyśl, stary. Można pragnąć więcej niż jednej rzeczy naraz.

Gdy Tommy odszedł w stronę sztabu trenerskiego, George pozostał w miejscu, patrząc na zawodników świeżym okiem. Oni nie tylko trenowali, oni coś budowali, cegła po cegle, z każdym podaniem i szarżą. Karierę, zespół, przyszłość.

I może on też by mógł. Gdyby tylko był gotów o to zawalczyć.

Pióro zawisło nad stroną, drżąc lekko w drobnej dłoni Myst. Pamiętnik spoczywał na jej kolanach, jego skórzana oprawa była miękka od lat użytkowania, a strony zapisane niedokończonymi piosenkami i nabazgranymi myślami. Jej palce bębniły niespokojnie o pióro w staccato, które zdradzało chaos panujący w jej wnętrzu.

— Ugh — jęknęła, odchylając gwałtownie głowę i wydając z siebie westchnienie wystarczająco głośne, by dorównać każdej diwie przechodzącej załamanie. — To niemożliwe.

— Możesz przestać dramatyzować — rzuciła Jessie z drugiego końca pokoju, nie odrywając wzroku od telefonu. Rozparła się w fotelu, niedbale przerzucając nogi przez oparcie. — Ale proszę, kontynuuj. Jestem urzeczona.

Myst posłała kuzynce spojrzenie pełne irytacji, choć pozbawione prawdziwej jadowitości. — Mówię poważnie. Nie mogę... nie wiem, co powiedzieć. — Gestem bezradności wskazała czystą stronę. — To wszystko po prostu... utkwiło tutaj. — Puknęła piórem w klatkę piersiową, a jej głos załamał się przy ostatnim słowie.

Jessie w końcu podniosła wzrok, mrużąc bladoniebieskie oczy. — Cóż, może gdybyś przestała się dąsać i faktycznie coś mu powiedziała, zamiast pisać kolejną tragiczną balladę, to byś się odblokowała.

— Mało pomocne — mruknęła Myst, ale jej policzki zapłonęły rumieńcem. Jessie nie myliła się, przynajmniej nie do końca. Mimo to myśl o skontaktowaniu się z George'em sprawiała, że jej żołądek wykręcał się w supeł. Co miałaby w ogóle powiedzieć? *Hej, przepraszam, że byłam beznadziejną dziewczyną. Wybacz mi i zignoruj tabloidy trąbiące o mnie i Antoine'ie, on tak naprawdę jest obleśny?*

Nie. Nie mogła tego zrobić. Jeszcze nie teraz.

— Dobra, niech ci będzie — powiedziała Jessie, zdejmując nogi z fotela i wstając jednym płynnym ruchem. Przeszła przez pokój z determinacją, wyrywając pamiętnik z kolan Myst, zanim ta zdążyła zaprotestować. — Jeśli nie zamierzasz do niego zadzwonić, to przynajmniej skończ tę cholerną piosenkę. Od kilku dni snujesz się po tym mieszkaniu jak cień! Albo zapisz swoje uczucia, albo idź i wykrzycz mu to prosto w twarz. Ale wybierz jedno, bo nie zniosę dłużej tej atmosfery.

— Jess! — Myst rzuciła się po pamiętnik, ale Jessie trzymała go poza jej zasięgiem, uśmiechając się złośliwie. — Oddawaj!

— Nie, dopóki nie przyznasz, że mam rację.

— No dobra! Masz rację, pasuje? — parsknęła Myst, krzyżując ramiona i dąsając się jak dziecko. — Szczęśliwa?

— Wniebowzięta — odpowiedziała sucho Jessie, oddając pamiętnik. — A teraz do roboty. I niech to nie będzie zbyt smutne, mamy już na świecie dosyć piosenek o złamanym sercu.

Myst wywróciła oczami, ale nie zdołała stłumić lekkiego uśmiechu błąkającego się na wargach. Choć podejście Jessie oparte na szorstkiej miłości działało jej na nerwy, było dokładnie tym, czego potrzebowała. Biorąc głęboki oddech, usadowiła się wygodnie na kanapie, ponownie trzymając pióro nad stroną.

Tym razem słowa płynęły łatwiej. Wylały się strumieniem, szczere i niefiltrowane: żal, tęsknota, miłość, wszystko splątane w melodię, która sprawiała wrażenie, jakby czekała, aż ją odnajdzie. Nuciła pod nosem, zapisując nuty, a motyw nabierał kształtu w jej głowie. Nie był idealny, jeszcze nie, ale był prawdziwy. I to wystarczyło.

— No, teraz lepiej — powiedziała Jessie po chwili, słuchając, jak Myst nuci pod nosem. — Wciąż trochę smętne, ale niech ci będzie. Więc, wyślesz mu to czy co?

Myst zamarła, a pióro wysunęło się z jej palców. Myśl o wysłaniu czegokolwiek George'owi, a zwłaszcza tej głęboko osobistej, boleśnie intymnej piosenki, sprawiła, że po plecach przeszły jej ciarki. — Nie wiem — przyznała cicho. — A co, jeśli on nie chce mieć ze mną nic wspólnego?

— Wtedy jest idiotą — powiedziała Jessie bez wahania. — Ale nigdy się nie dowiesz, jeśli nie spróbujesz.

Myst przygryzła dolną wargę, a jej serce waliło głośno w piersi. Dla Jessie brzmiało to tak prosto, ale wcale takie nie było. Nie mogło być. Co, jeśli się odezwie, a to tylko pogorszy sprawę? Co, jeśli...

— Przestań myśleć — przerwała Jessie, jakby czytała w jej myślach. — Zaraz zaczniesz się nakręcać i wrócimy do punktu wyjścia. Po prostu... nie wiem, prześpij się z tym czy coś. Ale nie czekaj zbyt długo, jasne? Życie jest krótkie, mała.

— Tak — mruknęła Myst, niemal szeptem. — Dobra.

Ale gdy noc mijała, a światła Paryża za oknem rozmywały się w mglistą poświatę, Myst zdała sobie sprawę, że nie może czekać. Już nie. Strach paraliżował ją zbyt długo i jeśli chciała naprawić relację z George'em, musiała działać teraz. Zanim będzie za późno.

— Jess — powiedziała nagle, zaskakując kuzynkę, która przysnęła na kanapie. — Jadę do Tuluzy.

Jessie mrugnęła zaspana, prostując się i przecierając oczy. — Czekaj, co? Tak teraz?

— Tak. Jutro. Pierwszym lotem — powiedziała Myst tonem zdecydowanym, mimo motyli wirujących w żołądku. — Muszę się z nim zobaczyć. Muszę to naprawić.

Tym razem Jessie nie kłóciła się ani nie żartowała. Tylko skinęła głową, a na jej ustach pojawił się lekki uśmiech. — Najwyższa pora — stwierdziła. Po chwili dodała: — Spakować ci jakieś przekąski?

Myst roześmiała się, a był to jasny, szczery śmiech, który sprawiał wrażenie słońca przebijającego się przez chmury. Po raz pierwszy od kilku dni czuła, że znów może oddychać. Zamykając pamiętnik i odkładając go na bok, wiedziała jedno: nie pozwoli, by strach wygrał.

Zadzwonił dzwonek do drzwi, a jego radosny dźwięk przedarł się przez brzęk talerzy i szum rozmów w jadalni Tommy'ego. Słońce wpadało przez okna, igrając na lśniących sztućcach i na wpół pustych szklankach rozrzuconych na stole. Najmłodszy syn Tommy'ego był w trakcie ożywionej próby podkradnięcia frytek z talerza bliźniaka, co wywołało chór protestów i śmiechu.

— George, stary, zobacz, kto to, co? — zawołał Tommy ze swojego miejsca przy stole, sięgając po serwetkę, by wytrzeć smugę ketchupu z policzka najmłodszego.

— Tak, jasne — mruknął George, odsuwając krzesło. Ale zanim zdążył wstać, Elisa wmaszerowała z kuchni z miską makaronu, który zrobiła dla niego i Tommy'ego.

— Ja to załatwię. Odpoczywaj — powiedziała, stawiając miskę i kierując się obok nich do drzwi na korytarz. Zerknęła na George'a. — Spodziewasz się kogoś sławnego, George? — zażartowała lekko, tonem żartobliwym, ale na tyle ciętym, by poczuł się nieswojo na krześle.

— Mało prawdopodobne — wymamrał George, opierając się, a jego dłoń zacisnęła się na szklance wody. Jessie wiedziała, gdzie on jest, ale Myst? Ona by się tu nie zjawiła. Mimo to osobliwy ucisk chwycił go za serce; nadzieja, krucha i niemile widziana.

Wtedy z korytarza dobiegł go cichy głos. Miękki, znajomy głos.

— Czy jest George?

George zamarł w pół tchu. Gwar przy stole przycichł, ale on ledwo to zarejestrował. Każdy mięsień w jego ciele napiął się niczym po brutalnej szarży. Ten głos. To nie mogła być ona. To nie mogło dziać się naprawdę.

— George! — fuknął Tommy, wyrywając go z odrętwienia. — Stary, masz... yyy... gościa. Chcesz, żebym...?

Ale George już wstawał, z pulsem dudniącym w uszach, przemierzając pokój długimi, szybkimi krokami. Skręcił w korytarz i nagle stanął jak wryty.

Myst stała w otwartych drzwiach, obramowana wpadającymi promieniami słońca. Jej ciemne włosy opadały na ramiona, lekko rozwichrzone przez południowy wiatr. Blublękit jej oczu szukał jego spojrzenia, szeroko otwarty i niepewny. Wyglądała... drobno. Nerwowo. Jakby nie była pewna, czy tu pasuje, czy może właśnie popełniła największy błąd w życiu.

— Cześć — powiedziała miękko, niemal szeptem. Przełknęła ciężko ślinę, a jej palce zacisnęły się na pasku torebki. — Ja... — Zawahała się, spuszczając wzrok, po czym znów go na niego podniosła. — Musiałam się z tobą zobaczyć.

— Niech to szlag — wydyszał George cicho, zupełnie zapominając o stojącej tuż za nim Elisie czy o Tommym, który wyszedł za nim z jadalni.

— Cóż — wtrąciła łagodnie Elisa, splatając ramiona. — To wygląda na... coś ważnego. — Zerknęła na Tommy'ego, który odpowiedział jej porozumiewawczym skinieniem, po czym zwróciła się do dwójki swoich dzieci, które ciekawie zaglądały zza rogu. — Dobra, kochani — powiedziała, klaszcząc w dłonie. — Dajmy im trochę spokoju. Wszyscy do stołu, już!

— Ale... — zaczął jeden z bliźniaków, lecz Elisa uciszyła go stanowczym spojrzeniem.

— Żadnych dyskusji — dodał Tommy, zaganiając ich z powrotem do jadalni. Skinął George'owi porozumiewawczo, po czym zniknął za swoją rodziną, zostawiając w korytarzu nagłą, bolesną ciszę.

Zostali tylko we dwoje. Myst przeniosła ciężar ciała z nogi na nogę, nerwowo skubiąc pasek torebki, a jej wzrok błądził gdzieś obok, by zaraz znów powrócić do jego twarzy.

— Możemy porozmawiać? — zapytała, a jej głos drżał na tyle, by zdradzić wysiłek, jaki wkładała w te słowa.

— Tak — wykrztusił George, choć miał sucho w ustach i czuł, jak drętwieje mu język. — Tak, możemy... eee, na tyłach. W ogrodzie będzie najlepiej.

— Dobrze — powiedziała Myst, wypuszczając powietrze, jakby wstrzymywała oddech od wielu godzin. Szła za nim w milczeniu przez przytulny dom, mijając unoszący się w kuchni zapach świeżo usmażonych frytek i kiełbasek, aż wyszli na taras.

George zatrzymał się przy jednym z krzeseł obok stołu, odwracając się przodem do niej.

— Tutaj może być — powiedział, choć słowa brzmiały sztywno. Wepchnął ręce do kieszeni, nie wiedząc, co z nimi zrobić, ani co zrobić z samym sobą.

Myst usiadła na krawędzi ogrodowego krzesła, dłonie splatając na kolanach tak mocno, jakby w przeciwnym razie miały się rozlecieć. Spojrzała na George'a, który nie poruszył się z miejsca, stojąc kilka metrów dalej z napiętymi szerokimi ramionami. Cisza między nimi rozciągała się niczym gumka tuż przed pęknięciem.

— No dobra — powiedziała cicho, przerywając ją jako pierwsza; jej akcent nadał słowom specyficzne brzmienie. — Myślę, że po prostu... przejdę do rzeczy.

George skinął głową sztywno, a mięśnie jego szczęki pracowały, jakby przeżuwał każdą możliwą odpowiedź i nie znajdował żadnej pasującej. Przestąpił z nogi na nogę, ale pozostał w miejscu, z dłońmi wciąż głęboko w kieszeniach.

— Słuchaj — zaczęła znowu Myst, a jej głos stawał się teraz pewniejszy. — Wiem, że byłam beznadziejna w... — Przerwała, a jej usta wykrzywiły się w cierpkim uśmiechu, który nie dotarł do jej bladych oczu. — Cóż, w wyjaśnianiu czegokolwiek. W wpuszczaniu cię do mojego świata. I to nie jest fair wobec ciebie. Ani trochę.

George zmarszczył lekko brwi, a jego spojrzenie stało się badawcze, ale nie niechętne. Otworzył usta, być może chcąc jej zaprzeczyć, ale uniosła dłoń, delikatną i lekko drżącą, by go powstrzymać.

— Pozwól mi skończyć — powiedziała niemal błagalnie. — Proszę, George, muszę to z siebie wyrzucić, zanim stracę odwagę.

Przytaknął ponownie, tym razem wolniej, a wyraz jego twarzy złagodniał, gdy w końcu opadł na krzesło naprzeciwko niej. Odgłos metalowych nóg szorujących o cegłę był głośny, ale żadne z nich nawet nie drgnęło.

— Spędziłam tak dużą część życia, goniąc za tym marzeniem — kontynuowała Myst, a jej palce skubały teraz rąbek swetra zamiast siebie nawzajem. — Muzyka jest dla mnie wszystkim; dzięki niej rozumiem świat, łączę się z ludźmi, idę naprzód, gdy wszystko inne wydaje się zbyt przytłaczające albo skomplikowane. — Podniosła na niego wzrok, a jej zwykły blask był przygaszony ciężarem wypowiadanych słów. — Ale gdzieś po drodze tak bardzo przywykłam do chronienia tej części mnie, do trzymania jej oddzielnie, że nie zorientowałam się, kiedy cię odizolowałam.

— Tak — mruknął George niskim, chropowatym głosem. — Czułem to.

Poczuła ucisk w gardle po tym cichym potwierdzeniu, ale zmusiła się, by kontynuować. — I nienawidzę tego, że sprawiłam, że tak się czułeś. Jakbyś nie był wystarczająco ważny, by widzieć to wszystko, te dobre chwile i te brzydkie też. Bo to nieprawda, George. Jesteś... — Zająknęła się, szukając właściwych słów, takich, które nie brzmiałyby zbyt błaho ani zbyt patetycznie. — Jesteś jedyną osobą, która sprawiła, że pomyślałam, że w życiu może chodzić o coś więcej niż tylko o muzykę. A utrata ciebie, nawet sama myśl o tym... — Jej głos załamał się lekko, spuściła wzrok na kolana, mocno mrugając. — To przeraża mnie bardziej niż cokolwiek innego w życiu.

Przez długą chwilę George nic nie mówił, a cisza napierała na jej pierś niczym ciężar. Kiedy w końcu odważyła się na niego spojrzeć, dostrzegła zmianę w wyrazie jego twarzy. Coś szczerego, bezbronnego w sposób, jakiego u niego dotąd nie widziała.

— Chryste, Myst — wymamrał, nachylając się teraz ku niej, z przedramionami opartymi na kolanach. — Myślisz, że ja się nie boję? Że to wszystko kompletnie mnie nie rozbiło?

Zmarszczyła brwi, a na jej twarzy odmalowało się zdziwienie. — Co masz na myśli?

— Mam na myśli — powiedział, wypuszczając głośno powietrze — że byłem cholernym idiotą w kwestii nas. Pozwoliłem, by moje kompleksy wzięły górę, i nie ufałem ci tak, jak powinienem. Byłem zazdrosny. — Przeczesał dłonią włosy, zostawiając je w nieładzie, co dodawało mu jeszcze więcej kruchości. — I ciągle oczekiwałem, że będziesz stawać na głowie, by to wszystko działało, nie myśląc o tym, jak bardzo jest to niemożliwe.

— George... — szepnęła Myst, ledwie słyszalnie.

— Nie, teraz ja skończę — powiedział tonem stanowczym, lecz nie szorstkim. Jego intensywnie niebieskie oczy spoczęły na jej oczach, niewzruszone. — Wypruwałaś sobie żyły dla wszystkiego, co osiągnęłaś, i jestem z ciebie cholernie dumny. Ale pozwoliłem sobie zapętlić się w myśleniu o tym, jak to wszystko jest trudne; jak bardzo różnią się nasze życia, jak niemożliwe wydawało się ich połączenie. I to moja wina. Nie twoja.

Myst wpatrywała się w niego, a jej serce biło boleśnie w piersi. Chciała coś powiedzieć, cokolwiek, ale gula w gardle stała się zbyt duża.

— Przepraszam, Myst — powiedział George cicho, teraz już łagodniejszym głosem. — Przepraszam, że sprawiłem, iż poczułaś, że musisz wybierać. Że nie byłem lepszy. I że nie powiedziałem ci wcześniej, jak wiele dla mnie znaczysz.

— George — wydusiła w końcu, głosem drżącym, lecz zdecydowanym — nie musisz przepraszać sam. To nie tylko twoja wina. To wina nas obojga. — Sięgnęła przez mały stolik, ostrożnie muskając palcami wierzch jego dłoni, jakby nie była pewna, czy ma jeszcze prawo go dotykać.

Jego dłoń odwróciła się wnętrzem do góry i zamknęła łagodnie wokół jej dłoni, szorstka i ciepła. Ten kontakt był drobny, lecz pewny, dając im obojgu oparcie w tej kruchej chwili.

— Może — powiedział George po chwili, a jego usta wykrzywiły się w nikłym, nieśmiałym uśmiechu — oboje byliśmy w tym trochę beznadziejni.

— Może — zgodziła się Myst, a w jej oczach znów pojawił się błysk. — Ale jesteśmy tu teraz. To musi się chyba liczyć, prawda?

— Tak — odrzekł, lekko ściskając jej dłoń. — Tak, liczy się.

Rozdział jedenasty

GEORGE WYPUŚCIŁ GŁOŚNO POWIETRZE, kosztując chwili, w której znów trzymał dłoń Myst, a na jego ustach błąkał się słaby, autoironiczny uśmiech. — To niedorzeczne, wiesz? No spójrz na nas. Ty jesteś tą... supergwiazdą! — Wolną ręką wykonał nieokreślony gest w jej stronę. — Co noc milion ludzi wykrzykuje twoje imię, a ja jestem tylko kolesiem, który zarabia na życie uganianiem się za owalną piłką po boisku.

— Tylko kolesiem? — Myst uniosła brew, a jej usta wygięły się w ledwie widocznym uśmiechu. — Jesteś *tym* facetem, George Dennis. Kapitanem swojej reprezentacji. Australijskim Graczem Roku. Jestem niemal pewna, że twoje imię też wykrzykuje całkiem spora liczba ludzi.

— To nie to samo — odparł George, kręcąc głową. — Nikt nie pisze artykułów o tym, co założyłem na trening, ani nie spekuluje, z kim się spotykam. — Jego uśmiech nieco przygasł, a wzrok uciekł od niej. — I nikt nie niszczy wszystkiego, na czym mi zależy, tylko dlatego, że nie pasuje to do ich wyobrażenia o tym, jak powinno wyglądać moje życie.

— George... — Myst mocniej ścisnęła jego dłoń. — Nie obchodzi mnie, co mówią. Ani tabloidy, ani mój zespół PR, ani nikt inny. To z tobą chcę być. Z *tobą*. Nie z gościem, za którego cię uważają, ani z wersją ciebie, o której kiedyś mogą napisać. Po prostu z tobą.

Jej słowa uderzyły go niczym pchnięcie w pierś, uwalniając w nim coś, z czego istnienia wcześniej nie zdawał sobie sprawy. Spojrzał jej w oczy, czując, jak gardło mu się zaciska. — Teraz tak mówisz, ale co będzie, gdy nagłówki staną się jeszcze gorsze? Gdy bycie ze mną wszystko ci utrudni?

— Niech próbują — powiedziała z pasją, a jej drobne ciało wręcz wibrowało z determinacji. — Przez lata pozwalałam innym dyktować, jak mam żyć, wiecznie próbując osiągnąć tę niemożliwą równowagę między byciem sobą a byciem tym, kim oni chcieli, bym była. Ale już tak nie mogę, zwłaszcza jeśli chodzi o ciebie. Nie będę tego robić.

— Cholera, Myst... — George przeczesał dłonią włosy, trąc kark, jakby chciał rozmasować narastające tam napięcie. — Zasługujesz na kogoś lepszego, lepszego niż ja. Kogoś, kto nie ciągnie za sobą całego tego bagażu.

— Przestań. — Wyciągnęła rękę, a jej palce delikatnie oplotły jego nadgarstek, przywracając mu spokój. — To nie ty decydujesz, na co zasługuję, George. To mój wybór i wybieram ciebie. Skomplikowanego, trudnego, *idealnego*... ciebie.

Przez moment nie mógł wydobyć z siebie słowa. Nie mógł się poruszyć. Mógł tylko wpatrywać się w nią, w tę drobną, genialną siłę natury, która jakimś cudem wybrała właśnie jego, mimo wszystkich powodów, dla których nie powinna była tego robić. A potem, powoli, uniósł wolną dłoń i przykrył jej rękę, trzymając ją pewnie, lecz ostrożnie, jakby mogła mu się wymknąć, gdyby ścisnął zbyt mocno.

— Dobrze — powiedział cicho, głosem drżącym od emocji. — Ale muszę stać się lepszy. Dla ciebie, dla nas. Popracuję nad tym. Nad zazdrością, niepewnością... nad tym wszystkim. Rozgryzę to. Nawet jeśli będzie to oznaczało wyjście ze strefy komfortu.

— Dobrze — odparła po prostu, a jej uśmiech złagodniał. — Bo ja nigdzie się nie wybieram. Chyba że sam mi każesz.

— Nigdy — wymruczał, a serce waliło mu w piersi, gdy pochylił się, skracając dystans między nimi. Najpierw zetknęli się czołami — ten dotyk był delikatny, a zarazem elektryzujący — a potem jego usta spoczęły na jej wargach, początkowo nieśmiało, lecz szybko z większą pasją, gdy ciężar minionych tygodni po prostu się rozpłynął.

W tej chwili nic innego się nie liczyło: ani tabloidy, ani harmonogramy, ani niewyobrażalnie wysoka stawka, o jaką toczyło się ich życie. Byli tylko oni, spleceni w uścisku w cichym ogrodzie w Tuluzie, wybierający siebie nawzajem na przekór szalejącemu wokół chaosowi.

George nie był do końca pewien, jak znaleźli się z powrotem w środku. W jednej chwili byli w ogrodzie; czuł jej miękkie i natarczywe usta, widział jej drobne dłonie zaciskające się na materiale jego koszuli, jakby samą siłą woli mogła przyciągnąć go jeszcze bliżej. W następnej cofał się niezdarnie przez korytarz domu Tommy'ego, a śmiech Myst rozbrzmiewał w ciszy niczym muzyka grana tylko dla niego.

— Ostrożnie — droczyła się z nim, gdy zawadził ramieniem o futrynę, a jej głos miał tę melodyjną barwę, która zawsze go rozbrajała. Oplotła palcami kołnierzyk jego koszuli, ściągając go w dół do kolejnego pocałunku, zanim zdążył odpowiedzieć. Nie żeby mu to przeszkadzało — słowa wydawały się zupełnie zbędne, gdy była tak blisko, wypełniając sobą każde pasmo jego uwagi.

— Twoja wina — wymamrotał między pocałunkami, gdy jego dłonie odnalazły krągłość jej talii i spoczęły tam, jakby to było ich właściwe miejsce. — Rozpraszasz mnie.

— To dobrze — szepnęła przy jego ustach, a jej oddech był ciepły i słodki, gdy palce bawiły się krótkimi włosami na jego karku. — Moim celem jest być całkowicie nieodpartą.

— Misja wykonana — powiedział George niskim, drżącym głosem, po czym w końcu udało mu się poprowadzić ich po schodach i przez próg sypialni. Zamknął za sobą drzwi i znów zostali sami, a świat zewnętrzny wycofał się gdzieś daleko, w miejsce, o którym żadne z nich nie chciało teraz myśleć.

Myst dopadła go w jednej chwili, oplatając mu ramiona wokół szyi i przywierając do niego całym ciałem. George pochylił się nieco, by dopasować się do jej wzrostu; jego potężna sylwetka niemal całkowicie skrywała jej drobną figurę — był to kontrast, który wydawał się tak naturalny jak oddychanie. Zapach jej perfum, kwiatowy z nutką korzenną, otoczył go niczym odurzający, kojący całun.

— Nadal uważasz, że zbyt mocno się różnimy? — zapytała cicho, muskając ustami kącik jego warg w geście droczenia się.

— Nie tutaj — odparł George, a szeroki uśmiech rozjaśnił mu twarz, gdy przesunął dłońmi wzdłuż jej boków, muskając kciukami krawędzie żeber. — Nigdy tutaj. —

Przysunął twarz bliżej, niemal znów dotykając jej ust, ale przerwał na moment, a jego głos stał się lżejszy, teraz już żartobliwy. — Właściwie nie sądzę, byśmy kiedykolwiek mieli tutaj jakieś rozbieżności. To chyba jedyne miejsce, w którym zawsze jesteśmy zgodni.

Myst odsunęła się na tyle, by spojrzeć mu w oczy. Jej jasnobłękitne tęczówki błyszczały rozbawieniem, a usta wygięły się w uśmiechu jednocześnie psotnym i całkowicie rozbrajającym. — Ach, doprawdy? — zapytała, przechylając głowę w udawanym namyśle. — Cóż, przynajmniej to nam zawsze zostanie, co? — I zanim zdążył wymyślić jakąś błyskotliwą ripostę, przyciągnęła go do siebie z zaskakującą siłą, pociągając za sobą na łóżko.

Jego niski, nieskrępowany śmiech rozbrzmiał w pokoju, gdy wylądowali na materacu w splątaniu rąk i nóg. — — Jesteś utrapieniem — powiedział, ale szeroki uśmiech zdradzał, jak niewiele było w tym prawdy.

— Może — przyznała Myst, teraz już ciszej, a jej przekomarzanie ustąpiło miejsca czemuś cieplejszemu, głębszemu. Uniosła dłoń, by ująć jego policzek, gładząc kciukiem linię szczęki, a jej wyraz twarzy złagodniał. — Ale zdaje się, że całkiem nieźle sobie ze mną radzisz, George'u Dennis.

— Więcej niż nieźle — szepnął, pochylając się, aż między nimi nie pozostało już ani krzty wolnego miejsca.

Tym razem było inaczej. Kiedy ją rozbierał, nie spieszył się, całując każdy skrawek odsłanianej skóry. Czuł się niemal tak, jakby był to ich pierwszy raz, ale bez tej dawnej niezręczności, bez lęku, że zrobi coś nie tak. Towarzyszyły im zachwyt, czułość i pasja... George pomyślał, że to jak nowy początek. Trwało to przynajmniej do momentu, gdy Myst straciła cierpliwość do jego powolności, oplotła go nogami w pasie i przyciągnęła do siebie. Wtedy w jego głowie nie było już miejsca na myśli.

George leniwie gładził palcami plecy Myst, ledwie muskając skórę, jakby chciał zapamiętać każdą krzywiznę, każde wgłębienie. Jej ciemne włosy rozsypały się na poduszce i na jego piersi, kaskada fal splątanych tam, gdzie jeszcze przed chwilą zaciskały się jego dłonie. Pokój wypełniał rodzaj ciszy, której nie trzeba było niczym zakłócać. Oddychali powoli, ich ciała wciąż pozostawały blisko siebie, dopasowane, jakby stworzono je właśnie do tej chwili.

— Przestań tak na mnie patrzeć — wymruczała Myst. Jej głos, stłumiony o jego obojczyk, był pełen ciepłego rozbawienia.

— Jak? — zapytał George, a jego usta zadrżały w uśmiechu, gdy pochylił głowę, by na nią spojrzeć.

— Jakbyś próbował dociec, czy jestem prawdziwa — droczyła się, unosząc twarz na tyle, by mógł dostrzec cień uśmieszku błąkający się na jej wargach. — Obiecuję, że jestem.

— Werdykt jeszcze nie zapadł — odparł. Wyciągnął rękę i odgarnął pasmo włosów z jej twarzy, by widzieć ją wyraźniej. Jej jasnobłękitne oczy spotkały się z jego wzrokiem, a George poczuł w piersi skurcz — nie nieprzyjemny, lecz taki, który sprawił, że zaczął się zastanawiać, jak w ogóle mógł myśleć, że potrafi bez niej żyć.

— Cóż, jeśli będziesz się tak gapić, możesz mnie wystraszyć — zażartowała lekko, choć sama nie odwracała wzroku.

— Nie ma szans — powiedział George, a jego głos stał się niższy, ochrypły. Pozwolił, by te słowa zawisły między nimi jak niewypowiedziane obietnice i wszystko inne, czego jeszcze nie zdążyli poukładać. A potem znów ją pocałował, powoli i długo, jakby miał przed sobą cały czas świata.

Zapach kawy uderzył go jako pierwszy, gdy rano wszedł boso do kuchni, wciąż wciągając na siebie koszulkę. Tommy siedział już przy stole z kubkiem w dłoni i porozumiewawczym uśmieszkiem na obitej twarzy. Elisa stała przy kuchence, smażąc naleśniki, podczas gdy ich dwójka dzieci chichotała nad czymś niezrozumiałym na drugim końcu stołu.

— Dzień dobry, amancie — rzucił Tommy, a jego uśmiech rozszerzył się, gdy George zamarł w pół kroku.

— — Nawet nie zaczynaj — ostrzegł George, choć kącik jego ust uniósł się wbrew jego woli. Zerknął przez ramię w chwili, gdy w drzwiach pojawiła się Myst z włosami upiętymi w niedbały kok, ubrana w jedną z jego za dużych koszulek do rugby, która luźno na niej wisiała. Wyglądała zupełnie nie na miejscu w tym skromnym chaosie kuchni Tommy'ego, a jednocześnie... jakby idealnie tam pasowała.

— Dzień dobry! — zawołała wesoło Myst, mijając George'a, by wziąć kubek z blatu. Kiedy odwróciła się, by posłać Tommy'emu promienny uśmiech, George mógłby przysiąc, że jego stary kolega z drużyny niemal zakrztusił się kawą.

— Czy ona ma na sobie twoją koszulkę? — zapytał Tommy z udawaną powagą, wskazując na George'a.

— Na niej wygląda lepiej, prawda? — odgryzł się gładko George, wywołując radosny śmiech Myst i jęk zawodu u Tommy'ego.

— — Dobra, dobra, uspokójcie się — wtrąciła Elisa, z rozbawieniem przewracając oczami i stawiając talerz naleśników na stole. — Niech zjedzą, zanim zaczniesz ich przesłuchiwać.

— Dziękuję, Eliso — powiedziała słodko Myst, siadając obok George'a i trącając go żartobliwie nogą pod stołem. — I przepraszam, że, ekhm, zniknęliśmy wczoraj po południu.

George nie mógł przestać podziwiać tego, jak sobie radziła — była naturalnie czarująca, nawet wrzucona na głęboką wodę.

Podczas śniadania dokuczanie ustąpiło miejsca swobodnej rozmowie. Dzieci Tommy'ego zasypały Myst pytaniami o jej muzykę (— Jaka jest twoja ulubiona piosenka, którą napisałaś? — Czy znasz Taylor Swift?), a George znów złapał się na tym, że ją obserwuje, dziwiąc się, jak bez problemu odnalazła się w tym skrawku normalności. Nie było to wytworne ani wyreżyserowane, ale było prawdziwe. I może właśnie dlatego wydawało się tak ważne.

— Hej — szepnęła Myst, wyrywając go z myśli. Jej mina spoważniała, choć w oczach wciąż tliło się to ciepło, które tak go do niej przyciągnęło. — Słuchaj, mam kilka dni wolnego przed następnym koncertem... w Rzymie. Poleciałbyś ze mną?

— Do Rzymu? — powtórzył George, unosząc brew. — Masz na myśli... do Włoch?

— Tak, George — zaśmiała się. — Do Włoch. Słyszałeś o tym kraju, prawda?

— Bardzo zabawne — odparł beznamiętnie, choć na jego ustach błąkał się uśmiech. Oparł się o krzesło, przyglądając jej się przez chwilę. — Naprawdę chcesz, żebym poleciał?

— Oczywiście, że tak. — Jej głos złagodniał, a dłoń odnalazła jego rękę pod stołem. — Chcę, żebyśmy mieli coś więcej niż tylko... skradzione chwile, rozumiesz? Nawet jeśli to tylko kilka dni.

Wpatrywał się w nią jeszcze przez moment, po czym skinął głową, czując, że ta decyzja jest równie naturalna jak oddech. — Dobrze. Lećmy do Rzymu.

Jej uśmiech rozjaśnił całe pomieszczenie, a George nie mógł oprzeć się wrażeniu, że właśnie dokonał najlepszego wyboru w swoim życiu.

Rozdział dwunasty

Pociąg mruczał miarowo pod nimi, niosąc ich przez południową Francję w stronę Włoch. Myst opierała się o okno z podwiniętymi nogami, nieobecnym wzrokiem przeglądając telefon, podczas gdy George wyciągnął swoje długie ciało na siedzeniu naprzeciwko niej, wystawiając jedną nogę do przejścia. W jednej ręce trzymał biografię rugbysty w miękkiej oprawie, a w drugiej torebkę żelków.

— Czy ty kiedykolwiek *nie* myślisz o rugby? — droczyła się Myst, gdy przerwał lekturę, by wyłowić z torebki kolejnego żelka i wrzucić go do ust. Jej jasnoniebieskie oczy błyszczały figlarnie, gdy wskazała na książkę. — Nawet podczas romantycznej podróży pociągiem przez francuską prowincję układasz strategie.

George uniósł wzrok, udając zgorszenie, a jego głęboki głos ociekał pozorowaną urazą. — A ty czy kiedykolwiek *nie* myślisz o Instagramie? Przez połowę drogi jesteś przyklejona do tego urządzenia. Co robisz, sprawdzasz, czy obserwujący pochwalają twój wybór przekąsek?

— Po pierwsze — powiedziała Myst, unosząc palec i starając się nie wybuchnąć śmiechem — odpowiadałam na e-mail. Po drugie, moi fani uwielbiają wiedzieć, co podjadam, dziękuję bardzo. A po trzecie — z dramatycznym gestem rzuciła telefon ekranem do dołu na stolik — jestem teraz w pełni obecna podczas tej pasjonującej dyskusji o taktyce jedzenia żelkowych misiów.

— Dobrze. — George wrzucił do ust zielonego żelka, żując go w zamyśleniu, po czym pochylił się do przodu. — Bo przydałaby mi się rada. Który smak najlepiej gra zespołowo, czerwony czy żółty?

— Żaden — odparła Myst bez wahania. — Chodzi o te pomarańczowe. Wszyscy ich nie doceniają, ale na koniec zawsze dają radę.

— Ciekawa teoria — mruknął, potakując z powagą. — Wiesz, byłabyś niezłą trenerką. Gdyby ta cała sprawa z muzyką nie wypaliła.

— Ha! — Myst przewróciła oczami, ale w jej śmiechu słychać było ciepło. Sięgnęła po swoją torbę i położyła ją sobie na kolanach. — A skoro mowa o muzyce... proszę. Wyjęła zniszczony skórzany notatnik z brzegami postrzępionymi od lat użytkowania i otworzyła go na stronie zapisanej odręcznymi tekstami piosenek i drobnymi bazgrołami na marginesach.

— Co to takiego? — zapytał George, zamieniając torebkę żelków na notatnik. Ton jego głosu zmienił się, łagodniejąc, gdy dostrzegł wrażliwość w jej spojrzeniu.

— Tylko coś, nad czym pracowałam — powiedziała lekko, choć sposób, w jaki jej palce spoczywały na stronie, zdradzał zdenerwowanie. — Piosenka. Właściwie o tobie.

— O mnie? — Brwi George'a wystrzeliły w górę, a jego męska twarz rozjaśniła się zarówno zaskoczeniem, jak i ostrożnym zachwytem. — Teraz mnie zaintrygowałaś. Dalej, zaśpiewaj.

— Nie ma mowy — odparła Myst, śmiejąc się, gdy jej policzki spłonęły rumieńcem. — To wciąż surowa wersja. Ale możesz przeczytać, zgoda?

Zmieniła ton z żartobliwego na poważny, a George czuł, że to dla niej ważne. Może chciała jego aprobaty, by uwiecznić ich związek w swojej muzyce, by pokazać go światu? Przełknął ślinę, skinął głową i spuścił wzrok na stronę.

Widziałam cię w blasku tłumu, jak stałeś, Piękny nieznajomy, któremu pozwolić musiałam na to, By zburzył mury, których tak mocno trzymałam, To nie był błysk, to miłość od pierwszego wejrzenia.

A gdy świat stawał się głośny, milczałeś kojąco, Lecz cisza twa sprawiała, że serce śpiewało gorąco.

Byłeś moim pięknym nieznajomym, lecz dziś już nie jesteś,

Miłość jak piorun uderzyła, wstrząsnęła mną nareszcie.

Jesteś spokojem w dziczy, iskrą w moich zmaganiach,

Dziś śpiewam twe imię gwiazdom w nocnych wyznaniach.

— Wow — powiedział George głosem ledwo przekraczającym szept. Podniósł wzrok, wpatrując się w nią, jakby widział ją po raz pierwszy, a może po prostu rozumiał ją w sposób, w jaki wcześniej mu się nie udawało. — To jest... Myst, nawet nie wiem, co powiedzieć. To piękne.

— Naprawdę? — zapytała cicho, odbierając mu notatnik i przyciskając go do piersi.

— Naprawdę. — Przesunął dłoń nad stolikiem, obejmując jej dłoń swoją wielką ręką. — Nie zdawałem sobie sprawy, że aż tyle dla ciebie znaczę.

— Cóż, znaczysz — odparła, a jej uśmiech był nieśmiały, lecz szczery. — Więc niech ci woda sodowa nie uderzy do głowy, panie Zawodniku Roku.

— Za późno — powiedział, szczerząc się, ale emocje w jego oczach go zdradzały.

— I... nie masz nic przeciwko temu, że o tym piszę i śpiewam?

— Jak najbardziej nie mam nic przeciwko. — Ścisnął jej dłoń, czując pewną dumną satysfakcję na myśl o tym, że będzie o nim śpiewać całemu światu. — Bylebyś tylko nie naśladowała Taylor Swift jeszcze bardziej, co? Piosenka o zerwaniu mniej by mi się podobała.

Wybuchnęła śmiechem, a George poczuł, jak jego serce wzbiera radością.

Rzym przywitał ich z otwartymi ramionami, a złote światło miasta nadawało wszystkiemu romantyczny blask. Przez kilka kolejnych dni wędrowali ręka w rękę, gubiąc się w brukowanych uliczkach i ukrytych placach.

— Poczekaj, aż zobaczysz to miejsce — powiedziała Myst pewnego popołudnia, prowadząc George'a wąskim zaułkiem o ścianach porośniętych bluszczem. Zatrzymała się przed malutką kawiarnią z wiklinowymi krzesłami wystawionymi na chodnik. Na tablicy wypisano kredą rodzaje kawy i wypieków ozdobnym pismem. — Najlepsza kawa na świecie. Zaufaj mi.

— Odważne słowa jak na australijską kawową snobkę — stwierdził George, unosząc brew. — Ale ufam ci. — Uśmiechnął się, gdy wciągnęła go do środka, a jej ekscytacja udzieliła się też jemu.

Tego wieczoru złota łuna zachodzącego słońca kąpała Rzym w ciepłym, bursztynowym świetle, łagodząc kontury starożytnych dachów. Myst wpatrywała się w swoje odbicie w lustrze pokoju hotelowego, poprawiając kaskadę ciemnych fal okalających jej twarz. Przesunęła pasmo włosów w zamyśleniu, po czym odwróciła się do George'a, który stał swobodnie oparty o fustrynę drzwi, patrząc na nią z wyrazem, który sprawił, że coś zatrzepotało w jej piersi.

— Powiesz mi, dokąd idziemy, czy mam cię przekupić kolejną porcją lodów o smaku espresso? — drażniła się, mrużąc do niego oczy.

— Dobra próba — odparł George. Podszedł bliżej, chowając dłonie w kieszeniach, jakby skrywał jakąś wielką tajemnicę. — Ale będziesz musiała choć raz mi zaufać, prawda?

— Zaufać tobie? — Myst dramatycznie uniosła brew, choć kącik jej ust zdradzał rozbawienie. — Mówi to facet, który próbował mnie przekonać, że Vegemite na toście to wykwintna kuchnia.

— Ej, no bez przesady — powiedział George, kładąc rękę na sercu, jakby został zraniony. — Nawet nie dałaś temu porządnej szansy. To po prostu niewyrobione podniebienie, ot co.

— Niewyrobione! — Myst sapnęła, udając obrazę, ale jej chichot ją zdradził. — Dobrze. Prowadź, panie Wyrafinowany.

George podał jej ramię z zawadiackim uśmiechem i razem ruszyli w rzymski wieczór. Ulice tętniły życiem, brzęczały rozmowami i śmiechem, a z oddali dobiegały dźwięki akordeonu. Myst poczuła, jak napięcie z niej schodzi, gdy szli trzymając się za ręce, a zgiełk świata wokół nich zacierał się, pozostawiając jedynie ciche ciepło między nimi.

Kiedy George w końcu zatrzymał się przed starym kamiennym budynkiem, nad którym nie było nawet szyldu, Myst przechyliła głowę z zaciekawieniem. — To nie wygląda na typowy pub dla rugbystów.

— Bo nim nie jest — odparł George, a jego uśmiech poszerzył się, gdy otworzył drzwi i wprowadził ją do środka. Wspięli się po wąskich schodach oświetlonych migoczącymi świecami; każdy stopień skrzypiał pod ich ciężarem, aż w końcu wyszli na taras na dachu.

Myst zamarła, zapierając dech w piersiach na ten widok. Na środku tarasu stał pojedynczy stolik przykryty śnieżnobiałym obrusem, otoczony miękkim blaskiem lampionów. Za nim rozpościerała się panorama Rzymu, z kopułami i wieżami rysującymi się na tle ognistych barw zmierzchu. Z boku stał skrzypek, grając coś delikatnego i przejmująco romantycznego.

— George... — Jej głos był ledwo słyszalny. Odwróciła się do niego z szeroko otwartymi oczami. — To twoja sprawka?

— Cóż — zaczął, pocierając nieśmiało kark — mogłem mieć małą pomoc. Ale tak, uznałem, że zasługujesz na wieczór, który nie kręci się wokół grafików czy tłumów. Tylko my.

— Tylko my — powtórzyła jeszcze ciszej. Sięgnęła po jego dłoń, ściskając ją, jakby chciała upewnić się, że to dzieje się naprawdę. — Jest idealnie.

Usiedli, a rozmowa płynęła równie swobodnie, co wino nalewane do kieliszków. Myst złapała się na tym, że śmieje się szczerze z opowieści George'a o wyjątkowo katastrofalnej kolacji drużynowej. Przez chwilę wydawało się, że Rzym całkowicie zniknął, zostawiając ich w ich własnej bańce światła i śmiechu.

Gdy podano deser, jakąś dekadencką czekoladową kompozycję, na której Myst ledwo mogła się skupić, jej uśmiech nieco przygasł. Przesunęła palcem po krawędzi kieliszka, a jej myśli nagle spoważniały.

— George — zaczęła cichszym tonem — czy ty kiedykolwiek... masz wrażenie, że tracisz siebie? Że wszyscy inni mają coś do powiedzenia na temat tego, kim jesteś, a ty po prostu... tam jesteś i próbujesz nadążyć?

George pochylił się, marszcząc brwi z troską. — Co masz na myśli?

Zawahała się, po czym wydała z siebie drżący śmiech. — Przepraszam, to zabrzmiało dramatycznie. — Pokręciła głową, zakładając pasmo włosów za ucho. — Myślę, że chodzi mi o to... że przy mojej karierze czasami czuję się bardziej jak marka „Myst" niż osoba Myst. Wszystko jest takie... wielkie. Głośne. Każdy chce kawałek czegoś dla siebie, a ja zapominam, jak to jest po prostu być sobą. Czy to ma sens?

— Tak — powiedział cicho George. — Ma. — Sięgnął przez stół, biorąc jej dłoń w swoją. Jego dotyk był ciepły i kojący. — Ale nie jesteś tylko marką, Myst. Jesteś tobą. A kiedy zrobi się zbyt głośno, będę ci o tym przypominać, dobrze? Za każdym razem.

Ścisnęło ją w gardle, skinęła głową, przygryzając wargę, by powstrzymać emocje. — Dziękuję — szepnęła.

— Zawsze — odparł po prostu, ściskając lekko jej dłoń, po czym przywrócił ją do rzeczywistości jednym ze swoich swobodnych uśmiechów. — A teraz dokończ deser, zanim ja go zjem.

Dzień dobiegł końca na cichym moście nad Tybrem w drodze powrotnej do hotelu, gdy woda migotała w blasku księżyca. Stali obok siebie, opierając się o barierkę, podczas gdy odległy szum miasta cichł w tle.

— Czasami nie mogę uwierzyć, że to dzieje się naprawdę — mruknął George głębokim, refleksyjnym głosem. Odwrócił się, by na nią spojrzeć, a jego intensywnie niebieskie oczy szukały jej wzroku. — My. To, że jesteśmy tu razem. To wydaje się... kruche, wiesz? Jakbyśmy mogli to stracić, jeśli nie będziemy ostrożni. Ale ja nie chcę tego stracić. Chcę, żeby nam się udało, Myst. Nieważne, jak trudne to będzie.

Myst zaparło dech, a w piersi poczuła ucisk będący mieszanką radości i lęku. Ale kiedy napotkała jego spojrzenie, znała odpowiedź. — Ja też tego chcę — powiedziała stanowczo, sięgając po jego rękę. — Wchodzę w to całą sobą, George. Nieważne, co będzie trzeba zrobić.

— Nieważne, co będzie trzeba zrobić — powtórzył za nią, ściskając jej dłoń, gdy znów zwrócili się ku widokowi. I w tej chwili, gdy rzeka płynęła miarowo pod nimi, a gwiazdy były rozsiane nad nimi niczym obietnice, wydawało się, że to wystarczy.

Rozdział trzynasty

Następnego ranka rzeczywistość zapukała do drzwi... a raczej zabzyczała. Telefon Myst nie przestawał wibrować, gdy jeden po drugim spływały komunikaty od jej sztabu menedżerskiego. Jęknęła, chowając twarz w poduszce, podczas gdy George zachichotał w fotelu przy oknie.

— Wygląda na to, że ktoś tu zatęsknił — droczył się.

— Zatęsknił? Raczej zarządził obławę — wymamrotała Myst, niechętnie siadając. Przejrzała wiadomości, a jej ramiona opadły. — Mam spotkanie. W ostatniej chwili. Oczywiście.

— Chcesz, żebym poszedł z tobą i wymownie na nich powarczał? — zaproponował George z udawaną powagą.

— Kuszące — odparła z nikłym uśmiechem. — Ale nie, poradzę sobie. Korzystaj z Rzymu beze mnie przez chwilę. Tylko się nie zgub, wielkoludzie.

— Kto, ja? — George wyszczerzył zęby. — Nigdy.

Pocałowała go w policzek i wyszła, przywdziewając swoją profesjonalną zbroję w drodze na spotkanie. Odbywało się ono w eleganckiej sali konferencyjnej, pełnej polerowanego drewna i szkła, co stanowiło bolesny kontrast dla starożytnego miasta rozciągającego się za oknami. Myst z trudem skupiała uwagę na programie dnia, marząc, by móc być tam na zewnątrz z George'em, zwiedzać Watykan, jechać do Pompei lub robić cokolwiek nieskończenie ciekawszego niż przeglądanie długiej listy nadchodzących występów i wywiadów.

Nagle zaczęła słuchać uważniej, gdy jej menedżer wspomniał o jej związku.

— Słucham? — Gwałtownie odwróciła głowę. — Proszę powtórzyć.

— Proszę posłuchać, Myst — powiedział menedżer, poprawiając okulary. — Wiemy, że George jest dla pani ważny. Ale te rozpraszacze mogą odbić się czkawką... nie tylko pani, ale i pani karierze. Musi pani pozostać skupiona.

— George nie jest rozpraszaczem — rzuciła ostro. Skrzyżowała ramiona, a jej drobna sylwetka aż promieniowała buntem. — Jest częścią mojego życia, a ja mam prawo je mieć poza tym wszystkim.

— Oczywiście — odparł gładko menedżer, choć napięcie w pomieszczeniu było niemal namacalne. Myst zacisnęła usta, czując frustrację buzującą pod maską spokoju.

Po spotkaniu Jessie dogoniła ją na korytarzu. — Nie daj się im rozstawiać po kątach — powiedziała cicho, z troską w oczach. — Bez ciebie nie ma show, Myst. Pamiętaj o tym. Postaw siebie na pierwszym miejscu.

Myst wypuściła powoli powietrze, czując, jak słowa Jessie zapadają jej głęboko w pamięć. — Masz rację — szepnęła. — Muszę o tym pamiętać.

George opierał się o kute żelazo balkonu w ich hotelowym pokoju; telefon w kieszeni wibrował natarczywie. Słońce późnego popołudnia kąpało panoramę Rzymu w bursztynie i złocie, ale on ledwie to zauważał. Wyciągnął telefon, zerknął na ekran i natychmiast rozpoznał wątek wiadomości: to był jego trener z domu, ze Złotego Wybrzeża.

— Hej, Dennis. Okres przygotowawczy startuje w przyszłym tygodniu. Mam nadzieję, że trzymasz formę. Będziemy cię potrzebować w pełnej gotowości. —

Zacisnął szczękę, czytając tekst ponownie; znajomy ciężar obowiązku osiadł na jego szerokich barach. Wyjrzał na miasto poniżej, którego chaotyczne piękno tak bardzo różniło się od zdyscyplinowanego świata treningów rugby i opracowanych strategii. Uświadomienie sobie prawdy uderzyło go niczym ramię w żebra: ten czas z Myst właśnie dobiegał końca. Tydzień? To było przerażająco mało czasu.

Schował telefon do kieszeni, ale myśli krążyły wokół niego jak przeciwnik, którego nie potrafił zgubić. *Co się stanie, gdy wyjadę? Jak mamy to pociągnąć?* Jej życie składało się z błyszczących scen i błysków fleszy, podczas gdy jego kręciło się wokół błotnistych boisk i wyczerpujących treningów. Przetarł twarz dłonią, a szorstki zarost na chwilę pomógł mu wrócić do rzeczywistości. Związki na odległość nie były tylko trudne… one były brutalne. Czy zdołają to przetrwać?

Dźwięk otwieranych drzwi wyrwał go z wiru czarnych myśli. Weszła Myst, a jej obcasy cicho stukały o kafelki. Wyglądała olśniewająco, jak zawsze, ale w ułożeniu jej ramion czuć było napięcie; sposób, w jaki rzuciła torbę na najbliższe krzesło, pozbawiony był jej zwyczajnej gracji.

— Jak poszło? — zapytał George, prostując się.

— W porządku — rzuciła szybko, mijając go i idąc w stronę okna. Zbyt szybko. Skrzyżowała ramiona, wpatrując się w dachy, jakby kryły w sobie odpowiedzi, których potrzebowała.

— Akurat. — George w to nie uwierzył. Podszedł o krok bliżej, łagodząc głos. — Myst, daj spokój. Co jest nie tak?

— Nic! — warknęła, po czym westchnęła, przyciskając palce do skroni. — Przepraszam. To… to tylko sprawy zawodowe. Nie musisz się tym martwić.

— Sprawy zawodowe, tak? — powtórzył za nią, uważnie ją obserwując. Zamykała się w sobie, odcinając go, tak jak robiła to czasami, gdy nie chciała wydać się bezbronną. Ale nie zamierzał na to pozwolić, nie dzisiaj. — Jesteś tego pewna?

Zawahała się, rozchylając usta, jakby znowu chciała go zbyć. Jednak powstrzymała się. Ramiona jej opadły, odwróciła się do niego przodem, szukając czegoś w jego twarzy swoimi niebieskimi oczami, jakby ważyła, czy może mu się zwierzyć. W końcu wypuściła powietrze długim, wolnym wydechem i zaczęła mówić.

— Jessie powiedziała coś po spotkaniu — zaczęła ciszej, z namysłem. — Przypomniała mi, że bez mnie nie ma show. Nie ma muzyki. Nie ma tras. Nic z tego nie działa, dopóki ja nie powiem, że ma działać.

— Mądra kobieta z tej twojej kuzynki — przytaknął George, zachęcając ją do dalszej rozmowy.

— Tak, jest mądra — odparła Myst z bladym uśmiechem, choć nie dotarł on do jej oczu. — Ale to trudne, wiesz? Oni... oni myślą, że mogą mi mówić, co jest dla mnie najlepsze. Jakby moje życie prywatne nie należało do mnie. Jakby... jakbyś ty był jakimś obciążeniem, zamiast... — zawiesiła głos, kręcąc głową, a potem wskazała na niego nieokreślonym gestem. — Zamiast *tobą*.

— Obciążenie, tak? — George uśmiechnął się półgębkiem, próbując rozładować atmosferę, choć to słowo go zabolało. — Nie wiedziałem, że randkowanie z rugbystą wiąże się z takim ryzykiem.

— Najwyraźniej tak — wymruczała, ale jej ton złagodniał, a kącik ust drgnął ku górze. — Ale Jessie ma rację. Muszę być wobec nich stanowcza. Moje życie prywatne jest *moje* i nie pozwolę, by ktokolwiek wywierał na mnie presję, bym z niego zrezygnowała. Nawet dla... tego. — Machnęła ręką, wskazując na luksusowy hotelowy pokój, lśniące sceniczne stroje wiszące na wieszaku, na swoją karierę.

— Dobrze — odparł po prostu George. Jego spojrzenie złagodniało, gdy jej się przyglądał. — Zasługujesz na to, Myst. By to do ciebie należało ostatnie słowo. I jeśli to coś dla ciebie znaczy... ja nadal tu będę. Bez względu na to, czy jestem obciążeniem, czy nie.

Jej śmiech był cichy, ale szczery, i rozluźnił ucisk w jego piersi. — Dzięki — powiedziała, podchodząc bliżej i kładąc dłonie lekko na jego przedramionach. Jej dotyk dawał mu oparcie, którego, jak się okazało, potrzebował bardziej, niż myślał. — Co za dzień, co?

— No — przyznał George, a jego myśli na moment powróciły do wiadomości od trenera, która wciąż leżała bez odpowiedzi w jego kieszeni. Zepchnął ją jednak w głąb umysłu, skupiając się na stojącej przed nim kobiecie, dzięki której chaos w ich życiach wydawał się nieco bardziej uporządkowany. — Ale poradziłaś sobie. A jutro będzie lepiej.

— Jutro jest koncert — powiedziała Myst z cichym jękiem, choć błysk ekscytacji w jej oczach ją zdradzał. — Przyjdziesz, prawda?

— Nie przegapiłbym tego za nic na świecie — odparł George z uśmiechem. — Miejsce w pierwszym rzędzie dla mojej ulubionej gwiazdy rocka.

— Lepiej, żeby tak było — droczyła się, wspięła się na palce i pocałowała go lekko w policzek. — A teraz znajdźmy coś do jedzenia, zanim padnę z głodu. Umowa?

— Umowa — powiedział George, a jego zmartwienia chwilowo zgasły, gdy ruszył za nią do drzwi. — Znalazłaś już restaurację?

— Tak, niedaleko stąd. Trzymają dla nas stolik.

Wąska, brukowana uliczka tętniła życiem, gdy George przytrzymał drzwi przed Myst; z wnętrza klubu jazzowego dobiegał szum rozmów i cichy brzęk szkła. Ciepłe, złote światło zalewało salę, migocząc na niedobranych stolikach i rzucając miękkie cienie na ściany z surowej cegły. Powietrze przesycone było głębokimi dźwiękami saksofonu i okazjonalnym, dymnym śmiechem tłumu. Wydawało się to oddalone o lata świetlne od lśniących aren, do których przywykła Myst; był to świat odarty ze zbędnych ozdób, surowy i nieoszlifowany.

— No cóż — zaczął George, schylając się nieco pod nisko zawieszonymi lampkami, gdy weszli do środka. — Jest tu taj... przytulnie.

— „Przytulnie" to uprzejmy sposób na powiedzenie „ciasno" — zażartowała Myst, szturchając go figlarnie łokciem. — Jesteś pewien, że się tu zmieścisz? Sufit wygląda, jakby miał coś do twojej głowy.

— Zaraz się przekonamy — odgryzł się z uśmiechem.

Ich stolik znajdował się w rogu, wystarczająco blisko, by czuć puls kontrabasu, ale na tyle daleko, by uniknąć ostrego blasku świateł scenicznych. Myst wślizgnęła się na swoje miejsce, wspierając brodę na dłoni i chłonąc atmosferę: trębacza cicho poprawiającego tłumik, wokalistkę kołyszącą się delikatnie z zamkniętymi oczami, pianistę pochylonego nad klawiszami, jakby powierzał im tajemnice zrozumiałe tylko dla muzyki. To było intymne, niedoskonałe i całkowicie urzekające.

— Popatrz na siebie — powiedział George, a jego głos łagodnie wciął się w jej myśli. Odchylił się na krześle, krzyżując ramiona na szerokiej piersi i obserwując ją z uśmieszkiem, który był jednocześnie rozbawiony i pełen czułości. — Dawno nie widziałem cię z takim maślanym wzrokiem.

— Wybacz, jeśli mam swoją chwilę. To — wskazała nieokreślonym gestem na scenę, gdzie perkusista wybijał rytm serca na werblu — to przypomina mi, dlaczego w ogóle pokochałam muzykę.

— A nie pirotechnika i wrzeszczący fani? — zażartował, za co zarobił od niej udawane srogie spojrzenie. — Żartuję, żartuję. Ale poważnie, wyglądasz, jakbyś była u siebie.

— W tym rzecz. — Myst wypuściła powietrze, kreśląc palcami bezwiedne wzory na krawędzi stołu. — Brakuje mi tego. Bliskości, więzi. Kiedy występujesz na stadionie, to czasem jak krzyczenie w próżnię. Ale tutaj... — zawiesiła głos, a jej jasnoniebieskie oczy zalśniły czymś niemal tęsknym. — Tutaj czujesz, że ludzie *oddychają* razem z tobą. To coś zupełnie innego.

George przyglądał jej się przez chwilę, a wyraz jego twarzy złagodniał. — To dlaczego nie robisz tego częściej?

— Ha! — Jej śmiech był krótki, ale szczery. — Czy ty wiesz, jak niemożliwy jest mój grafik? Między trasami, spotkaniami z prasą i całą resztą, to jak zbieganie ze wzgórza bez hamulców. Nie ma czasu, żeby przystanąć i pomyśleć, a co dopiero zmienić kierunek.

— Może czas znaleźć te hamulce — powiedział po prostu George, a jego niski głos był pewny i spokojny. — Zasłużyłaś na to, prawda?

— Łatwo ci mówić, panie „Po Sezonie" — dogryzła mu, choć w jej słowach nie było złośliwości. — Ale... tak. Może. — Spojrzała na swoje dłonie, a jej palce nagle znieruchomiały. — Miło byłoby znów odetchnąć. Przypomnieć sobie, jak to jest.

— Więc to zrób — rzekł, pochylając się lekko i opierając łokcie na stole. — Myst, masz taki talent, który nie znika tylko dlatego, że robisz sobie przerwę. Jeśli potrzebujesz czasu, żeby sobie wszystko poukładać, powinnaś go wziąć. Ludzie na ciebie zaczekają.

— A ty? — zapytała, zanim zdążyła się ugryźć w język. Podniosła wzrok, by spotkać się z jego spojrzeniem, i na moment zgiełk klubu zdawał się cichnąć, pozostawiając między nimi jedynie ciężar jej pytania.

— Oczywiście, że tak — odparł George bez wahania, tonem tak bezpośrednim i niezachwianym, jak on sam. — Ale to nie mnie musisz przekonywać.

— Masz rację — wymruczała Myst, a na jej usta wypłynął słodko-gorzki uśmiech. — Menedżerowie. Kontrakty. Oczekiwania. To wszystko jest takie... wielkie. Większe ode mnie.

— Nic nie jest większe od ciebie, Myst — powiedział, a szczerość w jego głosie sprawiła, że ścisnęło ją w gardle. — Nie wtedy, gdy to ty stoisz w blasku jupiterów.

Muzyka zmieniła się, tempo zwolniło w stronę czegoś boleśnie czułego, a Myst zaczęła gwałtownie mrugać, zmuszając się do pozostania w tej chwili. Siedzieli przez chwilę w milczeniu, pozwalając melodii owinąć się wokół nich niczym wspólna tajemnica. Sięgnęła przez stół, jej delikatna dłoń odnalazła jego dłoń i lekko ją uścisnęła. Odpowiedział tym samym uściskiem.

— Dzięki — powiedziała cicho, a to słowo niosło ze sobą większy ciężar, niż potrafiłaby wyjaśnić.

— Nie ma za co — odparł George, muskając kciukiem jej kostki u dłoni. Przez resztę nocy nie rozmawiali już o grafikach, dystansie ani o niczym innym, co mogłoby sprawić, że ta chwila wyda się mniejsza, niż była w rzeczywistości.

Światła sceniczne przygasły do namiętnego bursztynowego blasku, a tłum zawył z zachwytu, gdy Myst złożyła ostatni ukłon. Jej policzki płonęły z podniecenia; machnęła po raz ostatni, zanim zniknęła za kulisami, a jej serce waliło mocniej niż linia basu, która jeszcze przed chwilą wstrząsała podłogą sceny. Za kulisami panował chaotyczny zgiełk — uściski od zespołu, „piątki" i Jessie przekrzykująca hałas: — Tak się właśnie zamyka Rzym, dziewczyno! —

— Nie najgorzej, co? — rzuciła Myst, szczerząc się i ocierając pot spływający po skroni. Jej ciało wciąż wibrowało tym znajomym pokoncertowym hajem, który zawsze sprawiał, że czuła się jednocześnie pełna energii i wykończona.

— Nie najgorzej? Pozamiatałaś — odezwał się głęboki głos George'a; stał wyprostowany w drzwiach jej garderoby. Na twarzy miał swój charakterystyczny, łobuzerski uśmiech, a ręce swobodnie trzymał w kieszeniach dżinsów. Nawet tutaj, w samym środku gorączkowej aktywności za kulisami, wyglądał na całkowicie wyluzowanego.

— Tak? Nie było dla twojej rugbowej wrażliwości zbyt dużo brokatu? — droczyła się, opadając na kanapę, podczas gdy Jessie podawała jej butelkę wody.

— Nie znam się na brokacie, ale sądzę, że skandowanie „Myst-mania" podczas bisu to była lekka przesada — odparł, podchodząc bliżej z rozbawieniem w oczach. — No bo kto potrzebuje aż takiego zastrzyku ego?

— Zamknij się. — Rzuciła w niego najbliższym przedmiotem, nieotwartym batonikiem zbożowym. Złapał go w locie bez najmniejszego wysiłku, śmiejąc się.

— Dobra, supergwiazdo — powiedział George, siadając na oparciu obok niej. — Co teraz? Świętujemy przy gelato? Czy wchodzimy w tryb „pełny turysta" i polujemy na pizzę o północy?

— A może i to, i to? — zapytała Myst, odchylając się z westchnieniem satysfakcji. Przechyliła głowę w jego stronę, a jej ciemne włosy rozsypały się po poduszce niczym kaskada atramentu. — Jeśli stawiasz.

— Zawsze — odrzekł cicho, a jego przekorny ton przeszedł w coś łagodniejszego. Odnalazł jej dłoń i krzepiąco ją uścisnął. Przez chwilę po prostu tam siedzieli, a chaos koncertu schodził na dalszy plan.

Niewypowiedzianą pozostawała gorzka prawda, że dzisiejsza noc jest tą ostatnią. Jutro rano wsiądą w samoloty lecące w różne strony i wszystko stanie się nieskończenie bardziej skomplikowane, ale dzisiaj... cóż, dzisiaj Myst nie zamierzała zmarnować ani minuty.

Ranek nadszedł zbyt szybko, rzymskie słońce rzucało miękkie złote promienie przez lotniskowe okna, przy których Myst i George stali ramię w ramię. Cichy szum zapowiedzi nad głowami i szuranie walizek podróżnych wydawały się dziwnie odległe, jak biały szum na tle namacalnej ciszy między nimi.

— Dla ciebie Budapeszt, dla mnie Złote Wybrzeże — powiedział George, a jego australijski akcent sprawiał, że pożegnanie brzmiało bardziej swobodnie, niż czuł to w środku.

— Zabawne, jak to działa — wymruczała Myst, mocniej owijając szyję obszernym szalem. Jej jasnoniebieskie oczy spoczęły na nim i przez ułamek sekundy niemal nienawidziła tego, jak spokojne i kojące było jego spojrzenie. To sprawiało, że odejście było jeszcze trudniejsze.

— Hej — zaczął George, delikatnie unosząc jej brodę palcem. — Tylko bez tych smutnych min. Ustaliliśmy, że odległość to tylko liczba, prawda?

— Prawda — przyznała, uśmiechając się blado. — Ale nie udawajmy, że to nie jest do bani.

— No dobra, jest do bani — ustąpił z uśmiechem. — Ale zadzwonię do ciebie w tej samej sekundzie, w której wyląduję. I nie obchodzi mnie, czy będziesz w połowie bisu, czy w środku ballady, masz odebrać.

— Umowa — powiedziała, a jej głos lekko zadrżał na tym słowie. Przytuliła się do niego, oplatając go ramionami w pasie, podczas gdy jego silne ramiona spoczęły na jej barkach, mocno ją obejmując. Wciągnęła w płuca znajomy zapach jego wody kolońskiej, coś świeżego i drzewnego, co jakoś zawsze kojarzyło jej się z domem.

— Dbaj o siebie, aniele — szepnął w jej włosy. — I nie daj się tym krawaciarzom, co? —

— Tylko jeśli obiecasz, że nie dasz się za bardzo poturbować na boisku — odpaliła, a jej słowa stłumiła jego pierś. Cofnęła się na tyle, by spojrzeć mu w twarz. — Jesteś dla mnie całkiem ważny, wiesz?

— To dobrze — odparł po prostu, odgarniając pasmo włosów z jej twarzy. — Bo ty jesteś dla mnie wszystkim.

— Przestań już. Przez ciebie poryczę się na lotnisku — jęknęła, choć jej droczący się ton nie zdołał ukryć wilgoci w oczach.

Wtedy ją pocałował; miękko i długo, jakby próbował zapamiętać jej smak. Gdy w końcu się rozłączyli, żadne z nich nie poruszyło się przez dłuższą chwilę, nie chcąc przebijać tej kruchej bańki wokół nich.

— No już, leć — powiedział szorstko, cofając się o krok. Jego ręce opadły wzdłuż ciała, na moment zacisnęły się w pięści, by zaraz potem znów się rozluźnić. — Budapeszt czeka.

— A ty masz swój okres przygotowawczy — powiedziała, próbując się uśmiechnąć, ale bezskutecznie. Mimo to skinęła głową, zbierając w sobie siły. — Dbaj o siebie, dobrze?

— Jak zawsze — odparł George, ale pewność siebie w jego głosie tym razem nie brzmiała zbyt przekonująco.

Jessie machała gorączkowo; ich lot był właśnie po raz ostatni wywoływany. Biorąc głęboki oddech, Myst odeszła, choć czuła się, jakby zostawiała tu część siebie. I mimo że się nie odwróciła, czuła na sobie ciężar jego spojrzenia, dopóki nie zniknęła za bramką.

Rozdział czternasty

SŁONA WOŃ OCEANU UNOSIŁA się w powietrzu, gdy George wjechał na podjazd domu swoich rodziców na Gold Coast w Wigilię. Słońce późnego popołudnia rzucało długie, złociste smugi na chodnik, a znajomy dźwięk cykad cykających w eukaliptusach wywołał na jego twarzy lekki uśmiech. Dom. Dobrze było wrócić. Przerzucił torbę sportową przez ramię i wziął głęboki oddech, zanim wszedł do środka.

— Georgie! — Jego siostra Ellie wypadła na korytarz, jakby nie widzieli się całe lata, a nie zaledwie sześć miesięcy. Zarzuciła mu ręce na szyję, niemal pozbawiając go tchu.

— Ellie! — wykrztusił ze śmiechem, mierzwiąc jej włosy.
— Widzę, że subtelność wciąż nie jest twoją mocną stroną.

— Nie wtedy, gdy zjawiasz się z taką miną. — Odsunęła się, taksując go wzrokiem z przesadną podejrzliwością. — Cały aż promieniujesz mrokiem. Co jest nie tak? Twoja drużyna przegrała jakiś tajny sparing czy jak?

— Wszystko jest w porządku — rzucił zbyt szybko, mijając ją w drodze do kuchni. — Nic mi nie jest.

— Uhm, jasne. — Ellie poszła za nim, wyraźnie nieprzekonana.

W domu panował ten rodzaj chaosu, za którym tęsknił podczas wyjazdów na mecze i obozów treningowych. Mama stała przy kuchence, nucąc pod nosem starą piosenkę Crowded House, trzeszczącą w radiu. Druga siostra, Kate, siedziała przy blacie, obierając pomarańczę; jej telefon oparty o stos książek kucharskich odtwarzał głośny tutorial makijażu. Na podwórku dzieci wrzeszczały, rzucając piłką. George rzucił torbę na podłogę z głośnym hukiem, co sprawiło, że wszyscy podnieśli wzrok.

— George! — Kate uśmiechnęła się szeroko, a jej twarz rozpromieniła. — Wesołych Świąt! A co to? — Przechyliła głowę, mrużąc oczy. — Czy ja... *miłość* widzę wypisaną na twojej twarzy?

— Nawet nie zaczynaj — ostrzegł, wyciągając ostrzegawczo palec w jej stronę, gdy brał szklankę z szafki. Siostry wymieniły porozumiewawcze spojrzenia, na co on tylko jęknął w duchu.

— Daj spokój, Georgie — droczyła się Ellie. — Możesz nam powiedzieć. Kto sprawił, że wyglądasz, jakby ukradziono ci ulubione buty do rugby?

— Nikt — wymruczał, napełniając szklankę przy zlewie. — Jestem po prostu zmęczony, jasne?

— Jasne, jasne. — Kate wrzuciła kawałek pomarańczy do ust. — Może zmęczony tęsknotą za Myst?

— Kate! — George odwrócił się gwałtownie, czując, jak płoną mu uszy. — Kto w ogóle wspomniał o Myst?

— Twoja mina. — Ellie oparła się o blat z drwiącym uśmieszkiem. — I fakt, że sprawdziłeś telefon trzy razy, odkąd tu wszedłeś. Bardzo subtelnie, stary.

— Dobra, wystarczy — przerwała im mama, odwracając się od kuchenki. Jej głos był stanowczy, przecinając dokuczanie niczym gwizdek sędziego. — Idźcie nakryć do stołu, wy dwie, a potem zawołajcie młodszych i przypilnujcie, żeby umyły ręce przed kolacją. Dajcie bratu odetchnąć.

— Dobra — powiedziała Kate, zsuwając się ze stołka z dramatycznym westchnieniem. — Ale jeszcze nie skończyliśmy tej rozmowy, George.

— Już nie mogę się doczekać — odparł sucho, patrząc, jak odchodzą z widelcami i serwetkami do jadalni, która jako jedyna mogła pomieścić całą rodzinę.

— A teraz — powiedziała mama po chwili, wycierając ręce w ścierkę i wskazując na drzwi tarasowe. — Chodź ze mną na zewnątrz, kochanie. Musimy porozmawiać.

— Naprawdę? — zapytał George nieufnie, choć i tak poszedł za nią na taras. Bryza od oceanu stała się chłodniejsza, szeleszcząc liśćmi palm na podwórku. Mama usiadła w jednym z wiklinowych foteli z cichą gracją, która zawsze zdawała się wzbudzać respekt.

— Siadaj — powiedziała, wskazując na krzesło naprzeciwko. Posłuchał, opadając na nie z ciężarem, którego nie potrafił się pozbyć.

— No dobra — zaczął, pocierając dłonią szczękę. — O co chodzi?

— O ciebie — odparła po prostu, splatając dłonie na kolanach. — I o to, dlaczego udajesz, że wszystko jest w porządku, kiedy ewidentnie nie jest.

— Wszystko *jest* w porządku — upierał się, choć wiedział, że w jego głosie brakuje przekonania.

— George. — Spojrzała na niego w ten sposób, który potrafił zdjąć warstwy pozornej pewności siebie niczym bibułkę. — Nie urodziłam się wczoraj. A teraz, czy chcesz mi powiedzieć, co się dzieje między tobą a Myst?

— Dlaczego wszyscy zakładają, że chodzi o Myst? — wymruczał, wpatrując się w horyzont. — Może po prostu stresuję się przed sezonem.

— Bo znam swojego syna — powiedziała, a jej ton łagodniał. — I dlatego, że widzę, jak rozbłyskują twoje oczy, gdy o niej mówisz.

George wypuścił powoli powietrze, pochylając się do przodu z łokciami na kolanach. — To skomplikowane, mamo. Ona jest... niesamowita. Ale jej świat tak bardzo różni się od mojego. Nie wiem, czy to ma w ogóle sens.

— Od kiedy to w miłości chodzi o to, by miała sens? — zapytała łagodnie. — Chodzi o wysiłek, George. O gotowość do walki o coś, co jest ważne. Czy ona jest dla ciebie ważna?

— Oczywiście, że tak — przyznał, a jego głos był ledwie słyszalnym szeptem. — Ale co, jeśli to nie wystarczy? Co, jeśli to zbyt trudne?

— Trudne nie oznacza niemożliwe — powiedziała stanowczo. — Oznacza tylko tyle, że musisz zdecydować, czy jest tego warte. A jeśli pytasz mnie, to myślę, że już znasz odpowiedź.

Spojrzał na nią, czując ucisk w piersi. Miała rację, znał odpowiedź. Po prostu nie wiedział, czy ma w sobie dość odwagi, by za nią pójść.

— Ej, George! Może chciałbyś to zobaczyć.

Na boisku treningowym huczało od zwykłych przedtreningowych żartów; koledzy z drużyny dogryzali sobie nawzajem, słychać było klaskanie dłoni o piłki do rugby i cichy świst wiatru niosącego sól z pobliskiego oceanu. George przyszedł wcześniej, żeby przewietrzyć głowę, a nie dać się wciągnąć w jakiekolwiek bzdury.

— Odwal się, Lachie — rzucił, nawet nie podnosząc wzroku.

— Serio, stary — odezwał się znowu głos, tym razem z towarzyszącym mu uśmieszkiem, który George wyczuwał bez patrzenia. — Twoja dziewczyna ma *towarzystwo*.

— To nie jest moja dziewczyna — wymruczał George automatycznie, zaciskając mocno węzeł na sznurowadle.

— Jasne, jasne. — Głos Lachiego ociekał kpiącym współczuciem. — Pomyślałem tylko, że chciałbyś wiedzieć, że Antoine Delacourt się do niej przystawia. Znowu.

To sprawiło, że zamarł. George spojrzał ostro w górę, a jego serce zamarło, gdy zobaczył Lachiego trzymającego telefon. Z ekranu bił blask zdjęcia, które poczuł jak kopniak w brzuch. Była tam Myst, promienna jak zawsze, wysiadająca z jakiegoś eleganckiego samochodu, z ciemnymi włosami spływającymi po plecach niczym kaskada wody. A obok niej Antoine Delacourt, z tym swoim dumnym profilem i idealnymi zębami, nachylony odrobinę zbyt blisko.

— Przeklęte tabloidy — burknął George, próbując odsunąć telefon ręką, czując, jak gorąco uderza mu do głowy. Ale Lachie nie odpuszczał tak łatwo.

— Wyluzuj, stary — powiedział Lachie, śmiejąc się. — Jestem pewien, że to nic takiego. Tylko para „kolegów", co? Czy może ona zostawia sobie otwarte furtki?

— No właśnie, George — wtrącił się inny kolega z drużyny, szczerząc zęby. — Jesteś pewien, że wciąż jest do wzięcia?

— Zamknijcie się wszyscy — warknął George, łapiąc najbliższą piłkę i rzucając ją mocno w klatkę piersiową Lachiego, który złapał ją z uśmieszkiem. Zmusił się do śmiechu, by nie psuć zabawy, ale czuł, jak ciężar ich słów osiada gdzieś głęboko w jego piersi.

Zanim weszli na boisko, żarty ustały, zastąpione przez ćwiczenia i gierki, ale George nie potrafił wyrzucić obrazu Myst i Antoine'a z głowy. Powtarzał sobie, że to nie ma znaczenia, że to tylko pijarowe bzdury, jak zawsze. A jednak, gdy tylko trening się skończył, wyciągnął telefon i wysłał wiadomość, zanim zdążył to przemyśleć.

— Twoje zdjęcia z Delacourtem są wszędzie. O co chodzi? —

Odpowiedź przyszła szybko, ale wcale go nie uspokoiła.

— Nie martw się tym. To nic takiego. Tylko sprawy zawodowe. —

„Sprawy zawodowe" brzmiały jak zbycie, jak mur wyrasta-
jący między nimi. Wpatrywał się w wiadomość z kciukiem
zawieszonym nad klawiaturą, nie wiedząc, co napisać dalej.
W końcu odpisał: — Skoro tak mówisz — i na tym za-
kończył.

Tysiące kilometrów stąd, w studiu nagraniowym w sercu
Stambułu, Myst wpatrywała się w telefon, gryząc wargę.
Nienawidziła tego, jak szorstko zabrzmiała jej odpowiedź,
ale nie było czasu na wyjaśnienia. Nie teraz.

— Słucha pani, Myst?

Głos menedżera przebił się przez mgłę jej myśli. Podniosła
wzrok na swój zespół PR zgromadzony wokół stołu —
same nienaganne garnitury i jeszcze ostrzejsze opinie.

— Przepraszam — powiedziała szybko, choć wcale nie
było jej przykro.

— Co do historii z Antoine'em — zaczął jeden z nich,
przerzucając folder z błyszczącymi zdjęciami przedstawia-
jącymi ją i Antoine'a. — Uważamy, że powinna pani w to
iść. Taka narracja jest dobra dla zasięgów...

— Zasięgów? — przerwała Myst, a jej jasnoniebieskie oczy
błysnęły gniewnie. — Nie potrzebuję zasięgów. Potrzebuję, żeby ludzie skupili się na mojej muzyce, a nie na... tym
cyrku.

— Fani kochają u pani romanse, Myst — dodał inny, próbując załagodzić sytuację uśmiechem. — A jeśli podtrzymamy te spekulacje, przełoży się to na większe zaangażowanie przed pani nadchodzącymi koncertami. To nieszkodliwe.

— Nieszkodliwe? — powtórzyła Myst z niedowierzaniem. Wstała z krzesła, przemierzając pokój. — Czy państwo mają pojęcie, co to robi z moim prawdziwym życiem? Z ludźmi, na których mi zależy?

— Antoine'owi chyba to nie przeszkadza — zażartował ktoś, wywołując serię cichych chichotów. Myst zamarła w miejscu, a jej szczęka się zacisnęła.

— Bo Antoine żyje dla takiego rodzaju uwagi — odparowała. — Ale ja nie jestem Antoine'em i szczerze mówiąc, mam głęboko w dupie, czy mu się to podoba, czy nie.

Zapadła krótka cisza, a na twarzach zebranych odmalował się szok, gdy Myst przeklęła, co zdarzało jej się rzadko.

— Proszę posłuchać — wtrącił jej menedżer, próbując uspokoić rosnące napięcie. — Nie mówimy, że musi pani cokolwiek potwierdzać. Po prostu... proszę pozwolić tej historii żyć. Proszę nie zaprzeczać wprost, a szum sam się nakręci.

— Absolutnie nie — powiedziała stanowczo Myst, krzyżując ramiona i wysuwając z uporem podbródek. — Nie zrobię tego. Nie zamierzam narażać czegoś prawdziwego dla kilku nagłówków.

„Prawdziwego" zawisło w powietrzu niczym wyzwanie i przez chwilę nikt się nie odzywał. Potem spotkanie dobiegło końca, a zespół wychodził po kolei, zostawiając za sobą pomruki irytacji. Myst została sama ze swoimi myślami.

Opadła z powrotem na krzesło, przyciskając palce do skroni. Presja była nieubłagana — nieustanna przeciąganie liny między dbaniem o wizerunek publiczny a chronieniem tych resztek prywatności, które jej zostały. No i był jeszcze George. Słodki, stały George, którego wiadomość wciąż wisiała na jej ekranie, nierozwiązana.

Jej kciuk zawisł nad imieniem George'a na ekranie, a mała zielona ikona połączenia zdawała się z niej drwić.

— Raz jedna chwila, kiedy nie jesteś zajęta — wymruczała do siebie, biorąc łyk zbyt słodkiej herbaty. — Po prostu do niego zadzwoń. — Tutaj był poranek, co oznaczało późne popołudnie u niego.

Zanim zdążyła się rozmyślić, Myst wcisnęła przycisk, a w słuchawce rozległ się sygnał połączenia. Oparła się o miękkie oparcie krzesła, gotowa usłyszeć jego niski australijski akcent, który zawsze koił jej tęsknotę za domem. Ale po trzech sygnałach to nie głos George'a ją powitał, lecz automatyczna sekretarka.

— Hej, tu George. Zostaw wiadomość, stary. —

— Ugh. — Jej ramiona opadły. Przez chwilę się wahała, po czym rozłączyła się bez słowa. Jaki to miało sens? Pewnie właśnie skończył kogoś powalać na ziemię albo zaliczał kolejne serie ćwiczeń. Wyobraziła go sobie w stroju sportowym, spoconego i skupionego, nieświadomego tego, jak bardzo skręca ją w żołądku, gdy ich grafiki znów się rozminęły.

— Trudno. Żaden problem — powiedziała na głos, gwałtownie wstając. Ale mimo że mobilizowała się, by wrócić przed mikrofon i dokończyć nagrywanie wokali demo do piosenki, którą napisała o nim, ciężar rozczarowania osiadł na jej sercu niczym uparta burzowa chmura.

George wrzucił ochraniacz na zęby do torby, ocierając pot z czoła wierzchem dłoni. Treningi przedsezonowe z założenia miały być ciężkie, ale dzisiejszy był brutalny — zaczął się od długiego biegu, a potem niekończących się ćwiczeń w palącym słońcu lata w Queensland. Jego nogi były jak z ołowiu, a każdy mięsień błagał o litość.

— Ej, George, wyglądasz, jakby przejechała po tobie ciężarówka — zażartował jeden z kolegów, klepiąc go po ramieniu, gdy szli w stronę szatni.

— Dokładnie tak się czuję — odparł George, zmuszając się do uśmiechu, którego nie czuł. W środku był nie tylko zmęczony, był wyczerpany w każdym sensie tego słowa. Nieubłagane tempo obozu treningowego to jedno, ale jego myśli wciąż uciekały gdzie indziej, do Myst.

Gdy tylko dotarł do swojej szafki, sprawdził telefon. Na ekranie widniało nieodebrane połączenie od niej, a jego klatka piersiowa się zacisnęła. Była też wiadomość: „Mam chwilę wolnego. Miałam nadzieję, że pogadamy. Zadzwoń, jak będziesz mógł. X".

— Cholera — wymruczał, czując narastające poczucie winy. Szybko wybrał jej numer, opierając się o chłodny metal szafki, gdy czekał na połączenie. Musiał usłyszeć jej głos, poczuć to elektryczne iskrzenie, które pojawiało się zawsze, gdy rozmawiali, choćby przez chwilę.

— Halo? — Odezwał się głos Myst, stłumiony i pośpieszny.

— Hej, przepraszam, że nie odebrałem. Co u ciebie? — zapytał George, a jego ton natychmiast złagodniał.

— Nie bardzo mogę teraz rozmawiać — powiedziała urywanie. W tle słyszał krzyki i cichy rytm muzyki. — Jesteśmy w trakcie próby. Wyczucie czasu mamy beznadziejne, co?

— Tak, to chyba nasza specjalność — próbował zażartować, ale wyszło to słabiej, niż zamierzał. — Wszystko gra. Chciałem tylko... nie wiem. Usłyszeć cię.

— Ja też. — Jej głos nieco złagodniał, ale wtedy ktoś w tle krzyknął jej imię, a ona westchnęła. — Muszę lecieć, George. Zdzwonimy się innym razem?

— Oczywiście — powiedział, mimo że rozczarowanie zacisnęło mu się pętlą na piersi. — Do usłyszenia.

— Pa! — I rozłączyła się; linia utonęła w sterylnym sygnale.

George wpatrywał się w telefon jeszcze przez chwilę, zanim wrzucił go z powrotem do torby. Pustka, którą starał się ignorować przez cały dzień, zdawała się powiększać, wypełniając go całego. Wiedział, że to nie wina Myst — jej grafik był szalony, tak samo jak jego — ale niech to szlag, to było trudne. Trudniejsze, niż się spodziewał.

— No już. Prysznic, jedzenie, spać. Jutro od nowa — wymruczał do siebie, łapiąc ręcznik. Ale gdy wlókł się w stronę pryszniców, wyczerpanie ciążyło mu bardziej niż jakikolwiek atak przeciwnika, który przyjął tego dnia.

Rozdział piętnasty

George opadł na kanapę, zastanawiając się, czy woli szybki prysznic, czy długą, kojącą kąpiel. Ciało bolało go po treningu, mięśnie były spięte i błagały o odpoczynek, ale to nie tylko fizyczne wyczerpanie go przytłaczało. Telefon bzyczał na stoliku kawowym, wibrując obok pustej szklanki; przez chwilę George rozważał całkowite zignorowanie go. Jednak nawyk zwyciężył, jak to zwykle bywało.

Sięgnął po niego leniwie i przesunął kciukiem po ekranie, by po chwili znieruchomieć. Oto ona: twarz Myst na głównej stronie jakiegoś portalu plotkarskiego. — *Myst znowu na salonach: Czy Antoine Delacourt to ktoś więcej niż tylko przyjaciel?* — Nagłówek wręcz wrzeszczał, uderzając precyzyjnie w czułe miejsce. Poniżej widniały błyszczące zdjęcia Myst w jedwabistej, szmaragdowej sukni, która opinała ją w każdym odpowiednim miejscu. Jej ciemne włosy opadały kaskadą niczym płynny atrament na jedno ramię, a bladoróżowe oczy łapały światło z urokiem, który wydawał się nie z tego świata. A obok niej, wyglądający na zadowolonego z siebie i nienagannie wystylizowanego, stał Antoine Delacourt, którego idealnie skrojony garnitur i swobodny uśmiech sprawiły, że George poczuł ochotę, by w coś przyłożyć.

— Jasna cholera — mruknął pod nosem George, zaciskając palce na telefonie tak mocno, jakby ten miał zaraz pęknąć na pół. Próbował to sobie racjonalizować; Antoine był kimś, z kim Myst musiała utrzymywać kontakty zawodowe lub wizerunkowe. Ale zdjęcia mówiły co innego, szepcząc podstępne wątpliwości prosto do jego głowy. Wyglądali razem tak... naturalnie. Jakby należeli do tego samego świata, pełnego blichtru, luksusu i uśmiechów wartych miliony dolarów.

W przeciwieństwie do niego, z jego złamanym nosem i krzywym zębem.

Ta myśl uderzyła go boleśnie, niczym cios poniżej pasa. Co on właściwie wyprawiał? Próbował dopasować się do życia tak odległego od jego własnego, że czuł się, jakby przymierzał cudze buty, i to o dwa rozmiary za małe.

Bez zastanowienia zaczął stukać kciukami w ekran, pisząc wiadomość, zanim zdążył pomyśleć dwa razy. — Chyba się do tego nie nadaję. — Proste. Szczere. Brutalne. Nacisnął „wyślij", zanim zdołał się rozmyślić. Gdy tylko wiadomość zniknęła, poczuł ukłucie żalu, ale odrzucił telefon na bok i oparł się o kanapę, tępo wpatrując się w obracający się pod sufitem wentylator.

Chwilę później telefon znów zabzyczał. Nazwisko Myst rozświetliło ekran, jej połączenie przedzierało się przez cichy szum nocy. Serce George'a zabiło mocniej, ale nie odebrał. Nie mógł, jeszcze nie teraz. Nie wtedy, gdy czuł, że wszystko w środku ma splątane i zawiązane na supeł, niczym piłka do rugby utknięta pod stosem zawodników, niemożliwa do wydobycia. Pozwolił, by telefon dzwonił, aż dźwięk ucichł, ustępując miejsca ogłuszającej ciszy.

— Jessie, co mam robić? — Głos Myst załamał się, gdy boso przemierzała swój pokój hotelowy w Stambule, ubrana w dresy, które wydawały się zupełnie nie na miejscu po godzinach spędzonych w butach na obcasach. Zadzwoniła do Jessie, gdy tylko George nie odebrał; ostry ból odrzucenia był wciąż świeży, a Jessie pojawiła się u niej błyskawicznie.

— Po pierwsze, przestań krążyć. Kręci mi się od ciebie w głowie — powiedziała sucho Jessie. — A po drugie... — nastąpiła pauza, po której nastąpiło teatralne westchnienie — walcz o niego, to oczywiste.

— Jak?! — Myst opadła na krawędź łóżka, chowając twarz w wolnej dłoni. — On uważa, że nie pasuje do mojego świata. I może ma rację. Może wciągnęłam go w coś, na co nigdy się nie pisał. Te głupie zdjęcia, te nagłówki... — Jej głos znów zadrżał, nienawidziła tego, jak słabo brzmi. — Malują obraz, który nie jest prawdziwy, a ja nie mogę tego powstrzymać.

— Cóż, nie powstrzymasz tego, chowając się — stwierdziła Jessie, siadając obok niej i klepiąc ją po ramieniu. — Słuchaj, Myst, jeśli ci na nim zależy, musisz mu to *pokazać*.

Przejmij kontrolę nad narracją. Wyprostuj to wszystko po swojemu.

— Wyprostować? — powtórzyła Myst, marszcząc brwi.

— Tak. Przestań pozwalać tym sępom opowiadać twoją historię za ciebie. Jesteś *Myst*, u licha. Oni wiszą na każdym twoim słowie. Wykorzystaj to. Zmuś ich do słuchania — ponagliła Jessie, a do jej głosu wróciła typowa dla niej stanowczość. — To jest *wasz* związek. Nie pozwól im go zniszczyć, zanim w ogóle dostaliście prawdziwą szansę.

— Masz na myśli wyjście z tym na jaw? Ale George... — Myst urwała, zagryzając wargę. — A co, jeśli on tego nie chce?

— To znaczy, że jest idiotą — odparowała bez wahania Jessie. — Ale nie sądzę, żeby nim był. On cię kocha, Myst. Po prostu się boi. Więc przestań dawać mu powody do wątpliwości, jasne?

Myst wypuściła drżący oddech, czując ciężar słów Jessie w piersi. — W porządku — powiedziała cicho. — Zrobię to.

— Doskonale. — Jessie podniosła się z łóżka. — Wracam do spania.

— Przepraszam — dodała poniewczasie Myst, ale Jessie zaśmiała się i pochyliła, by ją uścisnąć.

— Kocham cię, kuzynko. Tylko tego nie schrzań, dobra? George to porządny facet, może pierwszy taki, jakiego spotkałaś. Trzymaj się go kurczowo obiema rękami i nie puszczaj!

Myst siedziała po turecku na hotelowym łóżku, trzymając laptopa na poduszce przed sobą. Panorama Stambułu błyszczała za ogromnym oknem, ale ledwie ją zauważała. Jej palce zawisły nad klawiaturą, gotowe i drżące, jakby słowa, które zamierzała wpisać, ważyły tyle, co samo miasto.

— No dalej — mruknęła Myst pod nosem, odgarniając pasmo ciemnych włosów z twarzy. Głos Jessie wciąż odbijał się echem w jej głowie: — *Przejmij kontrolę nad narracją.* — Łatwiej powiedzieć niż zrobić. Napisała i skasowała ten post już co najmniej sześć razy; każda próba brzmiała albo zbyt defensywnie, albo zbyt mętnie. No i był jeszcze George — jak on się poczuje, gdy wystawi ich życie pod jeszcze jaśniejsze reflektory? Czy w ogóle miała prawo to robić, skoro nie odebrał od niej telefonu?

Jej bladoróżowe oczy zerknęły na leżący obok niej telefon. Nic. Żadnych SMS-ów, żadnych nieodebranych połączeń. Tylko cisza.

— Dobra — odetchnęła, dodając sobie animuszu. — Po prostu... bądź szczera. — Tak zawsze mówiła swoim fanom, prawda? Bądźcie autentyczni, bądźcie prawdziwi. Dlaczego więc obnażanie duszy w sieci wydawało się o tyle trudniejsze niż śpiewanie o tym na scenie przed tysiącami ludzi?

Zaczęła pisać, a klawisze cicho klikały w milczącym pokoju.

— *Cześć wszystkim, chciałam poświęcić chwilę, by podziękować za całą miłość i wsparcie, jakie okazaliście mi w ciągu ostatnich tygodni. Świadomość, że moja muzyka do was trafia, znaczy dla mnie wszystko...* —

— Ech, zbyt formalnie — jęknęła, wściekle uderzając w klawisz Backspace. Po chwili spróbowała ponownie.

— *Hej kochani. Ostatnio działo się u mnie sporo szaleństwa i widziałam kilka rzeczy krążących w sieci, do których chciałabym się odnieść...* —

Lepiej. Szczerze, ale bez dramatyzmu. Jej palce poruszały się teraz szybciej, słowa wypływały fragmentami, surowe i nioszlifowane.

— Kocham to, co robię, i jestem wdzięczna, że mogę się tym z wami dzielić. Czasami jednak bycie osobą publiczną bywa przytłaczające. Są części mojego życia, które chcę zachować tylko dla siebie. Dla nas. —

Myst zawahała się, serce waliło jej mocno o żebra. To był moment, w którym mogła się wycofać, ułatwić sobie sprawę. Ale słowa Jessie znów do niej wróciły: — *Przestań dawać mu powody do wątpliwości. —*

Następną linijkę wpisała powoli, z rozmysłem.

— Mam szczęście, że mam kogoś, kto wspiera mnie we wszystkim, nawet gdy nie jest łatwo. —

Przeglądając galerię zdjęć, wybrała fotografię, którą miała na myśli — tę, którą Jessie zrobiła jej i George'owi. Opierała się o jego pierś, patrząc na niego z uwielbieniem, ale on był odwrócony tyłem do aparatu. Nie dało się go zidentyfikować inaczej niż po potężnej budowie ciała... jednak każdy, kto widział ich razem, a może każdy, kto dobrze znał George'a, nie miałby wątpliwości, kto to jest.

Jej kciuk zawisł nad przyciskiem „Opublikuj". Kursor migał wyczekująco na ekranie, drwiąc z niej. A co, jeśli to tylko pogorszy sytuację? Co, jeśli George to zobaczy i uzna, że jest lekkomyślna, albo co gorsza, zdesperowana? Co, jeśli...

— Zrób to — szepnęła do siebie. A potem, zanim zdążyła pomyśleć raz jeszcze, nacisnęła „Opublikuj".

Wiadomość poszła w świat, a Myst natychmiast odłożyła laptopa i przyciągnęła kolana do piersi. Wpatrywała się w telefon, czekając na pierwsze powiadomienia. Nadchodziły falami, jak zawsze. Lajki, komentarze, udostępnienia. Jej fani byli błyskawiczni. Niektóre reakcje wywoływały u niej uśmiech; te nazywające ją odważną, pełne serduszek i wsparcia. Inne... cóż, spekulacje zaczęły się niemal natychmiast.

— Kto to za tajemniczy facet? —

— Czy to Antoine?? —

— Nie ma mowy, ten gość jest ogromny w porównaniu do Antoine'a! —

— Wygląda na szczęśliwą; kimkolwiek on jest, sprawił, że się uśmiecha! Biedny Antoine! —

— Biedny Antoine, akurat — mruknęła sarkastycznie Myst, przewracając oczami. Mimo to w żołądku poczuła narastający niepokój. Takie publiczne odsłonięcie się było jak wejście na linę bez siatki zabezpieczającej. Wrażliwość nie leżała w jej naturze, przynajmniej nie poza sceną.

Ale dla George'a była gotowa obnażyć duszę przed całym światem.

— Widziałeś to? — Sophie, najmłodsza siostra George'a, pchnęła swój telefon przez stół w jego stronę, niemal przewracając szklankę z wodą. — Trąbią o tym w całym necie.

— Ostrożnie, Soph — mruknął George, niechętnie zerkając na ekran. Był w trakcie jedzenia niedzielnej pieczonej jagnięciny swojej mamy, ale zdjęcie z posta Myst na Instagramie sprawiło, że znieruchomiał. Widelec zawisł w połowie drogi do ust.

— Miło z jej strony, że wspomniała o tobie, nie wspominając o tobie — zakpiła Sophie z łobuzerskim uśmiechem. — Bardzo subtelne.

— Daj mu spokój — wtrąciła się ich matka, choć nawet ona miała na twarzy wymowne spojrzenie. — Nie musi mu tu jeszcze ktoś mącić w głowie.

— Nic mi nie mąci — powiedział szybko George, choć jego głosowi brakowało przekonania. Słowa w poście Myst lekko mu się rozmyły, gdy myśli zaczęły pędzić. Zrobiła to dla niego. Podjęła ryzyko, odsłoniła się i poprosiła fanów o prywatność. Dla *nich*. Poczucie winy wkradło się do jego serca, ostre i niechciane. On tu siedział, dumał i wątpił, podczas gdy Myst tam walczyła w bitwach, których on nawet nie potrafił ogarnąć.

— George — powiedziała cicho jego mama, gdy Sophie i Ellie zaczęły zbierać talerze, wyrywając go z zamyślenia. — Ledwie tknąłeś jedzenie. Co się dzieje?

— Nic — skłamał automatycznie.

— Mnie tak nie zbywaj. — Sięgnęła przez stół, kładąc dłoń na jego dłoni. Jej dotyk był ciepły i kojący. — Porozmawiaj ze mną.

Siostry wymieniły spojrzenia i szybko się ulotniły, zostawiając George'a sam na sam z mamą — układ, który znał aż nazbyt dobrze. Westchnął.

— Myst coś opublikowała — przyznał, wskazując nieokreślonym gestem na porzucony telefon Sophie. — O nas.

— To chyba dobrze, prawda? — zachęciła go mama.

— Tak, ale... — George przeczesał dłonią włosy, czując narastającą frustrację. — To skomplikowane. To wszystko jest skomplikowane. Cały świat śledzi każdy jej krok, mamo, a ja... nie wiem, czy pasuję do tego świata. Spójrz na mnie. Jestem tylko rugbystą z Gold Coast.

— Tylko rugbystą? — Mama przechyliła głowę, a jej wyraz twarzy złagodniał. — George, ty nigdy nie byłeś „tylko" kimkolwiek. I ona najwyraźniej też nie. Dlatego do siebie pasujecie.

— Naprawdę? — Skrzywił się, opierając o krzesło. — A co, jeśli to zbyt trudne? Jeśli to zepsuję?

— Albo — powiedziała łagodnie — co, jeśli przestaniesz się tak bać i wymyślisz, jak sprawić, żeby to zadziałało?

Jej słowa trafiły w samo sedno. George odwrócił wzrok, wpatrując się w oprawione zdjęcia rodzinne wiszące na ścianie. Na jednym był dzieckiem, uśmiechniętym i umazanym błotem po meczu. Inne przedstawiało rodziców w dniu ślubu. Jego siostra Amanda wychodząca z wody po ukończeniu swojego pierwszego triatlonu Ironwoman. Żadne z tych zdjęć nie pokazywało czegoś łatwego, ale wszystkie pokazywały miłość. Wysiłek. Oddanie.

— Ona sporo dla ciebie ryzykuje, George — dodała cicho jego mama. — Jeśli ją kochasz, a myślę, że tak, jesteś to winien wam obojgu: spróbuj.

Supeł w jego żołądku nieco się rozluźnił. Może miała rację. Może nie chodziło o to, by wpasować się w świat Myst lub sprawić, by ona pasowała do jego świata. Może chodziło o zbudowanie razem czegoś nowego. Czegoś, o co warto walczyć.

George przemierzał swój niewielki balkon, trzymając telefon w dłoni; chłodna wieczorna bryza napływała znad oceanu. Odległy ryk fal nie mógł się równać z łomotem jego tętna, gdy wpatrywał się w zapisane w telefonie imię Myst. Przeczesał dłonią włosy, lekko za nie szarpiąc.

— No dobra, stary — mruknął pod nosem, trzymając kciuk nad przyciskiem połączenia. — Grałeś w finale Pucharu Świata. Potrafisz wykonać jeden cholerny telefon.

Mimo to czuł ucisk w klatce piersiowej, gdy myślał o swojej ostatniej wiadomości, wysłanej w przypływie frustracji, gdy wątpliwości podgryzały jego determinację. *Chyba się do tego nie nadaję.* To było impulsywne, niesprawiedliwe i tchórzliwe. A teraz, po zobaczeniu jej posta, tej bezbronnej próby ratowania tego, co ich łączyło wbrew wszystkiemu, był jej winien coś więcej niż tylko wiadomość tekstową.

Biorąc głęboki oddech, nacisnął przycisk, zanim zdążył się rozmyślić. Sygnał rozległ się raz, drugi, po czym nastąpiło połączenie.

— Halo? — Głos Myst brzmiał cicho, ale ostrożnie.

— Hej. — George odchrząknął, chwytając krawędź barierki, jakby metal mógł go utrzymać w pionie. — To ja.

— George — powiedziała, a w sposobie, w jaki wypowiedziała jego imię — z ulgą, może z nadzieją — było coś, co sprawiło, że poczuł do siebie jeszcze większą niechęć za tę ciszę między nimi.

— Tak. Słuchaj, ja... — Urwał, wpatrując się w horyzont, gdzie niebo zlewało się z morzem. Słowa nigdy nie były jego mocną stroną, nie tak jak u niej, ale i tak nie dawał za wygraną. — Widziałem twój post. —

Nic nie odpowiedziała, ale słyszał jej oddech.

— Nawaliłem, Myst. Ten SMS... nie był fair. Ani szczery. Po prostu... — Przerwał, szukając odpowiedniego słowa. — Nie radziłem sobie. Z tą odległością. Z tym, jak różne jest nasze życie. Ale to nie twoja wina. Tylko moja. Przepraszam.

Zamarł w oczekiwaniu, a każda sekunda dłużyła się niemiłosiernie.

— Dziękuję, że to mówisz — odpowiedziała w końcu Myst, a jej głos lekko drżał. — Dla mnie to też było trudne, George. Naprawdę trudne. Ale rozumiem to, naprawdę. Nasze światy... nie są zaprojektowane tak, by pasować do siebie bez zgrzytów, co nie?

— Nawet w przybliżeniu — przyznał z suchym śmiechem. — Ale ja... — Zatrzymał się, biorąc głęboki wdech. — Nie chcę, żeby to było już dla nas wymówką. Tęsknię za tobą, Myst. Każdego dnia. I chyba nie byłem gotowy przyznać przed samym sobą, jak bardzo, aż do teraz.

Jej westchnienie cicho zaszeleściło w słuchawce, ciepłe i znajome. — Ja też tęsknię — powiedziała, a on niemal słyszał uśmiech w jej głosie. — I masz rację, nie jest łatwo. Ale nic, co warto mieć, nie przychodzi łatwo, prawda?

— Prawda — powtórzył, a uśmiech błąkał się w kącikach jego ust. Po raz pierwszy od kilku dni ciężar w piersi zaczął znikać.

— Obiecajmy sobie coś — zaproponowała, a jej ton nieco się rozjaśnił. — Koniec z duszeniem wszystkiego w sobie. Jeśli czujemy się przytłoczeni, rozmawiamy o tym. Umowa?

— Umowa — odparł bez wahania. — Nawet jeśli oznacza to przyznanie, że fatalnie radzę sobie z zachowaniem spokoju, gdy widzę tabloidy pełne bzdur o tobie i tym Francuzie.

— Antoinie — poprawiła go ze śmiechem. — I uwierz mi, te plotki irytują mnie tak samo mocno jak ciebie. Ale poradzę sobie z tym. Nie chcę, żeby cokolwiek stanęło między nami, George. Ani on, ani media, ani nic innego.

— Dobrze — odrzekł George, teraz już szeroko się uśmiechając; napięcie w jego ramionach opadło. — Bo ja się nigdzie nie wybieram. No, poza treningiem jutro rano. Ale wiesz, o co mi chodzi.

— A skoro mowa o wybieraniu się gdzieś — powiedziała Myst tonem lżejszym, niemal przekornym. — Za kilka tygodni będę w Dubaju. Myślisz, że udałoby ci się wpaść z krótką wizytą? Słyszałam, że miasto jest całkiem romantyczne o tej porze roku.

— Dubaj, co? — Oparł się plecami o barierkę, już w myślach analizując logistykę. Harmonogramy treningów, loty, dni regeneracji. Będzie ciasno, ale da radę to załatwić, jeśli pogada z trenerem. *Musiał* to załatwić. — Myślę, że dam radę. Może nawet przywiozę ci trochę Vegemite, jeśli będziesz grzeczna.

— Ach, próba przekupstwa — powiedziała, udając oburzenie. — I jak ja mam się temu oprzeć?

— No właśnie — odparł z jeszcze szerszym uśmiechem. Po raz pierwszy od niepamiętnych czasów pozwolił sobie to wyobrazić: ponowne spotkanie z nią. Przebywanie w tym samym pokoju, wspólny śmiech na żywo, a nie przez telefon. To było jak słońce przebijające się przez burzowe chmury.

— No to dobrze — powiedziała Myst, a jej głos znów złagodniał. — Jesteśmy umówieni.

— Tak — odrzekł George, a słowa rozlały się ciepłem w jego piersi. — Jesteśmy umówieni. —

Rozdział szesnasty

GDY SAMOLOT ZNIŻYŁ SIĘ pod baldachim chmur, George przysunął się bliżej maleńkiego okna. Miasto rozpościerało się pod nim niczym błyszcząca skrzynia ze skarbami, a jego wieżowce lśniły na tle blaknących rumieńców pustynnego zachodu słońca. Dubaj nie był po prostu wielki — był pełen przepychu. Nawet z powietrza wydawał się zupełnie innym światem, takim, po którym George nie do końca wiedział jeszcze, jak się poruszać. W brzuchu poczuł ukłucie nerwowej energii, ale odsunął je na bok. Był tu dla niej, dla *nich*. A to liczyło się bardziej niż cokolwiek innego.

— Personel pokładowy, proszę przygotować się do lądowania — zatrzeszczał komunikat nad głową, wyrywając go z rozmyślań. George wypuścił powoli powietrze, przeczesując dłonią krótkie, nieco rozczochrane włosy.

Jego palce musnęły krawędź podłokietnika, wystukując nierówny rytm — miał taki nawyk, gdy był niespokojny.

Zanim wysiadł z samolotu w ciepłe, perfumowane powietrze terminalu, jego tętno już się uspokoiło. Myst oczywiście wszystko zorganizowała; jej dbałość o szczegóły była widoczna na każdym kroku. Mężczyzna ubrany w nienaganny czarny strój przywitał go uprzejmym skinieniem głowy i zaprowadził do lśniącego, prywatnego samochodu czekającego na zewnątrz. Skórzane siedzenia niemal pochłonęły George'a, gdy wsiadał do środka.

Kierowca płynnie ruszył, włączając się do ruchu na dobrze oświetlonych ulicach. George obserwował miasto migające za przyciemnianymi szybami; nieprawdopodobnie czyste chodniki i sylwetki nienagannie ubranych nieznajomych. Wszystko w tym miejscu krzyczało o ekstrawagancji i choć było olśniewające, to zarazem onieśmielało. Nie mógł przestać myśleć o domu, o swobodnie rozciągających się plażach Gold Coast, o słonej bryzie plączącej mu włosy po treningu. A to tutaj? To był świat Myst. Wspaniały. Rozległy. I nieco przytłaczający.

— Dobra, stary — mruknął pod nosem George, prostując się w fotelu. — Dasz radę.

Drzwi do apartamentu Myst otworzyły się, zanim George zdążył zapukać po raz drugi, ukazując jej drobną sylwetkę na tle złotego blasku bijącego z pokoju. Była boso, ubrana w luźny, jedwabisty strój domowy, który migotał miękko przy każdym jej ruchu. Ciemne włosy opadały jej na ramiona, a jasnoniebieskie oczy rozszerzyły się, gdy napotkały jego wzrok.

— George! — wykrzyknęła, a jej głos przeszedł w radosny śmiech. Zanim zdążył odpowiedzieć, rzuciła mu się na szyję, mocno oplatając ramionami jego tors. Głową ledwie sięgała mu do klatki piersiowej, ale to, czego brakowało jej we wzroście, nadrabiała czystym entuzjazmem.

— Hej, hej, spokojnie — droczył się George, łapiąc ją bez trudu i śmiejąc się, gdy zachwiał się o pół kroku w tył. — Powalisz mnie na łopatki, jeśli nie będziesz uważać.

— Z takimi mięśniami rugbysty? Nie ma szans — odcięła się, odsuwając się na tyle, by móc na niego spojrzeć. W jej oczach lśnił figlarny blask, ale wyraz twarzy złagodniał, gdy studiowała jego rysy. — Tęskniłam za tobą — powiedziała, tym razem ciszej, a słowa te miały w sobie większą wagę, niż sugerowała ich prostota.

— Tak? — George uśmiechnął się szeroko, odgarniając zbłąkany kosmyk włosów z jej policzka. — Cóż, ja tęskniłem za tobą *i* za tym, jak zachwalasz moje mięśnie. Więc jesteśmy kwita.

Myst przewróciła oczami, ale roześmiała się, a ten dźwięk wypełnił przestrzeń między nimi niczym muzyka. Chwyciła go za rękę, wciągając do środka, i zamknęła drzwi z cichym kliknięciem. Apartament był tak samo ekstrawagancki jak samo miasto — z pluszowymi meblami, oknami od podłogi do sufitu z widokiem na panoramę i marmurowym stołem ozdobionym świeżymi kwiatami oraz nieotwartą butelką szampana w kubełku z lodem. Ale George ledwie to zauważył. Całą uwagę skupił na Myst.

— Jak to możliwe, że wyglądasz tak dobrze po tygodniach w trasie? — zapytał, unosząc brew, gdy usiadła na kanapie i poklepała miejsce obok siebie.

— Magia — odpowiedziała rzeczowo, klepiąc się po policzkach, jakby chciała to podkreślić. — No i może trochę kofeiny. Dobra, dużo kofeiny.

— Tak myślałem — odparł, opadając obok niej z westchnieniem. — Jestem prawie pewien, że postarzałem się o dziesięć lat podczas samego lotu.

— Biedactwo — droczyła się Myst, kładąc dłoń lekko na jego kolanie. Jej głos znów złagodniał, a uśmiech stał się nostalgiczny. — Wiesz, nie musiałeś przyjeżdżać tak daleko.

— Oczywiście, że musiałem. — George odwrócił się w jej stronę, a jego spojrzenie było stałe i szczere. — To nie jest tylko zwykła wizyta, Myst. Chodzi o nas i o to, by wymyślić, jak sprawić, by to wszystko działało. Ty i ja. I żeby było jasne — wyciągnął rękę, gładząc kciukiem linię jej szczęki — dla ciebie w każdej chwili mógłbym przelecieć pół świata.

Przez chwilę żadne z nich się nie odzywało. Myst wtuliła się w jego dłoń, mrużąc oczy, a napięcie ostatnich kilku tygodni zdawało się odpływać. Potem, bez ostrzeżenia, przysunęła się bliżej, wtulając się w jego bok i opierając głowę na jego piersi. George instynktownie objął ją ramieniem, składając pocałunek na czubku jej głowy.

— Tęskniłem za tobą każdego dnia — wymruczał w jej włosy niskim, ochrypłym głosem.

— Każdego dnia? — zapytała, przechylając głowę na tyle, by na niego zerknąć z lekkim półuśmiechem na ustach.

— Co do jednego — potwierdził.

— To dobrze — szepnęła Myst, mozcząc się wygodnie przy nim. — Bo ja też odliczałam dni.

Czuł się przy niej jak w domu, uświadomił sobie George z nagłym, oślepiającym błyskiem jasności. Od wyjazdu z Rzymu nie czuł się do końca dobrze we własnej skórze;

wszystko wydawało się subtelnie *nie tak*, obce, nawet kuchnia jego mamy i codzienna rutyna treningowa. Ale tutaj, w pokoju, którego nigdy wcześniej w życiu nie widział, *domem* była ta drobna kobieta wtulona w jego ramiona. Przytulił ją mocniej i zamknął oczy, wdychając zapach jej włosów i w pełni relaksując się po raz pierwszy od tygodni.

— Dobra, wielkoludzie — powiedziała Myst po kilku minutach. — Mam dla ciebie niespodziankę.

— Kolejną? — droczył się George, unosząc brew, gdy zeskoczyła na równe nogi i skierowała się w stronę pianina w kącie... pianino w hotelowym apartamencie! Jej menedżment zdecydowanie nie szczędził środków. — Jeśli tak dalej pójdzie, zacznę robić się rozpieszczony.

— Proszę cię — prychnęła Myst, wywracając oczami. — Ciebie nie da się rozpieścić. Jesteś zbyt twardo stąpający po ziemi czy coś w tym stylu. — Usiadła na ławie fortepianowej, a jej palce przesuwały się po klawiszach bez ich naciskania. Potem jej wyraz twarzy złagodniał, a przez maskę pewności siebie przebił błysk wrażliwości. — Ale... to jest coś innego. Pracowałam nad tym od tygodni. Dla ciebie.

George znieruchomiał w połowie ruchu, gdy zamierzał wstać i podejść do niej, mrużąc oczy. — Dla mnie? Masz na myśli tę piosenkę... tekst, który pokazałaś mi w pociągu?

— Tak — wymruczała, patrząc teraz na klawisze, nagle onieśmielona. Jej dłonie zawisły nad nimi przez chwilę, zanim wzięła głęboki oddech i zaczęła grać.

Pierwsze nuty były delikatne, niepewne, niczym szept niesiony przez wiatr. Lecz gdy Myst wczuła się w melodię, jej głos wzniósł się, miękki, a jednocześnie bogaty, a każde słowo było przesiąknięte surowymi emocjami. Tekst malował ich historię żywymi barwami: szok wywołany zakochaniem się w sobie od pierwszego wejrzenia, ból rozłąki, ciężar oczekiwań, cichą radość skradzionych chwil. To było tak, jakby sięgnęła do ich wspólnych wspomnień i utkała z nich coś namacalnego, coś wiecznego.

George się nie ruszał. Nie mógł. Jego stopy zdawały się być przytwierdzone do puszystego dywanu, a klatka piersiowa zaciskała się z każdą wyśpiewaną linijką. Jej głos wypełniał pokój, otulając go niczym ciepły uścisk i po raz pierwszy w życiu poczuł się całkowicie bezbronny. Wrażliwy w najlepszym tego słowa znaczeniu.

Gdy ostatnia nuta przebrzmiała w ciszy, Myst spojrzała na niego, a jej jasnoniebieskie oczy szukały czegoś na jego twarzy. — I co? — zapytała cicho, niemal z lękiem. — Co o tym myślisz?

George zamrugał, orientując się zbyt późno, że w jego oczach zebrały się łzy. Wydał z siebie drżący śmiech, ocierając policzek wierzchem dłoni. — Myst — powiedział, mając głos zdławiony emocjami. — To... to najpiękniejsza rzecz, jaką kiedykolwiek słyszałem. Brakuje mi słów.

— To dobrze — odparła, choć jej własny głos lekko drżał, a na twarzy odmalowała się ulga. — To znaczy, że dobrze wykonałam swoją robotę.

Przekroczył pokój dwoma długimi krokami, ujął jej twarz w dłonie i uniósł jej głowę tak, by mogła patrzeć tylko na niego. — Nie tylko dobrze wykonałaś swoją robotę — powiedział żarliwie. — Dałaś mi coś, czego nigdy nie zapomnę. Dziękuję.

Uśmiechnęła się, wtulając w jego dłoń, i przez chwilę zostali tak: ona siedząca na ławie, on górujący nad nią, z czołami niemal się stykającymi.

— Wygląda na to, że mam talent do doprowadzania do płaczu twardych rugbystów — zażartowała po chwili, a jej uśmiech znów stał się figlarny.

— Nie przeginaj — odgryzł się George, choć kąciki jego ust drgnęły w górę mimo woli. Pochylił się, by ją pocałować, powoli i z namysłem, jakby próbował przelać w ten gest całą wdzięczność i miłość, których nie potrafił ubrać w słowa.

Myst rozpłynęła się w nim, wstając, by zniwelować dystans między ich ciałami. — Chodź tutaj — szepnęła, ciągnąc go za rękę w stronę potężnego łóżka zasłanego śnieżno-białą pościelą. — Dzisiejszy wieczór nie jest o grafikach, nagłówkach ani o niczym innym. Jesteśmy tylko my.

George skinął głową, przyciągając ją bliżej, aż nie pozostał między nimi żaden prześwit. Ich usta znów się spotkały, a tym razem pocałunek się pogłębił, niosąc ze sobą ciężar wszystkiego, co przeszli, i wszystkiego, co wciąż mieli nadzieję razem zbudować.

Podczas gdy piosenka Myst, zapętlona w eleganckim systemie nagłośnienia, grała cicho w tle, zatracili się w sobie. Każda pieszczota wydawała się obietnicą, każde wyszeptane imię kotwicą przywiązującą ich do tej chwili. Za szybą Dubai tętnił swoim nieskończonym życiem, ale w tych ścianach panowała cisza, przerywana jedynie rytmem ich oddechów, dotykiem skóry o skórę i muzyką, którą wspólnie stworzyli.

— Dalej, dzwoni — powiedział George, szturchając lekko Myst ramieniem, gdy siedzieli ze skrzyżowanymi nogami na puszystym dywanie w jej apartamencie. Jego telefon był niepewnie oparty na stosie podstawek, a ekran pokazywał wirujące kółko podczas łączenia rozmowy wideo.

— Dobra, dobra — mruknęła Myst, wygładzając po raz trzeci niewidoczną zmarszczkę na swojej zwiewnej bluzce. Jej palce bawiły się rąbkiem materiału, gdy zerknęła na George'a, a jej jasnoniebieskie oczy były szeroko otwarte z nerwów. — A co, jeśli mnie nie polubi?

— Niemożliwe — odparł George bez wahania. Wyciągnął rękę i krzepiąco ścisnął jej kolano, przesuwając kciukiem po miękkim materiale legginsów. — Mama cię pokocha. Po prostu bądź sobą.

— Właśnie tego się boję — mruknęła Myst pod nosem, ale zanim zdążyła nakręcić się jeszcze bardziej, ekran rozświetlił się i pojawiła się na nim ciepła, uśmiechnięta twarz.

— George! — Głos był bez wątpienia australijski, pełen czułości. Kobieta z piaskowymi blond włosami spiętymi w luźny kok przysunęła się bliżej kamery. Za nią widać było przytulną kuchnię domu rodziny Dennis; ciepłe drewniane szafki, lodówkę obklejoną magnesami i słychać było cichy szum gotującego się w tle czajnika. — Och, jak dobrze cię widzieć, kochanie! A to musi być Myst! Tak bardzo chciałam cię poznać, złotko.

— Dzień dobry, pani Dennis — powiedziała szybko Myst, a jej głos był radosny, choć nieco drżący. Pomachała lekko, a jej delikatna dłoń zawisła niezdarnie w pobliżu twarzy. — Bardzo mi miło panią poznać... no, w pewnym sensie poznać.

— Mów mi Julie, złotko — powiedziała mama George'a, uśmiechając się jeszcze szerzej. — Słyszałam o tobie same wspaniałe rzeczy. Mój syn właściwie nie przestaje o tobie mówić.

— Już wystarczy, mamo — przerwał George, a jego policzki lekko poczerwieniały. Podrapał się po karku i posłał Myst zawstydzony uśmiech.

— Nie uciszaj mnie, George — droczyła się Julie, zbywając go machnięciem ręki. — Myst, jesteś absolutnie olśniewająca! I wiem, że masz głos anioła. Nie mogę się doczekać, kiedy u nas zagościsz i poznamy się osobiście.

— Dziękuję — odpowiedziała Myst, teraz już cichszym głosem, a napięcie opuściło jej ramiona. Ciepło Julie było rozbrajające i szczere, a Myst zaczęła uśmiechać się z większą swobodą. — Ja też bardzo na to czekam.

— Dobra dziewczynka — powiedziała z aprobatą Julie. — George, tylko dopilnuj, żebyś jej do tego czasu nie wystraszył. I nie daj jej jeść niczego, co sam ugotujesz...

— Dobra, dobra — przerwał George, jęcząc żartobliwie, podczas gdy Myst chichotała obok niego. — Zgadamy się później, co? Kocham cię, mamo.

— Ja ciebie też, kochanie — powiedziała Julie, przesyłając całusa w stronę ekranu, zanim połączenie dobiegło końca.

— Widzisz? Mówiłem, że cię pokocha — powiedział George, odwracając się do Myst z triumfującym uśmiechem.

— Jest niesamowita — przyznała Myst, wciąż wpatrując się w pusty już ekran. — A twój akcent staje się jeszcze silniejszy, kiedy z nią rozmawiasz. To urocze.

— Ej — zaprotestował George, choć uśmiechał się teraz jeszcze szerzej. — Lepiej uważaj, bo nie kupię ci tej pamiątki na suku.

Następnego ranka Myst i George spacerowali ramię w ramię przez tętniący życiem Stary Suk. Powietrze było gęste od mieszających się zapachów szafranu, oudu i świeżo pieczonych chlebków. Sprzedawcy nawoływali melodyjnymi głosami, które przemykały przez barwny gobelin kolorów wokół nich — od kiczowatych plastikowych pamiątek po bele jedwabiu, misterne lampiony i rzędy lśniącej biżuterii.

— Spójrz na to — powiedziała Myst, zatrzymując się nagle przy stoisku z delikatnymi srebrnymi bransoletkami. Podniosła jedną z nich, a drobne filigranowe wzory łapały światło, gdy obracała ją w dłoniach. — Czyż nie jest piękna?

— Nieźle — odparł George, mrużąc oczy, jakby oceniał jej jakość. — Ale powinnaś się targować, prawda? No dalej.

— Ja? Och, jestem beznadziejna w targowaniu się — odparła ze śmiechem Myst, ale psotny błysk w jej oku mówił co innego. Zwróciła się do sprzedawcy, a jej twarz nagle spoważniała. — Dobrze, ile za tę bransoletkę?

— Trzysta dirhamów — odpowiedział mężczyzna z wyćwiczonym uśmiechem. — Za piękną bransoletkę dla pięknej pani.

— Trzysta? — Myst westchnęła, chwytając się teatralnie za serce. — Za tyle mogłabym kupić połowę biletu lotniczego!

— Połowę bardzo małego samolotu — zażartował półgłosem George, za co zarobił mocny cios łokciem w żebra.

— Sto pięćdziesiąt — skontrowała Myst, ignorując go. — I dorzucę płytę CD z autografem.

— Dwieście — odparł po chwili sprzedawca, wyraźnie rozbawiony jej popisami. — Żadnych płyt, i tak nie mam na czym odtworzyć. Proszę używać Spotify.

George nie mógł powstrzymać śmiechu. Myst ponownie szturchnęła go łokciem.

— Przestań, nie pomagasz. Sto siedemdziesiąt pięć, to moja ostatnia oferta!

Sprzedawca wydawał się zadowolony z tej ceny, skinął głową i wyciągnął rękę.

— Stoi — ogłosiła Myst, po czym odwróciła się do George'a z dumnym uśmiechem. — Widzisz? Nie poszło mi tak źle.

— Całkiem nieźle — przyznał George, wręczając gotówkę, zanim Myst zdążyła sięgnąć po portfel. Sam zapiął bransoletkę na jej nadgarstku, a jego duże dłonie były przy tym delikatne. — Proszę. Pamiątka na czas, gdy będziesz za mną tęsknić.

— Bezczelny — rzuciła Myst, ale jej głos był łagodny, gdy podziwiała bransoletkę, wodząc palcami po chłodnym metalu. — Dziękuję.

— Cała przyjemność po mojej stronie — powiedział George, całując ją w czubek głowy, po czym skierował ją ku kolejnemu stoisku.

Po południu dryfowali po zatoce Dubai Creek tradycyjną łodzią abra, a górująca nad miastem panorama odbijała się w mieniącej się wodzie. Myst tuliła się do boku George'a, robiąc selfie, podczas gdy on próbował, bezskutecznie, utrzymać otwarte oczy, walcząc z blaskiem słońca i jetlagiem, którego skutki zaczynały mu dawać w kość.

— Przepraszam — zwrócił się po chwili do przewoźnika. — Jakiego najbardziej autentycznego dania powinienem tutaj spróbować?

— Machboos — odpowiedział mężczyzna bez wahania. — To kurczak z ryżem — wyjaśnił, gdy George dopytał o szczegóły.

— Brzmi dobrze — odparł George, ale kiedy wieczorem talerz wylądował na ich stole, zawahał się. — Uhm... czy to tak ma wyglądać?

— Nie bądź nieuprzejmy — skarciła go Myst, śmiejąc się, gdy patrzyła, jak dłubie widelcem w aromatycznym ryżu i przyprawionym mięsie. — Chociaż spróbuj.

— No dobra — mruknął George, biorąc ostrożny kęs. Jego twarz natychmiast się wykrzywiła, a Myst zaniosła się śmiechem.

— Nie smakuje? — wykrztusiła między salwami śmiechu.

— Powiedzmy, że moje kubki smakowe nie były na to gotowe — odparł George, przesuwając talerz w jej stronę. — Twoja kolej.

— Z przyjemnością — powiedziała Myst, biorąc kęs i pomrukując z uznaniem. — Mmm, pyszne. Chyba dlatego nazywają je kubkami *smakowymi*, trzeba faktycznie mieć jakiś smak.

— Dobra, dobra — rzucił George, przewracając oczami, choć nie potrafił ukryć uśmiechu. — Tylko nie mów mamie, co? Nigdy nie da mi o tym zapomnieć.

Jedli powoli, rozmawiając i śmiejąc się między kęsami, dzieląc się daniami. To była mała restauracja z niewielkim patiem na zewnątrz i po chwili siedzieli tam już tylko we dwoje, sami w ciszy.

Myst oparła się o krzesło i spojrzała na drapacze chmur sięgające nocnego nieba. — Zastanawiałeś się kiedyś nad tym, jacy jesteśmy mali? — wymruczała, a jej głos brzmiał niemal tęsknie. — Tutaj... ten cały hałas nie ma znaczenia. Ani kamery, ani grafiki, ani... nic. Jesteśmy tylko my.

— Tak — powiedział George, wpatrzony w nią zamiast w niebo. — Myślę o tym przez cały czas.

Odwróciła się do niego, a jej wyraz twarzy nieco się zmienił. — Ale potem ten hałas zawsze wraca, prawda? — Jej słowa zawisły na chwilę w powietrzu, ciężkie mimo łagodnego tonu, jakim zostały wypowiedziane.

— Hej — odezwał się George, pochylając się i kładąc dłoń na jej kolanie. — Co się dzieje?

Myst zawahała się, zagryzając wargę, aż w końcu słowa same z niej wypłynęły. — Czasami mam wrażenie, że moje życie jest rozrywane w stu różnych kierunkach. Trasa, album, wywiady, występy... Kocham to, co robię, George. Naprawdę. Ale potem myślę o tobie, o nas i... — Przerwała, wypuszczając gwałtownie powietrze. — Nie chcę cię stracić tylko dlatego, że nie potrafię tego wszystkiego pogodzić.

— Hej. — Jego dłoń zsunęła się z jej kolana, by ująć jej mniejszą dłoń, a kciuk zaczął kreślić kojące kółka na jej skórze. — Nie stracisz mnie, dobrze? Owszem, mamy swoje szalone życia. Ale jeśli chcemy, by to wyszło, to znajdziemy sposób. Nie szukam ideału, Myst. Szukam tylko *ciebie*.

Jej jasne oczy zalśniły, odbijając blask lampionów. — Przy tobie brzmi to tak prosto.

— To nie znaczy, że takie będzie — przyznał, a w kąciku jego ust błąkał się nikły uśmiech. — Ale sądzę, że jesteśmy warci tego wysiłku.

Przez długą chwilę żadne z nich się nie odzywało. Potem Myst przechyliła głowę, a jej usta wygięły się w ten znajomy, psotny uśmiech. — Jesteś irytująco dobry w mówieniu właściwych rzeczy, wiesz o tym?

— Nie przyzwyczajaj się — zażartował George, choć jego uśmiech złagodniał i stał się bardziej szczery. — Ale mówię poważnie. Wchodzę w to, Myst. Na całego.

Skinęła głową, ściskając jego dłoń, po czym zaśmiała się cicho. — Dobrze, ale jest coś, o czym muszę z tobą porozmawiać. — Wyglądała na poważną.

— Tak? O czym?

— O tej całej medialnej dramie, kiedy już się o nas dowiedzą. Męczy mnie ciągłe ukrywanie się, a to i tak wcześniej czy później wyjdzie na jaw. Wtedy zacznie się szaleństwo, paparazzi będą próbowali zrobić nam wspólne zdjęcia...

— Więc przestańmy się ukrywać — powiedział po prostu George.

Myst mrugnęła, zaskoczona. — Co masz na myśli?

— Mam na myśli to, byśmy sami przejęli kontrolę nad tą opowieścią. Ogłośmy to publicznie, na naszych warunkach, a nie ich. Jeśli wejdziemy razem na twoje afterparty, trzymając się za ręce, nie będą mieli już o czym spekulować, prawda? Zapowiedziałaś to w swoim poście na Instagramie, więc pójdźmy o krok dalej i tym razem pokażmy moją twarz. Niech robią tyle zdjęć, ile chcą.

— To... odważne — powiedziała, marszcząc brwi w namyśle. — Jesteś pewien, że jesteś gotowy na taką uwagę?

— Nieważne, czy ja jestem — odpowiedział stanowczo George. — Ważne, czy *my* jesteśmy. A myślę, że tak.

Myst zawahała się, znów gryząc dolną wargę. Ale potem uśmiechnęła się — nieco niepewnie, lecz szczerze. — Dobrze, Kapitanie. Dajmy im temat do rozmów.

Aparaty rozbłysły w momencie, gdy przekroczyli potężne podwójne drzwi lokalu, w którym odbywało się afterparty. George zamrugał, oszołomiony nagłym atakiem światła, a jego uścisk na dłoni Myst nieco stężał. Wyczuła to i pocieszająco ścisnęła jego rękę, unosząc swoje jasnoniebieskie oczy, by spotkać się z jego wzrokiem z łagodnym uśmiechem, który zdawał się mówić: „Damy radę".

Sala ociekała luksusem; bogate złoto i głęboki błękit zdobiły każdą wolną powierzchnię, mieniąc się pod żyrandolami, które wyglądały, jakby wyjęto je z pałacu. Elity branży mieszały się z lokalną arystokracją, a ich śmiech unosił się nad cichym dudnieniem muzyki Myst grającej w tle.

Myst, ubrana w dopasowaną szafirową suknię, która idealnie podkreślała jej delikatną sylwetkę, promieniała w blasku reflektorów. George nie mógł powstrzymać się od ponownego spojrzenia na nią, uderzony tym, z jaką swobodą się tutaj poruszała, jakby ten lśniący świat został stworzony właśnie dla niej.

— Uśmiechnij się — szepnęła, pochylając się tak blisko, że jej słowa załaskotały go w ucho. — Wyglądasz, jakbyś zaraz miał kogoś powalić na ziemię.

— Siła przyzwyczajenia — odmruknął, a jego usta mimo woli drgnęły w uśmiechu. Poruszył szerokimi ramionami, próbując się rozluźnić, ale skrojony na miarę granatowy garnitur wydawał się zbroją, sztywną i nieustępliwą.

Ruszyli w głąb sali, trzymając się za ręce, a George zauważył subtelną zmianę energii w tłumie. Głowy się odwracały, a szepty przelatywały z kąta w kąt. Kilka telefonów zostało dyskretnie (i mniej dyskretnie) skierowanych w ich stronę, ale Myst nie zadrżała. Zamiast tego wyprostowała się, a jej uśmiech stał się szerszy, jakby chciała powiedzieć: „Patrzcie, ile chcecie, już się nie ukrywam". George podziwiał ją za to — za ten cichy bunt ubrany w klasę.

— Tutaj, Myst! — Reporterka dopadła ich z aparatem wyciągniętym niczym broń. — Czy możemy zamienić słowo? Czy to twój chłopak, ten facet ze zdjęcia na Instagramie?

George otworzył usta, niepewny, co powiedzieć, ale Myst go ubiegła.

— Tak. — Przerwała, a jej uśmiech stał się łagodniejszy, bardziej osobisty, gdy spojrzała na niego. — Jesteśmy razem.

George przykleił uśmiech, gdy aparaty zaczęły błyskać, i przez kilka minut cierpliwie pozowali, patrząc po kolei w każdy obiektyw, podczas gdy reporterzy wykrzykiwali imię Myst.

— To wszystko, co dziś usłyszycie — powiedziała w końcu tonem lekkim, lecz ostatecznym. Ani na chwilę nie puściła ręki George'a, nawet gdy lawirowali przez morze zaintrygowanych twarzy.

— Świetnie sobie z tym poradziłaś, prawda? — mruknął George, gdy znaleźli spokojniejszy kąt, gładząc kciukiem jej dłoń.

— Lata praktyki — zażartowała, choć jej spojrzenie złagodniało. — Wszystko w porządku?

— Tak. — Skinął głową, rozglądając się wokół. — Jest... inaczej. Ale nie jest źle.

— Inaczej to dobrze. — Przechyliła głowę, przyglądając mu się przez chwilę, po czym dodała: — Swoją drogą, świetnie ci idzie. Bardzo stoicko. Jak na kapitana rugby przystało.

— Stoicko. No jasne. — Parsknął śmiechem, kręcąc głową. — Jestem prawie pewien, że przez połowę czasu wyglądam po prostu na zdezorientowanego.

— Cóż, w takim razie to zagubienie bardzo ci do twarzy. — Jej przekorny ton sprawił, że się zaśmiał i po raz pierwszy tego wieczoru poczuł, że jest na swoim miejscu — nie dlatego, że pasował do jej świata, ale dlatego, że ona zrobiła w nim dla niego przestrzeń.

W miarę jak wieczór się przeciągał, George poczuł, że się relaksuje, a nawet czerpie z tego jakąś przyjemność. Zaśmiał się nawet, gdy ktoś z jej zespołu zapytał żartem, czy mógłby ich nauczyć, jak powalać paparazzi na ziemię. Myst trzymała się blisko, jej obecność dawała mu oparcie, a pod koniec nocy George zdał sobie sprawę z czegoś ważnego: nie musiał rywalizować z tym jej błyszczącym, chaotycznym światem. Musiał po prostu być jego częścią, a ona tego właśnie chciała.

Następnego ranka atmosfera między nimi była cichsza i cięższa. George stał przy ogromnym oknie apartamentu Myst, spoglądając po raz ostatni na panoramę Dubaju. Miasto lśniło w porannym słońcu, odważne i bezkompromisowe, zupełnie jak ona.

— Twój samochód jest na dole — powiedziała cicho Myst za jego plecami. Jej głos był spokojny, ale słyszał w nim drżenie.

Odwrócił się, czując nieprzyjemny ścisk w klatce piersiowej, gdy na nią patrzył. Była ubrana po domowemu, w dżinsy i luźną bluzkę, a mimo to wciąż wyglądała jak gwiazda. Może dlatego, że dla niego zawsze nią będzie.

— Szkoda, że nie jedziesz ze mną — powiedział szczerze. Jego walizka stała przy drzwiach, będąc niechcianym przypomnieniem, że ich wspólny czas dobiegł końca.

— Ja też żałuję. — Podeszła do niego i stanęła naprzeciwko. — Ale odwiedzę cię. Obiecuję, że jak tylko skończy
się trasa. Muszę zobaczyć, skąd pochodzisz. Poznać twoją
rodzinę. — Jej usta drgnęły. — Założę się, że twoja mama
już planuje kolację.

— Planuje — przyznał George z cierpkim uśmiechem. —
Pewnie ma już przygotowane trzy warianty menu.

— To dobrze. — Myst wyciągnęła rękę, gładząc go palcami
po szczęce. — Nie mogę się doczekać.

Pocałunek, który wymienili, był powolny, długi i pełen
niewypowiedzianych słów. Kiedy w końcu się od siebie
odsunęli, Myst oparła czoło o jego czoło, mówiąc szeptem:
— Damy radę, George. Nieważne, jak trudne to będzie.

— Tak — odparł chrapliwie. — Damy radę.

Rozdział siedemnasty

Ostatni gwizdek przebił się przez wilgotne powietrze Gold Coast, a George zgiął się wpół, opierając dłonie na kolanach. Płuca go paliły, jakby mecz wyssał z niego każdą odrobinę tlenu. Wokół niego tłum wybuchł ogłuszającym rykiem, a wiwaty przetaczały się przez trybuny stadionu niczym fale. Mimo bólu w całym ciele, na jego usta wypłynął zwycięski uśmiech. Zrobili to. Jego drużyna wywalczyła jedno z najtrudniejszych zwycięstw w sezonie.

— Ej, George! — Lachie klepnął go mocno w plecy, niemal wytrącając z równowagi. — Jesteś genialny! To przyłożenie było, kurczę, majstersztykiem.

George zachichotał, wciąż nie mogąc złapać tchu, ale buzując od adrenaliny. — To zasługa całej drużyny, stary. — Poklepał Lachiego po plecach i dołączył do grupy kolegów kłębiących się na środku boiska. Stali objęci ramionami, a euforia zwycięstwa łączyła ich mocniej niż jakikolwiek plan gry. Pot spływał mu po skroni, mieszając się z solą triumfu.

— Następna kolejka na twój koszt, kapitanie! — krzyknął ktoś przez śmiech, a George uniósł ręce w geście udawanej kapitulacji. — Tak, tak, pomyślę o tym — odkrzyknął z szerokim uśmiechem. To byli jego ludzie. Jego teren. I dzisiaj to oni tu rządzili.

Gdy grupa zaczęła się rozchodzić — jedni kierowali się do szatni, inni zostawali na wywiady — George z przyzwyczajenia omiótł wzrokiem skraj boiska. Trybuny wciąż były wypełnione fanami machającymi transparentami i robiącymi zdjęcia; morze kasztanowych i złotych koszulek zlewało się z barwami zachodu słońca malującymi niebo. Wtedy, tuż za barierą oddzielającą tłum od murawy, coś — a raczej ktoś — sprawiło, że zamarł w miejscu.

Stała tam Myst, oparta swobodnie o barierkę, a jej drobnej sylwetki nie sposób było przeoczyć nawet w tym chaosie. Jej długie ciemne włosy lśniły w gasnącym świetle, opadając na ramiona niczym jedwab. Miała na sobie zwykły biały T-shirt wpuszczony w wyblakłe dżinsy i jasny szal owinięty wokół szyi. Ale to jej uśmiech — promienny, nieskrępowany i skierowany prosto w jego stronę — sprawił, że zupełnie zabrakło mu tchu.

— Jasna cholera — wymamrał pod nosem, mrugając, jakby bał się, że ona zaraz zniknie. Nie zniknęła.

— No, nie stój tak i nie gap się jak sroka w gnat — zażartował Lachie, szturchając go łokciem, zanim pobiegł w stronę szatni. George ledwo to zauważył. Jego nogi same niosły go naprzód, przemierzając murawę zdecydowanymi krokami.

— Pomyślałam, że zrobię ci niespodziankę — zawołała Myst, gdy podszedł bliżej, a jej głos przebił się przez gwar. W jej tonie pobrzmiewała figlarna nuta, od której jego serce mocniej zabiło. — Uznałam, że dla odmiany kolej na mnie, żeby ci pokibicować.

— No, jestem zaskoczony — powiedział, nie mogąc powstrzymać uśmiechu malującego się na jego twarzy. Podszedł do niej i bez wahania przytulił, unosząc ją lekko nad ziemię. Wybuchnęła cichym śmiechem, naturalnie oplatając ramionami jego szyję. Jej ciepło, jej zapach — coś delikatnie kwiatowego zmieszanego z rześkością morskiego powietrza — wszystko to sprawiało, że czuł spokój, jakiego nie dawało mu nic innego.

— Ostrożnie z tym okazywaniem uczuć, kapitanie — droczyła się, gdy odstawił ją na ziemię. — Skradniesz całe show swojej drużynie.

— Ja? Skradnę show? — Uniósł brew, cofając się na tyle, by móc jej się dobrze przyjrzeć. — Ty już to zrobiłaś, kochanie. Połowa tłumu pewnie zapomniała, że w ogóle wygraliśmy. — Wszyscy wokół nich gapili się i wytykali ich palcami; widział pewnie z pięćdziesiąt telefonów skierowanych w ich stronę.

— Nie bądź śmieszny — odparowała Myst ze śmiechem. Jej jasnoniebieskie oczy błyszczały rozbawieniem, tym rodzajem spojrzenia, które zawsze całkowicie go rozbrajało. — To twój świat, nie mój.

— Może — przyznał, a jego uśmiech stał się łagodniejszy, bardziej intymny. — Ale pasujesz do niego całkiem nieźle.

Przez chwilę wrzawa tłumu, błyskające flesze i cała reszta odeszły na dalszy plan. Byli tylko oni dwoje, a jej obecność wydawała się tak naturalna i pewna jak ziemia pod jego korkami. I po raz pierwszy od tygodni George poczuł, że w końcu może odetchnąć pełną piersią.

George objął Myst ramieniem, gdy szli wzdłuż krawędzi boiska. Powietrze wciąż wibrowało pomeczową energią, koledzy z drużyny tłoczyli się w małych grupkach przy liniach bocznych, a ich głosy wznosiły się i opadały w radosnym ferworze świętowania.

— Ej, Dennis! — zawołał Lachie z szerokim uśmiechem na twarzy, podbiegając do nich. — A więc to jest ta słynna Myst, co? W końcu!

— Słynna? — George przeciągnął słowo, pochylając głowę w stronę Myst z zawadiackim uśmieszkiem. — Nic mi o tym nie wiadomo.

— Daj spokój — wtrącił Lachie, patrząc na nią z szeroko otwartymi oczami, jakby właśnie zstąpiła z niebios. — Jesteś *Myst*. Moja mama jest twoją wielką fanką, zabiłaby mnie, gdybym chociaż się nie przywitał.

— No cóż, nie możemy do tego dopuścić, prawda? — zażartowała Myst, a jej jasnoniebieskie oczy błysnęły, gdy wyciągnęła do niego rękę. — Miło cię poznać, Lachie.

— Cała przyjemność po mojej stronie — wykrztusił Lachie, wyraźnie starając się nie poplątać języka. Uścisnął jej dłoń nieco zbyt entuzjastycznie, po czym podrapał się po karku. — Yyy... czy była szansa na szybkie zdjęcie? Dla mamy, oczywiście.

— Oczywiście — odparła Myst z kpiącym uśmieszkiem. Zerknęła na George'a, który dzielnie, choć bezskutecznie, starał się nie wybuchnąć śmiechem. — Tak to u ciebie wygląda po każdym meczu?

— Mniej więcej — powiedział George, wzruszając ramionami. — Z tą różnicą, że mnie nikt nigdy nie prosi o selfie.

— To dlatego, że ty pokazujesz swoje umiejętności na boisku — powiedziała gładko Myst, odwracając się z powrotem do Lachiego. — Choć nie dziwię się, że ludzie są pod wrażeniem, oglądanie tego faceta w akcji to niesamowite przeżycie.

— Dobra, dobra — wymamrał George, czując, że mimo woli pieką go uszy. — Tylko nie zagłaszczcie mojego ego na śmierć.

— Za późno — droczyła się Myst, na moment przytulając się do jego boku, podczas gdy Lachie mocował się z telefonem. Pozowała z naturalną swobodą, a jej urok całkowicie rozbrajał; zaśmiała się i pokazała do obiektywu kciuk w górę.

— Wielkie dzięki — powiedział Lachie, niemal podskakując z radości, gdy się wycofywał. — Jesteś legendą. O, i świetny mecz, kapitanie!

— Taa, jasne — mruknął George, machając na niego ręką, podczas gdy Myst tłumiła śmiech.

— Twój kumpel jest uroczy — stwierdziła, gdy Lachie znalazł się poza zasięgiem słuchu.

— „Uroczy" to nie do końca słowo, które przyszło mi na myśl — odparł sucho George, choć w jego spojrzeniu błysnęło rozbawienie. — Chodź, muszę wskoczyć pod prysznic i się przebrać.

Stadion był już niemal pusty, gdy znaleźli spokojne miejsce wysoko na trybunach, a ryk tłumu stawał się już tylko wspomnieniem. George wyciągnął nogi przed siebie, opierając jedno ramię na oparciu siedzenia za Myst. Ona podciągnęła kolana pod brodę, obejmując je ramionami i wpatrując się w boisko, gdzie reflektory rzucały długie cienie na murawę.

— Nie do wiary, że tak wygląda twoje życie — powiedziała cicho, a w jej głosie brzmiał podziw. — Patrzenie na ciebie tam na dole... to było jak odkrywanie zupełnie innej strony ciebie.

— Innej, to znaczy jakiej? — zapytał, spoglądając na jej profil. Jej włosy lśniły w świetle, opadając na ramiona ciemnymi falami.

— Takiej, że czułeś, że tam pasujesz — powiedziała, odwracając się, by napotkać jego wzrok. — Całkowicie i niezaprzeczalnie. Nietrudno zrozumieć, dlaczego wszyscy podziwiają cię na boisku i poza nim.

— Myślę, że to nie różni się tak bardzo od oglądania ciebie na scenie — odparł George po chwili, teraz już ciszej. — Ty w ten sam sposób rozświetlasz swój świat.

Uśmiechnęła się na te słowa, łagodnym, intymnym uśmiechem, od którego zrobiło mu się niesamowicie ciepło na sercu. — Naprawdę tak myślisz?

— Absolutnie. — Wyciągnął rękę, odgarniając pasmo włosów z jej twarzy. — Choć przyznaję, że ty masz lepsze oświetlenie.

— Touché — wymruczała, na moment garnąc się do jego dłoni, po czym oparła się wygodnie o siedzenie.

Przez chwilę żadne z nich się nie odzywało, pozwalając, by między nimi zapadła komfortowa cisza. Ciężar wszystkiego, co przeszli — osobno i razem — zdawał się unosić w powietrzu; nie był przytłaczający, ale obecny, niczym nić łącząca jedną chwilę z następną.

— To trochę szalone, nie sądzisz? — odezwała się w końcu Myst. — To, jak się tu znaleźliśmy. Wydaje się, jakby to było wczoraj, kiedy próbowaliśmy wymyślić, czy to... — wykonała gest dłonią między nimi — w ogóle może się udać.

— Tak — zgodził się George ciepłym głosem. — Ale całkiem nieźle nam poszło, co?

— Więcej niż nieźle — powiedziała, znów spotykając się z nim wzrokiem swoich jasnoniebieskich oczu. — Nie zamieniłabym tego na nic innego.

— Ja też nie. — Położył dłoń na jej ręce; ten prosty gest dawał im obojgu poczucie pewności. — Przeszliśmy długą drogę.

— A przed nami jeszcze dłuższa — dodała, znów przybierając swawolny ton. — Myślisz, że dotrzymasz mi kroku, kapitanie?

— Tobie? — Uśmiechnął się, ściskając delikatnie jej dłoń. — Zawsze.

Zapach eukaliptusa mieszał się z apetycznym aromatem skwierczących kiełbasek, gdy George wjechał swoją półciężarówką na długi szutrowy podjazd. Myst siedziała obok, skubiąc brzeg rękawa. Od kilku minut milczała, a jej zwykłą potoczystą mowę zastąpiło refleksyjne milczenie.

— Wyluzuj — powiedział George, zerknąwszy na nią z łobuzerskim uśmiechem. — Pokochają cię.

— Tak właśnie mówią wszyscy w komediach romantycznych tuż przed tym, jak sprawy przybierają fatalny obrót — wymamrała Myst, choć kąciki jej ust drgnęły ku górze.

— Jestem prawie pewien, że to nie film — droczył się, sięgając ręką, by delikatnie ścisnąć jej kolano. — A jeśli jednak, to ja jestem tym zabójczo przystojnym głównym bohaterem, który na końcu zdobywa dziewczynę.

— Odważne założenie, że to ty jesteś głównym bohaterem — odcięła się, na moment zapominając o zdenerwowaniu i unosząc na niego brew.

— No to się przekonamy — odparł z mrugnięciem oka, wrzucając bieg jałowy. Przed nimi wyrósł stary dom w stylu Queenslander, a jego biała elewacja lśniła w popołudniowym słońcu. Na werandzie pojawiła się mama George'a, entuzjastycznie machając ręką.

— Raz kozie śmierć — szepnęła pod nosem Myst, wysiadając z samochodu.

— Wszystko albo nic — poprawił ją George, obejmując ramieniem, gdy podchodzili do domu.

— George! — zawołała Julie, schodząc żwawo po schodach. Była niższa, niż Myst sobie wyobrażała, ale miała te same jasne, niebieskie oczy co George i biło od niej ciepło, które od razu budziło sympatię. — A to jest słynna Myst. — Bez wahania porwała Myst w objęcia; pachniała delikatnie lawendą i mydłem. — Czekaliśmy na ciebie, czujemy, jakbyśmy już cię znali!

— Bardzo dziękuję za zaproszenie — powiedziała Myst, a jej głos był cichy, lecz szczery, gdy odwzajemniła uścisk. — George cały czas o pani opowiada.

— To dobry chłopiec! — Julie wyciągnęła rękę i poklepała George'a po policzku. Myst stłumiła śmiech na widok jego oburzonej miny.

— A teraz zapraszam do środka, oboje was. Grill już się zaczął, a znając to towarzystwo — Julie wskazała nieokreślonym gestem w stronę domu, skąd dobiegał radosny śmiech dzieci — nic nam nie zostawią, jeśli się nie pospieszymy.

Podwórko tętniło życiem i rozmowami; dzieci piszczały z radości, gdy siostrzenice i siostrzeńcy George'a bawili się w szalonego berka pośród eukaliptusów. Długi drewniany stół uginał się pod ciężarem półmisków pełnych świeżych sałatek, bułek i bezy Pavlova udekorowanej truskawkami. Z grilla unosił się zachęcający dym, a szwagier George'a fachowo obracał steki.

— Podasz mi te pomidory? — zapytała Myst jedna z sióstr George'a, gdy pracowały ramię w ramię w kuchni. To chyba Ellie, pomyślała Myst. Jeszcze nie do końca spamiętała ich wszystkich.

— Proszę bardzo — powiedziała Myst, podając je i wracając do krojenia ogórka. Dopiero gdy wyjrzała przez okno i zobaczyła George'a rzucającego piłkę do rugby jednemu z dzieciaków, zdała sobie sprawę, jak płynnie weszła w ten cały rytm. Jakby naprawdę tu pasowała.

— Ty naprawdę umiesz śpiewać? — cichy głosik przerwał jej rozmyślania. Myst spojrzała w dół i zobaczyła jedną z siostrzenic George'a, która wpatrywała się w nią wielkimi, ciekawskimi oczami. — Wujek George mówi, że jesteś sławna.

— Doprawdy? — odrzekła Myst, rzucając George'owi przez okno udawane groźne spojrzenie, choć on był zbyt zajęty śmianiem się z dzieciakami, by to zauważyć. Ukucnęła lekko, by zrównać wzrok z dziewczynką. — Myślisz, że powinnam udowodnić mu, że ma rację?

— Tak! — padła entuzjastyczna odpowiedź, powtórzona przez kilkoro innych dzieci, które magicznie pojawiły się nie wiadomo skąd.

— No dobrze, dobrze — zaśmiała się Myst, wycierając ręce w kuchenną ścierkę. — Niech no tylko wezmę gitarę. — Zauważyła jedną w przedpokoju, choć bóg jeden raczy wiedzieć, czy była nastrojona.

Niedługo potem siedziała na niskim murku z gitarą akustyczną opartą na udzie, podczas gdy wszyscy zebrali się wokół. Gwar rozmów ucichł, gdy uderzyła w struny, zaczynając jeden ze swoich hitów — w wolniejszej, surowej wersji, która idealnie pasowała do tej chwili. Jej głos, ciepły i głęboki, niósł się po podwórku, mieszając się z szumem liści i odległym hukiem fal.

Gdy skończyła, natychmiast rozległy się szczere brawa, a dzieci wiwatowały najgłośniej ze wszystkich.

— Dobra, Kapitanie — powiedziała Myst z szerokim uśmiechem, opierając gitarę o mur. — Twoja kolej.

— Nie ma mowy — oświadczył George, unosząc obie ręce w geście poddania. — Rugbyści nie śpiewają.

— Szkoda — wtrąciła jedna z jego sióstr. — Mogłeś zostać kolejnym Australian Idol.

— Ta, jasne — wymruczał George, choć uśmiech zdradzał jego rozbawienie. Jego oczy odnalazły oczy Myst i przez chwilę po prostu na nią patrzył, jak stała tam pośród chaosu jego rodziny, z promieniami słońca wydobywającymi rudawe refleksy w jej ciemnych włosach. Wyglądała promiennie.

— No to trudno — stwierdziła Myst, strzepując niewidzialny kurz z dłoni. — Wygląda na to, że będę musiała podtrzymywać muzyczne dziedzictwo za nas oboje.

— Myślę, że świetnie ci to wychodzi — powiedział George głosem tak niskim, że tylko ona mogła go usłyszeć.

— Tylko świetnie? — droczyła się. — Uważaj na siebie, Dennis, bo jeszcze zacznę pobierać opłaty za występy.

— W porządku — odparł, przyciągając ją do siebie na tyle blisko, by złożyć szybki pocałunek na jej skroni. — Jesteś warta każdej ceny.

Piasek pod bosymi stopami Myst był chłodny, a ziarenka przesypywały się między palcami, gdy szła obok George'a. Rytmiczny szum fal wypełniał powietrze, będąc kojącym tłem dla ciszy, która między nimi zapadła. Nad ich głowami w nieskończoność rozciągały się gwiazdy, rozsypane po atramentowym niebie, jakby ktoś wysypał słoik brokatu.

— Twój świat wcale nie jest taki zły — odezwała się w końcu Myst cichym głosem. Zerknęła z ukosa na George'a, który trzymał ręce w kieszeniach dżinsów i zwolnił kroku, by dostosować się do jej tempa. — Mogłabym się do tego przyzwyczaić.

— To nie do końca światła stadionów i krzyczący fani, prawda? — zażartował, a jego usta wygięły się w ten zawadiacki uśmiech, który zawsze sprawiał, że jej serce biło mocniej.

— Właśnie — szepnęła, przenosząc wzrok z powrotem na ocean. — To... daje oparcie. — Urwała, odgarniając z twarzy pasmo włosów zwichrzonych wiatrem. — Dzięki, że mnie tu wpuściłeś, George. Że pokazałeś mi to wszystko, swoją rodzinę, swój dom. Czuję, jakbym od lat jechała na adrenalinie, a teraz... — Jej głos zamarł, ale westchnienie pełne zadowolenia dokończyło zdanie za nią.

— Teraz jesteś na mnie skazana — zażartował George, trącając ją lekko ramieniem.

— Nie pochlebiaj sobie — odcięła się z uśmiechem, choć jej oczy zdradzały głębię uczucia. — Ale poważnie, potrzebowałam tego. Nawet nie zdawałam sobie sprawy, jak bardzo, aż do dzisiaj.

— Cóż — zaczął George, a jego ton złagodniał, gdy zatrzymał się i odwrócił do niej twarzą — oni cię uwielbiają, wiesz? Mama, moje siostry, dzieciaki... nie mogli przestać o tobie mówić, jak już skończyłaś śpiewać. — Sięgnął po jej dłoń, gładząc kciukiem jej kostki. — I szczerze? Nie dziwię im się. Masz w sobie coś takiego, że... pasujesz tutaj, jakbyś od zawsze była częścią tego chaosu.

Myst spojrzała na niego, a jej jasnoniebieskie oczy szukały czegoś w jego twarzy. — Miałam wrażenie, że jestem na swoim miejscu — przyznała szeptem. — A nie czułam tego od dawna.

— W takim razie jesteś dokładnie tam, gdzie powinnaś — powiedział po prostu George, a jego słowa brzmiały pewnie i spokojnie.

Przez chwilę żadne z nich się nie poruszyło, stojąc pośród szumu fal i pod nieskończonym dywanem gwiazd. Potem George pociągnął ją delikatnie za rękę w stronę wydm, gdzie usiedli razem na chłodnym, miękkim piasku, a świat skurczył się tylko do nich dwojga.

— No dobra — powiedział, kładąc się na plecach z rękami pod głową. — Co dalej z Myst?

— Trudne pytanie — odpowiedziała, siadając po turecku obok niego i kreśląc palcami wzory na piasku. Pozwoliła ciszy trwać przez chwilę, zanim odpowiedziała. — Myślę, że czas na coś innego. Od lat pędzę bez przerwy... nagrania, trasy, wywiady i tak w kółko. Ale przyjazd tutaj, poznanie twojej rodziny... to coś we mnie obudziło. Chcę napisać album, który będzie *prawdziwy*. Coś osobistego. Bez wielkich producentów, bez przesadnej otoczki. Tylko ja i muzyka. Może akustycznie.

— Tak? — George przekrzywił głowę, by na nią spojrzeć z zaciekawieniem. — Myślisz, że usiedzisz w miejscu dość długo, żeby to zrealizować?

— Niegrzeczny jesteś — odparła z udawanym oburzeniem, rzucając w niego garścią piasku. — Ale tak, dam radę.

Muszę. Zainspiruje mnie to... ty, twoja rodzina, wszystko to, czego ostatnio byłam zbyt zajęta, by dostrzec.

— Brzmi, jakbyś miała już wszystko zaplanowane — powiedział cicho i refleksyjnie.

— Nie do końca — przyznała z lekkim śmiechem. — Ale mam wrażenie, że to pierwszy od dawna krok, który jest całkowicie mój, rozumiesz?

— Tak, rozumiem — przytaknął, powoli kiwając głową. — I słuchaj, jeśli będziesz potrzebowała przerwy od tego bycia kreatywnym geniuszem, jesteś mile widziana na każdym meczu rugby. W przerwach między sezonami też; nauczę cię nawet, jak porządnie podawać piłkę, jeśli poczujesz zew przygody.

— Uważaj — ostrzegła go, celując w niego palcem. — Jeszcze naprawdę skorzystam z zaproszenia.

— I dobrze — powiedział szczerząc się, gdy usiadł i pochylił się bliżej. — Bo będziesz musiała przywyknąć do tego, że rugby to stała część twojego życia. Nie podlega negocjacjom.

— Zgoda — odparła, przewracając oczami. — Ale tylko pod warunkiem, że zgodzisz się być tancerzem w moim chórku, kiedy wrócę na trasę.

— Stoi — wypalił bez wahania, choć wyraźnie go to rozbawiło. — Tylko uprzedzam: nie gwarantuję, że nie skradnę ci całego show.

— Niczego innego bym się nie spodziewała — odrzekła Myst, a w jej głosie brzmiało ciepło i rozbawienie.

Zapadli w komfortową ciszę, leżąc ramię w ramię na piasku z luźno splecionymi dłońmi. Nad nimi gwiazdy płonęły jasnym blaskiem, jakby sam wszechświat przysłuchiwał się ich obietnicom. Oboje wiedzieli, że nie zawsze będzie łatwo; ich życie było skomplikowane, rozdzierane w różnych kierunkach przez sławę, harmonogramy i oczekiwania. Ale gdy Myst oparła głowę na ramieniu George'a, a on ucałował jej włosy, wiedzieli też jedno na pewno: cokolwiek przyniesie przyszłość, stawią jej czoła razem.

Miesiąc później popołudniowe słońce rzucało ciepły, złoty blask na werandę, gdy Myst odchyliła się na krześle, opierając bose stopy o drewnianą barierkę. Gwar rozmów i wybuchy śmiechu rodziny George'a otaczały ją niczym znajoma piosenka, mieszając się z odległym uderzaniem fal o brzeg. Na podwórku poniżej siostrzenice i siostrzeńcy George'a pochłonięci byli chaotyczną grą w krykieta, a ich piskliwe okrzyki niosły się w słonej bryzie.

— To był no-ball, stary! — zawołał George, a jego głęboki głos przebił się przez ten raban. Siedział obok Myst, swobodnie opierając ramię o oparcie jej krzesła. Uśmiechnął się szeroko, gdy jego najmłodszy siostrzeniec zaprotestował głośno, wymachując oburzony kijem. — Nie kłóć się z sędzią — dodał z rozbawieniem, patrząc, jak chłopiec fuka pod nosem i poprawia postawę.

— Twoje umiejętności sędziowskie są w najlepszym razie dyskusyjne — droczyła się Myst, unosząc głowę, by na niego spojrzeć. W jej jasnoniebieskich oczach tańczyły psotne iskierki. Sięgnęła po jego szklankę i bez pytania pociągnęła łyk napoju. George uniósł brew, ale nie protestował, a kącik jego ust drgnął ku górze.

— Uważaj, kochanie — powiedział, pochylając się tak, by tylko ona mogła go usłyszeć. — Jak tak dalej pójdzie, następnym razem to ciebie mianują szefową.

— Może i tak zrobię — odcięła się, odstawiając szklankę z pewnym siebie brzękiem. — Przynajmniej byłabym bardziej sprawiedliwa niż ty.

— To się jeszcze okaże — wymruczał, a jego uśmiech się pogłębił, gdy założył jej pasmo ciemnych włosów za ucho. Ten prosty gest sprawił, że jej serce drgnęło, choć nigdy by się do tego na głos nie przyznała — zwłaszcza tutaj, gdzie zaledwie kilka kroków dalej siedziała Jessie, bez wątpienia gotowa do rzucenia kąśliwego komentarza.

— Ej, Dennis! — Głos Jessie przerwał tę chwilę, ostry i rozbawiony. Kobieta nachyliła się na krześle. — Pozwolisz jej teraz przejąć stery, czy po prostu boisz się z nią mierzyć?

— Mądry gracz stawia na Myst — wtrącił Lachie z drugiego końca podwórka, gdzie zajęty był przewracaniem kiełbasek na grillu. — Ma i blask gwiazdy, *i* olej w głowie.

— Dzięki za kredyt zaufania — odkrzyknęła Myst, śmiejąc się, gdy George obok niej zajęczał teatralnie. Klepnęła go żartobliwie w kolano. — Widzisz? Nawet twoi kumple wiedzą, co się święci.

— Zdrajcy — wymruczał George, kręcąc głową, ale nie potrafił ukryć rozbawienia. Jessie przyszła na mecz z Myst, a Lachie wystarczyło, że raz na nią spojrzał i przepadł, co niezmiernie bawiło George'a i Myst. Oboje zostali błyskawicznie adoptowani przez rodzinę Dennisów i stali się stałymi bywalcami niedzielnych grillów.

— No już, już — odezwała się Julie, pojawiając się w drzwiach i wycierając ręce w ścierkę. Jej ton był lekki, ale błysk w oku nie pozostawiał złudzeń — to był ten rodzaj spojrzenia, który zwiastował kłopoty, tyle że te z gatunku radosnych. — Dosyć tych swarów. Pozwólcie, że zadam prawdziwe pytanie, nad którym wszyscy się głowią. — Wyszła na werandę i zatrzymała się, taksując ich wzrokiem: Myst wygodnie wtuloną w bok George'a i jego dłoń spoczywającą swobodnie na jej dłoni.

— Kiedy wy dwoje zamierzacie się tak porządnie ustatkować? — zapytała Julie z ciepłym, lecz przekornym uśmiechem, splatając ramiona na piersi. Słowa zawisły w powietrzu, sprawiając, że cała grupa nagle ucichła.

Myst poczuła, jak palce George'a odrobinę mocniej zaciskają się na jej dłoni, dając jej nieme wsparcie. Odwróciła głowę, by napotkać jego wzrok; ich oczy spotkały się na ułamek sekundy dłużej niż było to konieczne. O, widziała, że sprawia mu to frajdę — poznała to po tym, jak drgały mu usta, gdy powstrzymywał uśmiech. Typowe dla niego.

— Wszystko w swoim czasie — powiedziała w końcu Myst, przerywając ciszę głosem cichym, lecz pewnym. Zerknęła na mamę George'a, posyłając jej porozumiewawczy uśmiech. — Mamy mnóstwo czasu, żeby to wszystko poukładać.

— Mnóstwo — powtórzył George, a jego australijski akcent sprawił, że to słowo zabrzmiało jak obietnica. Jego kciuk łagodnie pogładził zagłębienia jej kostek, kojąc ją w tej chwili.

— No dobrze — stwierdziła Julie z mrugnięciem oka, wyraźnie usatysfakcjonowana. — Tylko nie każcie nam czekać zbyt długo, nie młodnieję, wiecie.

— Masz już wystarczająco dużo wnuków, żeby się nimi zajmować, mamo! — rzucił zaczepnie George.

Cała grupa wybuchnęła śmiechem, a napięcie prysło tak szybko, jak się pojawiło. Jessie wywróciła oczami, mrucząc pod nosem coś o wścibskich matkach, podczas gdy Lachie krzyknął coś niezrozumiałego znad grilla. Myst pozwoliła sobie odprężyć się na krześle, a kąciki jej ust uniosły się mimowolnie.

Gdy słońce zeszło niżej, malując niebo odcieniami różu i pomarańczu, Myst i George siedzieli cicho pośród tego radosnego chaosu. Śmiech dzieci niósł się po podwórku, mieszając się z rytmicznym syczeniem grilla i kojącym mrukiem rodzinnych pogaduszek. Ręka George'a nie opuszczała jej dłoni, dając jej poczucie stabilizacji.

— Nie jest źle, co? — zapytał po chwili szeptem, przeznaczonym tylko dla niej.

— Wcale nie jest źle — zgodziła się, wodząc wzrokiem po horyzoncie. Przyszłość rozciągała się przed nimi jak nieskończony bezmiar morza i nieba, pełna możliwości, pełna nadziei.

I kiedy tak siedzieli, splatając palce i patrząc, jak świat wokół nich zastyga w idealnej harmonii, Myst nie mogła przestać myśleć: naprawdę mają przecież cały czas świata.

Inne książki autorki Caitlyn Lynch

Oddział Ratunkowy

Ratunek Rangera

Powrót Rangera

Misja Rangera

Krew Rangera

Żar Rangera (tylko dla subskrybentów newslettera)

Amazonki z Ridgewater

Zaufaj procesowi

Przełamywać bariery

Wspólny grunt

Zapisane w gwiazdach

Święta w Ridgewater

Zagrajmy o miłość – Gorący romans kapitana rugby i księżniczki pop

Poznaj wszystkie publikacje Shenanigans Press, odwiedzając naszą stronę internetową, https://www.shenanigansp ress.com/pl!

Możesz też obserwować nas w mediach społecznościowych – jesteśmy na Facebooku i Instagramie (@ShenanigansPressPolska)

I nie zapomnij zapisać się do naszego newslettera, aby otrzymywać informacje o nowościach, promocjach, konkursach i wiele więcej!

9 781923 195905